你是我心尖上的，

为你做什么我都情愿。

他在海岛仙府门外的
仙树下站着
向我轻轻一笑
恍若东风拂过
三千桃花灼灼开放

桃花债

大风刮过 作品

中国文联出版社
http://www.clapnet.cn

目录

楔子

“少爷。”王头儿看着我，红黑的面皮上有两三个肿包，络腮胡子梢儿上汗珠摇摇欲坠。

现在虽然立了秋，中午的日头丝毫不比三伏天的弱。秋蝉扯着嗓子叫，地上的热气烘得脚酸。

“少爷，小的们奉少爷令在这里埋伏一上午，究竟有什么任务可待，还望少爷明示。”

我捏死一只正在脸颊上喝血的蚊子，抹了一把汗，阴恻恻一笑。

“少爷我今天要劫一个人，就从这条道上过。等车马一出现，你们蒙了脸冲出去，务必活捉。”

第壹章

我本是天庭的一个自在散仙，虚受封号广虚元君。因为封号拗口，天庭上的仙都喊我宋珧元君。

宋珧是我未成仙前的本名。

我在凡间为人时，也是个闲散自在的人。那时候少年气盛，招摇过市徒做风流，本来和“道”字八竿打不到一撇。某一日，太上老君开炉取丹时不甚手滑，落了一颗金丹下界。金丹正好落入集市某面摊的汤锅，面摊老板只当是块天降的鸟屎，拿大勺子将汤锅一搅，连面带汤水盛了一碗。不幸吃面的那个客人，就是我。

我现在都很钦佩自己当时熊熊“饿火”的浓烈，居然烧花了我的眼，老鼠屎大的金丹就那么被我顺着汤水咽了。

于是当天晚上，金乌西沉、广寒初现时，我顶聚三花，足涌祥云，飞升了。

从此成了个仙。

仙使引我去灵霄殿拜见玉帝时，玉帝道：“仙有仙根，一者是修来的，二者是生来的，还有一者是捡来的。”

白捡来的神仙没有号可封，天庭的诸公便就着名字喊我一声宋珧仙。

凡间极东的一块地从田变海又从海变回田了好几遍后，承蒙玉帝抬举，赏了我一个封号广虚元君。众位仙僚们喊宋珧仙早喊熟了口，看见我这张脸怎么也吐不出“广虚”两个字来，都称我宋珧元君。一来二去，连本仙君自己都把那个封号忘了。某一日，东华帝君设茶宴，下了一张文绉绉的帖恭请广虚元君仙趾，我拿着帖对送信的青鸟道：“广虚元君是哪位，怎么错把帖发到我宋珧元君府了。”

凡间有俗话说，逍遥自在好似神仙。天庭仙友众众，光阴只是浮云。一日复一日，直到某天，太白星君到本仙君府上，说玉帝有密旨命他转传于我。玄率府的后花园，太白星君在云霭浮动处向我道，天枢星君与南明帝君因某事获罪，已被玉帝在诛仙台斩断仙根，打下凡界了。

听闻稀罕事，我自然要先一怔，然后当然要问最要紧的一点：“敢问他二位犯了何罪，怎的会一同被打下凡界？”

金星默不作声。

我便识趣地不再探问，只同情地一叹：“唉，真是想不到，那这二位来日还可回天庭吗？”

我这般感叹，并非虚情假意。当真是想不到天枢星君和南明帝君竟会被打下天庭。南明帝君平日一副庄严肃穆、高高在上的架势，天枢星君一派清雅无尘的形容，这样的二位怎会生出违逆天条的事来?

金星道：“两君之罪，尚不能如此了结，玉帝仁慈，给他们一个补过的机会。让其落入凡尘一世历尽劫数。倘若能看破心魔幡然悔悟，仍可再修仙道重入天庭。因此玉帝降旨，请广虚元君也入凡尘走一趟。”

我愕然：“为什么？”

金星捋须一笑：“玉帝思来想去，到凡间设劫惩戒，交于元君最妥当。”

我明白了，本仙君与南明帝君和天枢星君都有些过节，玉帝一定是相中我这一点。

我拧起眉头，叹息道："我与两位上君相交千年，怎能忍心设劫为戒。"

金星捻须一笑："玉帝曾与本君道，元君下界自染凡尘点透仙友，待返天庭后，拟降旨褒奖，亲封广虚天君。天枢和南明回了天庭，初为散仙，还当由天君引递开导。"

玉帝的条件开得不错，下界一趟，本仙君能捞到个上君的封衔做，都说做神仙清静无为，偶将浮衔一升，不失为一件快事。我再叹息道："也罢，虽受一世情苦，点出无上仙法，同为仙友，只得忍下心痛，勉强为之。"

六七日后，玉帝又派命格星君教导我此番下界当做之事。

玉帝在两君贬落凡间时，就在凡间给我准备了一副躯体。我要唱的那个角儿，是南明和天枢面前的一座挡路山，头顶的一根拆散棒。南明帝君此生是一介英武不凡的勇夫，天枢星君生做一位孱弱文秀的公子，两人从少年时开始情义深重，不求同日生只愿同日死。本仙君便负责在半路中插进一杠子，他二人合时我拆散，互传音信我打断。令其今生无成事，唯余无尽痛与苦。

我将这出烂戏在心中横竖琢磨，怎么琢磨都觉得我才是那个该上诛仙台的。

又十几日过后，下界的时辰已到，众仙友送我到南天门。我在天门外携起衡文清君的手："这一趟去，数日便回，府里的琼露可给我留着些。"

衡文清君眯起眼笑："放心，定留着给你接风。"将手在我肩上一拍，凑近了些，"只是你这次下去，千万要固本守元，稳住仙性，万不可动摇仙根。"

我怔道："什么？"

衡文清君一副清雅嘴脸笑得败絮尽现："还装，全天界哪个不知道，天枢星君这一世注定颠沛苦楚。你须日日夜夜伴他左右，使他不得片刻安宁。"

日日夜夜？那岂不是我也同样不能安生？做长工还得有个喘气的时间。

我直觉不对。

衡文抬袖拦住我去路："你做什么？"

我闪身避开他的阻挡："去找玉帝，此事我不做了！"衡文道："事到如今才说不做，早由不得你了。"他幸灾乐祸一笑，劲风袭来，我一个立足不稳，倒扎跟头翻下天门。

第贰章

丙子年五月初二，本仙君踩着一朵祥云降至尚川府上空。徐风乍起，路人仰头观望，皆缩颈疾奔，摊贩手忙脚乱，我模糊听得一声叫喊：“天阴有雨，赶紧收摊回家！”

世人愚钝，本仙君不与他们一般见识。

命格星君引我飘到东郡宁平藩王府上空，指着王府后花园的某处道：“此是元君的肉身。”

后花园里摆着一张躺椅，两个几岁的小儿正围着一个一动不动的人爬上爬下。这个一动不动的是藩王的小公子李思明，也便是日后的本仙君。我仔细瞧了瞧，眼神空洞神色呆板，头上还被两个小儿插满了花花草草：“此人……似乎是个傻子。”

命格星君干笑道：“咳……此肉身专为元君准备，元君未附体前自然无魂无魄，只会吃喝拉撒。时辰已到，请元君速去附体。”不待本仙君再说什么，念起经诀，弹指为上，本仙君眼前金光陡现，火石电光间被经诀激向花园。

几千年前十分熟悉的感觉蔓延周身，本仙君附体功德圆满。

轻飘飘做了几千年神仙，再世为人，足踏实地，头顶方圆，四肢熟悉的沉重，五味在胸，尘音入耳，竟十分踏实、亲切。

身上沉沉的东西在扭动攀爬，我睁开眼，先看见张小脸，一双圆眼滴溜溜转了转，咧着缺了两颗牙的小嘴很讨人嫌地笑，乌黑的小爪子举着一块黑泥，向我口中送过来。

“嘿嘿，小叔叔乖乖吃了它。小叔叔乖乖吃了它。”

我慈祥一笑，抬手拍拍他脑袋：“乖乖，从小叔叔身上下来，回去找你爹妈。”

圆溜溜的眼眨巴两下，歪起小脑袋看我。我侧身，拎起另一个欲踏上我膝盖爬到本仙君头上插花的小儿：“坐端行正，乃为人根本，你先生没教过你？”

也是圆溜溜的一双眼，直勾勾地看了看我，一瘪嘴，这孩子比方才那个精些——哇的一声，号啕大哭：“娘——娘——娘——祖父——小叔叔吓人！”

噼里啪啦一阵，哭声引来丫鬟，丫鬟去喊家丁，家丁去喊总管和奶妈子，奶妈子扶出夫人。两个忠心耿耿的家丁壮汉抖擞出武松上山的气概从我身边挟起两位小少爷，我向他两人亲切微笑，壮汉面露惊恐之色，一路狼烟狂奔回廊下。一颗颗人头，闪在八丈二尺远的地方，看鬼魂一样看本仙君。

有眼不识真仙，本仙君也不同他们一般见识。

几位持刀护卫簇拥出一位鬓角花白胡子也花白的人，绛紫猛虎袍，阔额方脸，面多风霜。不消说是东郡藩王真身。本仙君要暂做他些许时日的儿子，初见面需要联络下情谊。

我缓步向前，垂手敛身，放下身段，恭恭敬敬喊了一声：

“爹。”

东郡王虎目中异光四射，盯着本仙君。傻儿子忽然清醒，激动之情可想而知。东郡王兴奋得脸色煞白，浑身乱颤，黑眼珠向上一翻，过去了。

我宋珧元君化作李思明一事，十分顺利。

东郡王府的人看着我，抖了一天。东郡王爷醒来后，第二日请了位法师到我面前下了个大神。法师拿把桃木剑舞了一通，再咿咿咕咕念了一通，我看得甚是快活。正在兴起处，法师忽然环睁双目，直勾勾地看着本仙君，扑通一跪，将头磕得砰砰作响："小道恭迎上仙。"

我吓了一跳，许多年不问凡间事，天庭最近没有新飞升的散仙，我还以为人间道术衰败。每想到市井中竟有人道行精进如斯，能一眼看出本仙君的真身。

法师战战兢兢，继续磕头："小道修为浅薄，未能一眼看出白虎星君金身，望星君恕罪！"

白虎星君？天庭七十二宿八位星君，什么时候多了头老虎做上君？白老虎天庭倒有几头，都是养了把守天门的，几时移气换形，殿上称君了？！

法师挪动膝盖，转向东郡王磕头："恭喜王爷，贺喜王爷。贫道斗胆戳破天机，小公子乃是天界白虎星君临世。王爷福泽隆厚，因结仙缘，此则上天福报。"

东郡王爷瞧着我，仍有些颤："法师当真？犬子自幼痴傻不知人事，忽然间明事知理，识文断字，实在……"

法师起身："王爷，小公子仙君临世，当然与常人不同，古人曾道，卧虎如石。星君数年潜气遁行，世人碌碌者，却不可知。"

东郡王爷对儿子是老虎星下凡一说很是满意，小儿子之所以傻，乃是老虎星一二十年都在睡觉，这种混话他也信了。他瞧着本仙君，终于不抖了，脸上还带上了春风。

“只是法师，如你所说，犬子潜息数年，为什么突然之间就醒过来了？”

我在桌上摸起茶杯，润了润喉咙。

法师一手负在身后，一手捻须：“天机不可泄露。”

扯你祖爷爷的蛋。

从此之后，本仙君在东郡王府里，过得十分舒坦。

东郡王将幼子思明是颗老虎星一事告之全府，我被暗中观赏数日，与王府中人渐渐熟络。我在王府四处踏看时，常有下人假装无意经过，试图和小公子我搭上一两句话。

东郡王命中克妻，夫人、如夫人前后娶过十来个，统统克死干净。加上本仙君这副李思明的肉身，东郡王共有三个儿子。长子思贤与次子思源争做世子，颇多明争暗斗。老虎星一说后，两位兄长都来瞧我这个兄弟寻新鲜。特意在别院的花园内摆酒，赏玩夜色，聊些闲话。须知我宋珧元君在天庭东飘西荡，喝茶品酒、下棋论道几千年，放观仙界，除了衡文清君，还没谁能谈得过我。经纶道典大略说了一两分，没留神儿天就亮了。两位兄长睡了一个白日，本仙君是颗老虎星一事越发坐实了。

再过数日，我在市井、茶坊、王府里大概摸清了南明帝君和天枢星君的近况。

命格星君曾告诉我，南明帝君在这一世名叫单晟凌，天枢星君的转世叫作慕若言。几日探听，方知他二人在俗世中竟甚有名声。尤其天枢星君，很能折腾，出本仙君意外。满城满巷的墙，都贴着缉拿慕若言的榜文，还有张半身的大画像。

据说单、慕两家都世代是朝廷重臣，两家相交数代，情谊深厚。十多年前南明帝君的祖父得罪了皇帝，满门抄斩。慕家偷偷地将单晟凌救进府中，教养长大。

南明帝君在天庭架势十足，打下凡界也不是个能忍气吞声的人物。如今时逢乱世，各地藩王坐拥重兵，皇权所剩无几。单晟凌投到南郡藩王座下，就在一个月前鼓动南郡王公然造反，欲夺皇位。皇帝大怒，查出留下这条祸害的是慕家，于是将其全家也满门抄斩。

当然，天庭不可能让天枢星君稀里糊涂顺顺利利砍个头了账。慕家的家仆拼死护住慕家小公子慕若言逃了一条命，而今东躲西藏，飘零在江湖。

通缉像上的慕若言脸尖眉细，十分不讨人喜欢。本仙君望着那画像叹息了几回。天枢星君在天庭时，素袍玉簪，清韵淡然，何等点尘不染的仙风。打下凡界后玉帝给他安排的这个皮囊实在太缺德。本仙君将他弄到手后，对着这样一张脸，酸文怎么诌得出来？

晚上，我运气调息，想移出元神回天庭理论，哪知竟像被钉在躯壳内，挪动不得。方才记起来命格星君那老混账曾说过，我此次下凡界不到紧要关头动不得仙术，原来是防着我晓得真相后撒手不干。

我无可奈何，在东郡王府喝茶睡觉，闲散过了数月。

东郡王对本仙君这个忽然清醒的老虎星儿子异常慈爱，特意拨出一个独院让我住。时常和两位兄长喝酒下棋，大家还同去勾栏听过几回小曲，感情日益好。

三个多月后，命格星君终于再下凡界，半夜从李思明身上放出本仙君，在王府上空告诉我戏将开台。

天枢星君在暗处养好了伤，被侍从护卫潜往南郡，准备找南明帝君会合。东郡王小公子李思明要在这时候从半路杀出，将慕若言抢回王府。

慕若言的马车后天上午从尚川城外山下的小路上过。

南郡王拥兵称帝，东郡王也有些按捺不住，两郡属地相接，临界处难免生些刀兵摩擦。东郡王和长子近几日到郡属边镇检视军营，次子思源在王府应付，提携他弟弟本仙君帮忙处理些内务。

隔一日清晨，我声称得了东郡探子潜伏入境的密报，向思源讨了二三十个精壮护卫，埋伏在城外的山道旁。

谁知道从早晨埋伏到中午，竟连半辆马车的影子都没看到。

山路上空空如也，一无车骑，二无路人，连只野兔子也没见到。

此情形理当绝无可能。天枢今天从这条道上过乃命格星君亲自安排，记录在册。他现在一介凡夫，绝对逃不过天命。但是，命格老儿明明告诉本仙君是上午，为何到中午还没出现。

几十位护卫汗透衣衫，李思明的肚子咕咕直叫，本仙君饿火中烧。要不要借口小解，去僻静处拘个土地出来打听打听？我正思量，头顶右侧半空轻飘飘荡来一句话："天枢星君的马车在两里外的路上遇见山贼，已被劫进山寨。速去！"

我听见这一声心火熊熊，命格老东西，诓我玩呢！

当务之急，把天枢弄到手要紧。我唤王头儿到眼前："这座山头上有个山寨吗？"

王头儿道："禀报公子，是有一两个蟊贼聚众结帮，藏在山头上。"

我一挥袖："让兄弟们整队，去山上剿了那帮蟊贼。"

东郡王府的护卫训练有素，王头儿虽面有疑惑之色，却不多嘴，一声令下，众护卫立刻从草丛中爬起来，杀向山头。

说是山头，其实只能算个小土丘，连正经名字都没得一个，尚川人都胡乱喊它大土坡。几条砍柴人踏出来的小路绕其蜿蜒而上，本仙君领着众护卫潜行到半山腰，一阵阴风刮过，树林里跳出两条汉子："哪条道上的，来拜我黑风寨山头！”

两个蟊贼蓬头垢面，衣衫褴褛，可见这桩无本的买卖做得并不很好。还未站稳脚跟报上名号，王府的护卫一拥而上，将两人掀翻在地，捆成两团扔在路边，杀向山顶。

山顶上只有一座破破烂烂的山神庙，庙前挑着一面花旗，题着三个碗口大的字：黑风寨。

庙里面，也只有一二十个破破烂烂的喽啰与一个自称大王的壮汉。众护卫冲进山神庙，半个时辰未到就将众山贼捆绑在地，我亲自将山神庙仔细搜了一遍，没看见天枢的人影。于是随便拎了个小喽啰来问：“你们今天刚劫的那辆马车里的人关在何处？找出他来便放了你们。”

一群小喽啰连山大王都竖起耳朵探起头来，我问的那个小喽啰立刻咧嘴道：“原来公子是要找那个马车里的病秧子，山神像是空心的，香炉是个机关，左转开暗门，人就在里边。”一个小喽啰挪了挪身子小声道，“十几天统共就今天劫到一票，以为有马、有车，三四个人护着是桩大买卖，哪知道车里统共只有一个病秧子，还招来个大晦气。”

本仙君假装没听见，拧开机关，转到山神像后，迈进暗门。

黑漆漆的泥像暗间中依稀有几条人影半躺做一片，应该是被山贼灌了蒙汗药迷倒了。

我默念起观仙诀。

昏暗中看见一层淡淡的银光，笼在一人周身。清冷澄澈，天枢星的仙辉。这个人是慕若言没错。

我实在想知道天枢星君究竟变成了什么模样，从暗间里挟起慕若言，抱出泥像，扳过脸一看，满脸泥污，头发蓬乱，除了邋遢，瞧不出其他模样。没奈何喊过王头儿：“其余人绑起来，找张担架抬上此人，带回王府。”

临走之前，解开众山贼的绳索，道了声得罪。本仙君一向慈悲，兵荒马乱的，吃碗什么饭都不容易。

天枢星君顺顺利利被本仙君带回东郡王府。

为什么我这个劫人的，反倒成了救人的？

我向李思源道，线报说这些人是南郡的探子，但查了一遍没寻出什么。李思源正在一堆王府事务里忙乱，道，此事就交由三弟，看着查吧。天枢名正言顺抬进了三公子独院。

按照命格星君的安排，等慕若言人一醒，本仙君就要开始折腾他。我在院中对着担架上的那张脸叹了两口气，吩咐左右把他从头到脚彻底洗上一洗。

进卧房插上门，红光一闪，命格星君站在桌旁，皱着一张老脸笑眯眯对我拱手："宋珧元君大功初成，恭喜恭喜！"

我苦起脸："星君，您老耍我。明明说上午在山道上劫人，怎么变成到山寨救人。"

命格星君干巴巴笑道："下笔一时简略，无关大局，无关大局。"掏出天命册子，翻至某一页，我接过一瞧，册子上赫然写道：慕若言辰时山道被劫，李思明得慕若言。

原来如此。懒省事的老儿，写得倒准！

命格星君见本仙君脸色不善，袖起天命簿摆出恳切嘴脸："事事皆有变数，天命亦然也。不过事情变做如此，天枢反欠下你一个人情，倒是一件好事。"

我无动于衷道："唔？"

命格星君袖起手："元君奉玉帝旨意，让天枢转世受一世劫数。劫满即可，驾云还是御风，如何选任由元君。"

我道："若我就势把天枢放了，赠他千金，送他华宅，只追着南明帝君打，让天枢一世活在恩公也是义兄的仇人的左右为难与挣扎之中，行否？”

命格星君道：“不行。”

我故作迷惘：“这也是一种痛苦，为什么不行？”

命格星君笑眯眯地捻须：“元君啊，你对仙友心存惜护，此乃仙性高也。然天劫既是处罚，更是消过的历练。劫数越大，过错才能越快消除。所以严厉些，方才是帮他。”

我在心中嗤了一声，那还说什么驾云还是御风全由我选？说的比唱的还好听，其实还不是因为天庭中素来传言本仙君对天枢星君心存芥蒂，你们一定觉得我下得了狠，拿这两句虚话鼓励我只管放开手段，怎么缺德怎么对他就行。

命格星君走后，我在房中徘徊数回，拉门走了出去。

丫鬟来报，那人已收拾妥当，安排在空厢房。

我踱到厢房门外，推开房门，走到床前，怔了一怔。

床上躺的，是本仙君在天庭时常得见的天枢星君。五官脸庞与原本一模一样，只是脸色白里泛黄，差了一点，人也瘦些。

被画像吓一回，看见这副模样，顿时觉得捡到了宝。玉帝缺德，在这上面倒不太过。

漆黑的头发仍带点潮，散在枕上肩侧。枕旁放着一块玉，我拿起来看了看，光滑莹润，像是被人经常把玩摩挲，难道是谁送他的定情物？

天枢星君，从今往后本仙君必定要做点什么，你莫怪我。我宋珧元君不是个公报私怨的，只是玉帝旨意，无可奈何。就算不是本仙君，玉帝也会派其他上仙下来，你这辈子一定要吃尽苦头。

我把墨玉放回枕边。

床上的人呼吸微变，眼皮动了动，我抖擞精神，在床头站好。

澄澈的目光带一丝疑惑落在本仙君脸上，我对着那张认识几千年的清雅面容倜傥一笑。

“慕公子醒了？”

迷茫的脸神色微变，蜡白的脸又白了些。我牵动面皮，让笑更深些。

“鄙人李思明，家父东郡王李居堂。鄙人对公子仰慕已久，偶知公子途经小郡，特请公子到寒舍住住。”命格星君交代，务必在天枢醒来后立刻开始虐他，这叫趁其立足未稳，先来一记猛锤。

本仙君把心一豁，收起倜傥一笑，换上涎笑。

“在下数年前，曾做过一个梦，梦中有位仙人。今日见到慕公子，才知道梦中仙人就在眼前。”我一把擒住慕若言的手腕，皮包骨头，有点硌手。

“我与慕公子早有神交，如今又得相见，必须好好谈谈心。顺便，你和我说说逆贼单氏的余孽单晟凌的下落，如何？”

天已黄昏，斜阳破窗而入，灿灿金红。夏末秋初，晚风清凉，渗着小池的残荷香。

此情此境何其风雅，慕若言凝目看我，神色恰如一盆清水，方才波澜微漾，渐渐平和如镜。天枢转世，果然还是和在天庭一样爱不动声色，端清高架子。慕若言开口，声音和缓，第一句话给我些意外：“李公子可是众人传说东郡王爷那位星君临世的小公子？”

流言传得倒快，我松开天枢的手，露出牙齿：“老虎星下凡是个江湖骗子满口胡说，天下哪有这等灵异稀罕的事情。”正经星君投胎的是床上坐的上君你，连累本仙君陪你做苦差。

慕若言从床上站起身：“在下也是途经村店时无意听说，有冒犯的地方望李公子谅解。”

我向慕若言身前近些，低眼望进他眼中：“我视你如知己故交，你和我说话还有什么好客气的。虚话休再多言，我们这便开始聊聊正事？”

慕若言的脸更黄了，清风入房，荡起单袍薄薄的衣料，几乎要将他吹倒。他依然含着客气的淡笑，依然撑着文雅的仪表，向我道：“今日在下有幸入得东郡王府内院，公子对在下一路行踪想来早已了然。城外山上救命之恩，在下感激不已……”

我拦口说：“别说什么无以为报的话，从今后你在我身边的日子长着呢，想怎么报都行。”

慕若言蜡黄的晦色又重了几分，用袖子掩住口，咳了几声：“明人面前不言暗语，慕若言一介潜逃的要犯，早已山穷水尽，更不知他人下落。不值得三公子与东郡王府大费周章。”

本仙君盯着他站立难稳的身体，不由得伸手扶了一把。慕若言未来得及后退，全身陡然僵硬。表面上的奸角一定要唱到底，我把他肩上的一绺头发拿开，阴森森笑道：“慕公子是个聪明人，我也不瞒你。这次拿下你本欲押送回京城，不过本公子对若言公子一见如故，十分舍不得，思来想去，还是将你留在府里，好与你时刻亲近。慕公子刚脱劫难，心绪定然纷乱，某些事想不起来，慢慢想亦可。某些人与慕公子既为异性兄弟，说不定也会为寻你到敝府转转，我正好能结交结交。”

我也不等看天枢的脸色，拂袖转身，长笑一声：“慕公子一定累了，先小寐片刻吧，待月色清明时，我再来看你。”

我大踏步出门，夕阳半没，云霞烂漫。我吩咐小丫鬟道：“拿些汤水茶果，服侍言公子用些。”疾步回卧房，灌了两杯凉茶，正回想方才的表现是否到位，斜眼看见门框下方探出一颗小头，咧着豁了两颗牙的嘴瞅着我，原来是本仙君的小侄儿，李思贤的儿子李晋宁。

这孩子在王府里，人人见了都头疼，刁钻胆大。本仙君最初在院子里吓过他和李思源的儿子晋殊一回，又被人认定是老虎星下凡，成天在王府内逛来逛去。晋殊见了我就跑，只敢在房角柱子后露半个头偷看，他却颠颠地跟在我身后，起初只跟，后来偷偷摸摸向我后背丢小石子儿。某一天，我在后园亭子里小坐，他从草丛中滚出来，扑到我膝盖上，睁着溜圆的眼很郑重地问："小叔叔，人家都说你是白虎精变的，是不是骗人的？"

我说："是白虎星，不是白虎精。"本仙君变成个老虎星便罢了，被说成老虎精仙颜何在？

李晋宁鼓着腮帮子道："说小叔叔是白虎精一定是骗人的！老虎的脸是圆的，小叔叔的脸不是圆的，小叔叔不是老虎！"

我热泪盈眶，这孩子多么有见识。全王府上下，竟都不如一个七八岁的娃娃。

我伸出手摸摸李晋宁的脑袋，他立刻露出缺了两颗的上牙，手脚并用爬上我膝盖："小叔叔，你不是老虎精，那会不会讲老虎精的故事。"

我慈祥笑道："会。不单老虎精，狐狸精、黑熊精、蜘蛛精、獐子精的故事小叔叔都会讲。"

李晋宁揪住我前襟："黑熊精！我要听黑熊精！"

本仙君清一清喉咙，讲了一段黑熊精，刚讲了一半，李晋宁已趴在我身上呼呼大睡，口水流了我一袍子。

我没奈何将他抱回内院，交给奶妈。从此李晋宁便黏上了本仙君，天天要钻到涵院来一两回。

此时晋宁看我瞧见了他，立刻从门槛处扑过来，扭身子爬本仙君的膝盖："小叔叔我想吃烤鸟蛋。"

我额头发疼："这里没有烤鸟蛋。回去向你娘要，让厨房给你做烤鹌鹑吃。"

晋宁把头来回乱晃："不吃烤鹌鹑，后院树上有个鸟窝，小叔叔，咱们去把鸟窝捣下来就有鸟蛋了。"小混账知道得不少。

我方才对付天枢星君已经元气大伤，哪有心思哄娃娃，板起脸道："咄，掏什么鸟窝，掉下来怎么办！老实回房习字去！"

晋宁瘪了瘪嘴，小爪子依然牢抓住我的袍子不松："我不回去。我要听壁虎精的故事。小叔叔你讲！"

好吧，反正这小祖宗听到一半一定要睡觉，睡下本仙君就安生了。壁虎精……壁虎精的故事怎么编好……

讲到一半，晋宁果然呼呼大睡。我抱着他出门，长房的奶妈早摸出了习惯，已在院中守着，行礼笑道："又来缠三公子了。"接过晋宁回长房串院，我终于落个清净。

夜色初至，王府中灯火明亮。

我用完晚饭，洗澡更衣，再唤过厢房丫鬟来问，厢房里那位公子如何了。看看时辰差不多，本仙君该去陪天枢了。

丫鬟道，那位公子身子不好，傍晚只喝了两口茶，咳了一阵就晕睡过去，方才刚醒，奴婢出来替他温茶。我嗯了一声，放轻脚步走到厢房门前，听见一声物体倒地的声响，一推房门，昏黄的灯下，只见慕若言悬在半空，房梁上挂着一条白绫腰带勒在颈间。

我心里咯噔一声，没想到天枢星君居然如此受不得折辱，下午不过略说了几句，他便死意顿生。连忙扑过去把人抱下来，慕若言死了我怎么向玉帝交差。

慕若言轻飘飘瘫在本仙君臂弯中，双目紧闭，面色清白，我伸指一探他鼻下，气息全无，掐人中拍后背怎样弄都无动于衷，可恨此种情况命格老儿都不算它紧要关头，我依然半分仙术使不出来。本仙君无可奈何，只好把心一横，将嘴凑到他唇边，渡他一口仙气。此事若让衡文清君知道，本仙君一定被他讥笑死。

天枢扳过一口气，睫毛动了动，被我猛拍几下后背，顿时大咳起来，慢慢睁开眼。我狰狞一笑："在本公子眼皮底下想寻死？费功夫把你抓回来哪能让你容易死了！"

玉帝头一二十年也没让天枢少受折腾，我没费多少力气把他拎起来，扔到床上。慕若言目光凄寒凌厉，盯了我一眼，嘴边闪出一丝苦笑合上眼。

本仙君心中无限忧郁，无限凄凉。人人说好人难为，其实坏人更难当。看着天枢此时的模样，我心中十分不忍。几千年前我初上天庭，被仙使引着前去拜会众仙，在九重天阙的云霭上第一次看见天枢星君。那时候他刚从北斗宫中出来，北斗七星的其余六宿随在身后。我在一片银辉中看见一个素袍玉簪风华淡雅的身影，让人不敢唐突逼视，又忍不住想看，实在是仙中上品。经仙使指点，我侧身谨候，顶礼相迎："小仙是新上天庭的宋珧，见过星君。"

清冷如星的目光只在我身上停了瞬间，颔首回了一礼，客套都不客套一声，便扬长去了。玉帝都没有这么大谱儿。

那时候的天枢星君高高在上，几曾想到如今会沦落到如此地步。这副凄惨模样的成因大多还在本仙君身上。

造孽啊！本仙君在造孽啊！玉帝在逼本仙君造孽啊……

我心中发苦，口里还要继续发狠："慕丞相府的少爷竟像个娘儿们似的寻绳上吊。你可知道，上吊死透的人舌头至少伸出一寸长去，且要将腹中的黄白之物统统淋漓出来。我王府的下人替你收尸单地面都要擦洗半天。你想在阴曹地府让你的祖父、叔父、爹爹、亲娘看见你这副吊死鬼模样？”

慕若言神色木然，动也不动。

我脱下他鞋袜，将他挪到床内，盖好薄被。开门喊丫鬟另取一套枕头被褥。

两个小丫鬟捧着被褥进来，看见房梁上还挂着的那条腰带，脸色变了变。我寒着脸吩咐把东西放下，将腰带取了下来。小丫鬟们不敢多言，低头走开。

我脱下外袍，抖开薄被，向床上闭目躺着不动的天枢道：“慕公子定是对我心存误会。也罢，从今日起，你我便同食共眠，相信你一定能渐渐了解我的一片真意。或许你在梦里记起单氏余孽的事，说出来了，我也能帮你记着。”

油灯熄灭，房内漆黑一片，我躺上床榻合拢双眼。身边的人气息细微，一动不动。

我料想天枢睡不着。

山贼掳他上山后，将他迷晕了半日。我把他抢进东郡王府他又睡了半日。方才投缳，再晕了一晕，如此算来今天一天都在睡。

我打个哈欠翻身向外，他睡不睡得着本仙君管不了了，大动干戈一日，本仙君上下眼皮早招架不住想在一起亲热，本仙君潜心静气，调匀内息。听见头顶上细若蚊蝇，依稀在喊：“宋珧元君……宋珧元君……”

我抬手在半空挥了挥，蒙头欲继续好眠。胸前蔓延到四肢一片麻木，渐渐飘浮。我半睁眼皮一看，金光荧荧，本仙君正浮在半空，忙低头一瞧，床上依稀两个人形一动不动地躺着。本仙君渐升渐高，穿过梁瓦，停上屋顶。命格星君在月光下捋着须子，笑眯眯道：“宋珧元君。”

我半撑着眼皮有气无力地道："一册掌定众生命，星君尚有闲暇时刻心悬此事。时不时提我出来说个话儿，您老仙道高深宋珧钦佩不已。此时传唤，星君有什么交代？"

命格老儿两眼眯做一条缝："这不是到了此时，元君才有空儿嘛。扰了清梦，回天庭后我送元君一张云床做赔罪。元君，晚上那些，我都瞧见了。"

啊！命格星君是看见了天枢投缳，还是我帮他渡气？我长叹道："星君看见就好，我正要和您说。劳驾星君替我在玉帝面前呈句话，天劫一事，请玉帝另派仙僚来做吧。小仙难当此任。天枢性烈，一折磨就寻死。小仙奉旨行事，若一个不留神天枢死了，算是谁的？此事我不做了。"

命格道："我今晚请元君出来，正是说此事。玉帝早已在慕若言身上施了仙法，不到劫数历尽，此世绝不能结。元君只管放开手脚，不要顾忌。"

皇天哪！连死都死不了，这真正是上天下地皆无路了。这责罚实在忒狠！天枢星君到底犯了什么事？

我从房顶回到屋内，附进李思明的身躯。身边的天枢还是一动不动地躺着，若本仙君是他，此情此境，又当如何？我向床边挪了挪，让他在里面躺得宽敞些。翻身再向外，一入黑甜，睁眼天色大亮。

我起身翻开被褥，身边的天枢呼吸匀长，却像是正沉睡。想必是睁眼睁到天快亮，心力疲乏，忍不住睡了。我俯身看他的睡容，双目从容地合着，长眉舒展，容颜恬淡。

他到这个份儿上，得场好眠亦不容易。我轻手轻脚下床，打开房门，丫鬟端水来洗漱完毕，去小厅用餐。

本仙君与抢来的纤弱公子同榻而眠之事，中午未到，全府上下估计尽人皆知。我在院中徘徊，只见仆役小厮，丫鬟奶娘，三三两两聚在一处，偷偷摸摸小声嘀咕，还时不时向涵院东厢方向探望，一瞄见本仙君，立刻缩头噤声，纷纷散开。

我只当作没看见。我索性挑开这层窗户纸，先去找李思源：“二哥，前日抓回的群人中，有个书生，小弟与他十分相投，想收在院子里。二哥可答应？”

李思源一定已知道了消息，看着我，笑得含蓄：“原来三弟交友如此豪爽。”

我道：“小弟知道他来历未明，虽放在身边，一定牢牢盯着，不忘记寻查。”

李思源道：“真查出什么来，三弟你舍得杀？”

我将面皮动了动，轻叹道：“二哥真问到了软肋上。若是查出了什么……还请二哥手下留情，交给小弟赏他个痛快，别……别折磨他。”

李思源哈哈一笑，从桌后踱步过来拍我肩膀：“我昨天去查了查其余那几个护卫，没查出什么大不了的来。那人你就收着吧。等爹回来，二哥在他老人家面前替你说点好话。”

我急忙喜滋滋作谢：“多谢二哥！多谢二哥！”

李思源道：“就这么空口说声谢，不请二哥一顿酒喝？”顺水送了我个人情，晚上还敲了我一顿好酒。

我又将身边的仆役、小厮、丫鬟统统叫到眼前，敞开窗口把亮话说明：“东厢里的言公子，从今日起便在府中长住了。你们待他要像待本公子一样恭敬服侍，不得有半分差池。若被本公子知道，你们当面背后，说出半句对言公子不敬的话来，或是服侍有半丝不周……”我冷笑，松手，一个杯子落地，咔啦一声粉身碎骨，“这个杯子就是你们的榜样，都明白了？”

一干下人抖得像筛糠，齐刷刷伏地磕头：“遵命。”

我心满意足起身离座，本仙君唱黑脸戏，功夫越发纯熟了。

当然，我没忘记拿这件事去折腾折腾天枢星君。本仙君大摇大摆进了东厢房，天枢正在窗边站着，我前日替他渡气被命格老儿称赞，领悟做事当放开手脚。于是缓步过去，贴近天枢耳畔，涎笑道："我已吩咐管事换了张大床在上房中，从今后就陪我睡在上房吧。"

慕若言僵着的身子颤了一下，半闭上清冷的双目，撕心裂肺地大咳起来，咳在我袖子上两口瘀血，将我推了一个踉跄，断断续续道："我慕若言生做七尺男儿，受圣人教诲……宁死也勿受尔等鼠辈折辱……"径直向屋墙撞去，本仙君知道他撞不死，拦得不是很及时，手刚扯住他袖子，他额头已撞上墙壁，鲜血淋漓，晕死过去。

方才又玩得过了……

喊人、传大夫、上药、开方子、煎药、人仰马翻。

本仙君蹲在天枢床头，十分忧郁。我觉得玉帝派我下界，不是让我折腾天枢，而是让天枢折腾我。

比如说现在，天枢昏迷之中，牙关紧咬，汤药不进。本仙君只好捧着药碗，喝一口药，再渡到他嘴里。你说到底是他亏了，还是我亏了？

命格星君个站着说话不腰疼的，说天枢死不了，说得倒轻巧。他死了倒方便，找个棺材抬进去埋了了事。他不死，就要晕，缠绵病榻，待我服侍。有能耐你来伺候他试试？

本仙君不敢抱怨玉帝，便腹诽命格星君泄愤。腹诽一句，喂一口天枢。房门缝边，窗纸处，人影绰绰，定是丫鬟、小厮们在偷看。

前几日，王府上下把本仙君看成一颗凶星，今日过后，一干下人看我的眼神大不相同，饱含着了悟与钦佩。

我唯恐天枢醒来再撞墙，趴在他床沿对付睡了一宿。第二日蓬头垢面，不人不鬼。几个丫鬟、小厮齐来劝我洗漱用餐，勉强将我收拾得像个人。

上午再去喂天枢喝药，喂到一半天枢醒了，发现我竟用如此龌龊的方式让他吃药，羞恨欲咬舌自尽，我当时刚喂完他喝下一口药还未抬头，忙捏住他下腭，情急中用嘴去堵，手一打滑，被他牙关一合结结实实咬住我舌，鲜血流出，疼得撕心裂肺。

本仙君舌头肿了数日，口齿不清，只能用凉茶，连热汤都喝不得。天枢咬伤本仙君后，可能略泄了些愤，也可能又咬了几次自己舌头发现此法不通，未再有什么动静。

我正在暗喜，丫鬟来向我报告，言公子不用汤药，粒米不食，滴水不进。

天哪！他又绝食了。

我揉着太阳穴，大着舌头道："让他饿吧，横竖饿不死。"

话虽这样说，但慕若言本来就皮包骨头，再饿他几日，饿成一副骸骨模样，若他偶尔想透透气，半夜到院中游荡，恐怕会吓到人。

我往舌头上敷了点凉药，再到东厢一行。慕若言气息奄奄，脸越发白得像张纸，正在椅子上坐着，见我进屋，就合上双眼，假装入定。

我大着舌头，尽量把字咬得清晰："你一个劲儿寻死觅活，怎么都不找个好法子。绝食是不是？本公子听说，饿死之鬼，地府不收，化作游魂，专吞食其余幽魂，或食人阳气。想与你的亲眷，还有百年后的单将军再聚首那是做梦。"

转身欲走，天枢忽然开口道："李公子对鬼神之事，所知却甚多。"

我回头一咧嘴："传言说本公子是老虎星下凡，老虎星，知道的神神怪怪当然多。"看见天枢的脸，舌头便开始疼痛，多说无趣，我抛下一句话，跨出门去。

"你不信我说的话，可以饿死试试。"

晚上，丫鬟落月告诉我，言公子吃饭了。

本仙君也正在用饭，听闻此喜讯，忘了把热汤吹凉，灌了一勺入口，疼得五官移位。落月站在我身边，红着两个眼眶道：“少爷，您对言公子的好，人人都看着。言公子只要不是个铁打心肠的人，奴婢相信他一定能明白少爷待他的心。”

本仙君两行老泪几欲流下来。

我待他的心。玉帝啊，你真的是派我来折腾天枢的？

言公子吃饭了，言公子喝药了，本仙君的舌头好了，言公子的伤疤消了。

天枢求死不能，宛如行尸走肉，眼神空洞，神色木然。不哭、不笑、不言、不语，由人摆布。本仙君将他挪入卧房内，同吃同睡。他吃得不多，我不勉强。晚上一张大床，各睡半边，他侧身卧着，一动不动，我也不理会。如此过了数日，慕若言始终像一洼死水，无波无澜。我曾见他将胸前的玉拿出来看过，只有看那块玉的时候，他眼里才微有光彩。

他无波无澜，我却必要兴出点波浪来。玉帝派本仙君下界，是替他设劫数，不是伺候他起卧食宿的。我近日也时常假意逼问他单晟凌的下落。慕若言却像看穿了本仙君只动口舌，我说他听，还是一动不动。

某日，我带慕若言到后花园映雪湖边的亭中小坐。我知道他不喜欢被人看，吩咐左右退下，无要事不得靠近。慕若言像个木头似的坐着，任你起什么话头儿，都木然不语，十分无趣。本仙君对着这块人木桩子说了半天，口干舌燥，左右无人伺候，只好自己去寻些茶喝。

捧着茶壶回亭，在花丛的小径中远远向亭内望去，看见慕若言手拿那块玉，盯着发呆。

我大喜，折磨天枢的时候来了。

我大步流星进了亭子，将茶壶重重放上石桌，寒声道："你方才在看什么物什？"

慕若言抬眼看我，神色中的慌乱一闪而过，依旧木然，淡淡道："看风景。"

我狞然一笑，扯起他的左手，用力掰开，拎着绳线将玉佩扬起："这是什么？"

慕若言道："一件家传的寻常佩饰。"

我掂了掂玉佩："寻常佩饰？听闻单氏被抄家时，私藏了一批财物刀剑，以秘密图纸标记，留与漏网余孽做谋逆之资。这块玉佩外形古雅，该不会，正好藏着什么吧。"

慕若言看着我的眼神有些无奈，我也知道这段话说得有点扯，实在是因为天庭对我要求太高了，每天我都努力想着接下来该说什么、做什么，还买了传奇小说当参考。

做坏人的辛苦，有谁懂得？

必须得善于想象，不是吗？

我翻来覆去看着那块玉佩，慕若言苦涩一笑："当真只是一块寻常玉佩。只是对在下来说，它确实珍贵。请李公子还与在下。"

我皱了皱眉，从被我抓回来到现在，这是慕若言第一次向我提要求。难道，被我误打误撞蒙对了，这块玉佩，真的是单晟凌让他保管的？

"你的这块玉佩，到底是何人所赠？"

慕若言简单地道："不是单晟凌。"

我眯起眼："哦？但看来，此玉对你，很重要。"

慕若言再简单地道："它对公子不重要，完全没有任何用处。"

我本想趁势冷冷道，那我把它砸了如何？但心念一转，还是更挥洒一些好。

“既然无用……”我抬手，向湖中一挥，“那就丢了算了。”

黑点在空中划出一道弧线，溅起一朵水花。慕若言望着我，神色很平静：“其实在下对三公子，也不重要。公子一直在舍近求远，单兄此时，必不在东郡。我的确不知他的下落，即便知道，也决不会说。我虽与他算是兄弟，但你以我为质，也不可能换他到来。以三公子之心智，何以想不明白？又为何非要在这条死胡同里，不依不饶，白费精力？”

本仙君有点心虚。他难道看出来了？不可能，本仙君这出戏唱得淋漓尽致，绝对不可能有什么纰漏。天枢啊，不依不饶的是天庭，本仙君只是奉旨办事，也苦得很。

慕若言倚栏望着我，徐风中衣袂飞扬，恍若——

恍若我初上九重天阕时，云霞烂漫淡然银辉中高高在上的天枢星君。

“在下便用公子方才的话劝公子一句，无用之物，早弃清静。敢问死在水里的鬼可有什么讲究没有？”

我尚未回神，慕若言已越过栏杆，纵身跃进湖中。

皇天啊！命格老儿难道在背后阴我？为什么本仙君哪回出手天枢都一定要寻短见……

我盯着水面上一缕渐渐没下去的黑发心想，不然就让他先在水里泡一泡吧，泡一泡知道自己是个死不了的，就没下次了。倘若天枢星君将十八般寻短见的方法统统演练一遍，捞上来后再抹抹脖子、跳跳悬崖、喝喝毒药，最后他不死，本仙君搞不好形神俱散了。

本仙君在天庭，第一个学的仙法是辟水术。

因为，其实，本仙君有些惧水……

我盯着水面，有些发晕。天枢总不浮上来，也不是个事儿。

本仙君得道多年，上碧落下黄泉，岂畏一湖哉？

甩掉外袍，一头扎进水，湖水毫不客气顺着我的鼻子嘴巴咕咕倒灌进来，本仙君被呛得头晕眼花，思忖该先伸手还是先伸脚，偌大的一个湖，不晓得天枢沉在了何处。

耳朵越来越响，头越来越沉，不好，李思明顶不住了！

耳边细细的有声音在喊："宋珧元君，宋珧元君，天枢星君在这里……"

身子蓦然轻松，我四周的湖水分开，四方的大片空隙。一个老龟在湖底对我纳头而拜："小神守畛，乃此湖水族总管，见过元君。"

没想到一个王府的内湖，还有水神栖住。

更没想到，我堂堂宋珧元君，没了仙法后，竟差点淹死在这个王府内湖里。

老龟身边，躺着慕若言，双目紧闭。老龟道："星君吃了两口水，昏迷过去了，上岸缓过气来便好。小神未救得及时，元君莫怪。"

我拱手赔笑道："畛老客气，若不是您，恐怕连本仙君也要折在此湖里。见笑见笑。"

老龟道："元君施展不出仙术，所以惧水。小神这里有颗辟水珠，元君不嫌弃就请收下，在水中便可来去自如了。"

我道了谢，收好辟水珠，抱起天枢，分开水路回到岸上，托着慕若言的头，熟门熟路，开始渡气。

刚拿舌撬开他牙关，渡进第二口气时，身边有声音忽然道："小叔叔，你在做什么？"

本仙君猛抬起头，老脸微热，只见晋宁吮着手指头，乌黑溜圆的双眼眨巴眨巴地盯着我。晋殊躲在他背后，露出半张小脸。

我咳嗽一声："这位叔叔掉进水里了，小叔叔在帮他渡气。"抬手摸摸他的头顶，"不要和别人说起。"

晋宁的眼睛亮亮地一闪，挺起小胸脯道："小叔叔你放心，我一定不会和别人说。小叔叔，我也想帮这位叔叔渡气，可不可以？"

本仙君一口仙气几欲岔道，拉下脸肃然道："渡气是门武功，你还小，练不得，不能使用。等你长大后，自会领悟。小叔叔要带叔叔回去，你乖乖和哥哥在这里玩。"挟起慕若言，向涵院疾走。在小径转弯处侧眼看时，晋宁还站在原地眼巴巴向我这里瞅。

慕若言在卧房床上咳出两口水，顺过气来，终于悠悠醒了。

我坐在床边，望着他双眼，把被子给他向上拉了些："淹死鬼腹胀如车轴，头大如斗，是鬼里头最难看的一种。"

慕若言的双眼漆黑，望不见底。

我接着道："抹脖子的鬼会在颈中再生一张嘴，米汤从口入，颈中的口出，不能享用祭品。坠崖的鬼无手足四肢，只能蠕行。饮毒的鬼面色焦黑，七窍血渍不断，口不能言，吞吐皆是瘴气。烧死的鬼，他烧死后什么模样，做鬼就是什么模样。还有吞金的鬼……"我笑了笑，"所以想顺利去见阎王、佛祖、玉皇大帝，就只能安天命，老老实实等鬼差来勾。"

天枢的双目瞬也不瞬地看我，我恳切地说："只此一回了，好吗？"

慕若言还是看着我，不说话，情境有一点点诡异。

我被他看着，忽然愧疚心大生，忍不住道："你放心，我……"

正在此时，房门忽然被撞开，一个东西飞扑过来："小叔叔——"

我颓然闭眼，小混账怎么跑来了："在花园里不是让你去玩吗，晋殊呢？乖，小叔叔有事情。"

晋宁拉住我衣襟，哭丧着小脸道："小叔叔，疼……"

我按住突突乱跳的额角："哪里疼？是不是在花园磕到了？乖乖去找你娘，让她喊大夫。"

晋宁拉起我的手，张大嘴："这里，牙齿晃，疼。"

我伸手摸摸他嘴里一颗摇摇欲脱的槽牙："你现在正换牙，这颗掉了会长新的。换乳牙怎么会疼？"

晋宁手脚并用攀上我膝盖："本来不疼，爹爹说今天祖父和伯伯会回来，有野鹿肉吃，我想吃野鹿肉，牙晃，难受，我想把它拔掉！"

本仙君十万分庆幸，幸亏我少年得道，飞升成仙。若是成了亲，生这么个娃娃，光气也要少活十年。

晋宁在我膝盖上扭来扭去，慕若言已掀开被子坐起身，晋宁立刻扭过身去，眨巴着眼向慕若言喊："叔叔。"

慕若言扬起眉，居然浮出了一丝笑意。晋宁立刻如鱼见水，从我膝盖上挣下地："叔叔，我牙疼。"

慕若言蔼声道："疼得厉害吗？"

晋宁扑到床边，拼命点头。我看他盯着天枢，目光炯炯，大有要爬到他身上的意思，心中戒备，慕若言此刻的身子像用糨糊刚粘起来的，怎禁得住这小祖宗圆滚滚的身子。

晋宁的小爪子扒上慕若言的膝盖，眨着水汪汪的眼，张开血盆大口谄媚地笑，豁牙处还挂着一丝银涎："牙齿疼疼……叔叔，和晋宁渡气治治……"

我一把掩住那张祸嘴，寒起面孔拎住领口将祸天星提出门。晋宁双腿乱蹬，耍赖大嚷："小叔叔坏蛋！小叔叔不让叔叔帮晋宁渡……呜呜呜……"

我把晋宁拖到院中，小混账大哭，鼻涕抹了本仙君一身。丫鬟们在走廊里偷笑，我假装没看见，沉声道："奶娘呢？来人，送小少爷回房去！"

两个小丫鬟抿着嘴过来，把小祸害哄走。院外匆匆走来一人，在本仙君身边跪下道："三公子，王爷和大公子回来了，带回一位贵客在正厅。

王爷吩咐三公子即刻到正厅去。”

本仙君匆匆换了件外袍，赶到前厅，思贤、思源都在下首站着，客席上坐着一位青衫公子，墨发半束玉冠，半垂肩侧，淡逸纤雅。

我跨进门槛，东郡王道："怎的如此磨蹭，怠慢贵客。爹来给你引见，这位赵公子乃为父延请的幕仲，从今往后住在府中。你定要恭敬待之，不得怠慢。”

青衫公子站起身，我惊且喜，恍若东风拂过，三千桃树，花开烂漫。

他在三千树桃花的灼灼风华中向我轻轻一笑。

“在下赵衡，见过思明公子。”

第叁章

本仙君如一棵被霜打雪压的老树，忽见东风，不由自主花满枝头。

浅近些说，我心花怒放了。

怒放的刹那，盯着对面的人时候稍长了些，笑容许没留神儿，略欢喜了些。李思源在我身后“咳咳咳”了数声。我幡然醒悟，一顺手就想照旧去握他双手，只听见李思源越发猛烈地“咳咳咳咳”。

东郡王面上微露忧色：“源儿，你咳个不住，可是染了风寒？”

李思源道：“无妨，兴许是方才一个飞沫儿呛在了喉咙里……”又打了个哈哈道，“三弟对赵公子的仪表委实仰慕，竟连招呼都不知如何打了，哈哈……”

我方才顿醒回神，拱手礼道：“久仰，在下李思明，赵公子不必客气。”

成天价一处厮混几千年了，还要在人面前如此客套做作，有趣有趣。

东郡王道：“为父恳请赵公子数日，他方才肯入郡王府为仲，你们三人待公子一定要恭敬客气。日后只称他赵先生便是了。”

恳请数日？他一定是早下好了套子等着你去请他，表面架势端得十足，心里恨不能削尖了脑袋钻进来呢。

赵先生笑得似模似样：“王爷实在客气，赵衡如何担得起。”

东郡王直道：“哪里，哪里。”吩咐给赵先生收拾上房，服侍沐浴更衣，再摆酒接风洗尘。

赵先生左右总有人团团服侍着，本仙君只好回到涵院内，如坐针毡，对着天枢那根人柱讲些逸闻，算讲给他听，也算自言自语，挨着工夫。

“……姜子牙到了西岐后……”元始天尊曾将他徒儿的功绩与本仙君说过数次，偏在此时想不起来了，“咳……杨戬力劈华山之时，天地变色，星斗颠簸。那黑熊精从山中跳出来道，‘你这个张道士，吾在此处修炼，未伤过人命，你为何非要取吾性命？’”

“李公子。”慕若言初次主动和本仙君说话，我一时不能适应，愣了稍许。

“你是不是嫌我话说多了烦得慌？那我去院中转转，你歇着吧。”

“无妨。”慕若言又浮了那么一点笑出来，他一笑，就如熙熙日光照入水面，“关公战秦琼是本好书，姜太公、二郎神君与张道士三英战黑熊，亦是一段奇话。”

我讪讪咳了一声：“你今天入水受了寒，先躺着暖暖吧。我……咳……本公子吩咐给你熬些姜汤。”

在院子里四处转转，挨到晚上。洗尘宴上只客套了几句，散席各自回房。本仙君洗漱沐浴，与慕若言并头而卧，夜半寂寂时，听见头顶上轻声笑道：“宋珧你得与天枢星君共卧，可已沉醉仙梦了吗？”

我被拘在李思明的凡胎中，被他一损，回不得嘴，索性掀被撑身欲起。头顶上道：“起来做什么，深夜妄动，惊扰了天枢可不好。你躺下，我放你出来。”

心窍清灵，四肢尽松，我脱得李思明之身，举目四望，穿门而出。他立在月光下道：“幸亏有仙隐之术，若被人看见你我这副情境，定是一出鬼话。”

本仙君忍了半日，终于能疾步上前：“衡文！”

衡文清君晃着他那把破折扇道：“我在天庭见你怀抱天枢行径亲密，忍不住就下来瞧瞧，远着瞧总不如近看真切。”

难道本仙君在地上受罪，一干仙僚们都在云头上看热闹？我抽了抽面皮，道：“你如何瞧见的？”

衡文道：“天庭日子散淡，难免寂寞。命格有面观尘镜，能看世间事。偶尔带携我一观。”

命格老儿手中竟还藏着这样的东西，不知道除了衡文，他还捎上谁一起看镜子。一想到我抱着天枢渡气喂药时，天上正有数双眼睛盯着，我的老脸忍不住起热。

“你从镜子里瞧见，该晓得我下界后过什么日子。你此番下界，是玉帝派遣，还是私下凡界？”

本仙君与衡文相交数千年，他的脾气我早晓得，嘴上虽刻薄，一定是见我在人间实在太惨，才特意下凡帮我一把。

衡文悠然道：“命格星君琐事甚多，无暇顾及此处。南明帝君此世是位枭雄，玉帝恐你如无仙术打不过他，需要有位协助。算来算去，仙界还就数我闲些，你我比他人熟些，于是派我下来。”

衡文下界后，借故在边镇回尚川的沿途偶遇东郡王与李思明，与这两人在打尖的茶棚下闲话兵法局势。衡文清君是哪个？天庭上监世间学问的上君。略说几句便将东郡王唬得头晕眼花，直呼先生天人也，三延四请将这尊大神请到了家。

本仙君近日对玉帝颇多积怨，竟是我错了。玉帝虽偶尔缺德，却依然仙德巍峨，英明仁慈。让衡文下界，如雪中送参汤，忒仁慈；如与猛虎赐双翼，忒英明。

我与衡文在荷花池畔站着，将他上看下看，满心欢喜。衡文望着我一笑："我此次下界，用的还是你那时给我取的名字——赵衡。"

我嘿然笑了数声，忽然想起件事情："给你安置的卧房在何处，带我去看看，认个路。"

衡文欣然引我前去，原来就在出了涵院左首的正厢内。夜色中朦胧看房内，看不出什么来。摸索到床边，本仙君坐下，不由得叹道："见到床就想睡，这些天没睡过好觉。"

衡文道："想睡你就睡下，横竖李思明还和天枢在一张床上。天亮前我渡你回去。"

本仙君没和他客气。这几日白天折腾，晚上还要惦记天枢在旁边，翻身的时候别压着，睡着的时候别梗着颈子，打鼾把他惊着。牵三挂四，不得踏实。本仙君翻身上床，在内侧打了个呵欠，昏昏欲睡。

衡文在我身边躺下，我道："索性你每晚将我提出来，让李思明陪着天枢睡罢了。本仙君自去寻床睡。"

衡文悠悠道："你这是什么话，与天枢星君夜夜同榻，你还挑三拣四，不怕天雷轰你。我在天上看你搂着天枢渡药送气，颇得意趣，怎的到我面前却装起门面来。"

将头凑到本仙君耳侧，低声道："你得天枢星君仙泽，心元可动否？"

我伸手揽住衡文，半撑起身子涎笑道："衡文清君淡雅绝代天界第一，有清君在身侧，宋珧眼中岂会再容其他乎？"

衡文挑了挑眉。

我却将涎笑一收，躺回枕上："罢了，天上还有人看着呢，不敢多冒犯清君乱开玩笑，否则天兵骤降，诛仙台上咔嚓一声，或是一道天闪，彻底干净，那可冤大发了。"

衡文嗤笑一声："你晓得利害，在凡间这段时日便时刻记得分寸，设劫的反入了劫，下场是什么你想得出。到时候我也未必保得了你。”

我打个哈欠：“嗯，我当人的时候命真不怎么样，可不想再回去了。我和你说过没，我上天庭之前命犯孤鸾……”

衡文口齿含混道：“嗯，说过数遍了……”翻了个身，沉寂无声。我皱眉道：“你还没听完，怎么知道我要说哪桩事，张口就道听过数遍了。”忒不给兄弟面子。

衡文应也不应一声，看情形是——

睡着了。

我无奈叹气，翻身向内。

那件事情，我兴许确实，说给他听过。

我飞升成仙前在尘世的那几年经历的糊涂事，恐怕都和衡文絮叨过一遍或数遍。但那件事我认为仍值得一说，确实有道理在。

因为那件事是我从人到仙的几千个年头中，唯一能和“情”字沾上边的事。我做凡人时唯一一次倾心恋慕。

我那时候少年正意气，整日在市面上冶游玩乐，自以为风流。某日在长安街头蓦然回首间，见一佳人倚栏而立。只这一眼，她就成了我命中的劫数。

她是青楼的歌妓，绫罗十匹换她清歌一曲，黄金百两才能与她一夜春宵。我豪掷千金，不肯让她委屈在床上与我假意鸳鸯，夜夜闲话闲坐，想尽办法讨她欢心，只为了让她心甘情愿地跟我说句喜欢。

结果，她没爱上我，反而瞧上了一个穷酸秀才。

她将我送她的珠宝首饰、古玩玉器、名砚宝琴一一变卖，供那穷酸赁屋读书，上下打点，参赴科举。结果穷酸金榜题名，高中状元。一顶粉轿将她抬进府内，二人终成眷属，她成了他人妇。街头坊间，多了一段可传千古的佳话。

我就是那佳话中做帮衬的冤大头。

情关惨败，本仙君那时的颓废可想而知。我白日酗酒，夜晚吟诗。伤春的小李，悲秋的韦庄，十年一梦醉扬州的小杜，凄诗凉词，首首皆能倒背。从旧年重阳伤情到来年端午，她去庙中烧香，我在大殿中将她拦住，问她那秀才究竟比我强在哪里，我待她一片深情，她却倾心于一个秀才。

她向我道，公子口口声声说情，其实并不懂什么是情，自以为倾心就是一掷千金，恋慕就是赠奴宝琴香扇，玉镯金钗。相公当日虽穷，却能与奴以心换心。公子是豪门少爷，恐怕连路边的馄饨面都没吃过，误把意气当真情，岂能明白两情相悦时，彼时你中已是我的道理。

我黯然出寺，踯躅街首。一年多的相思苦伤情愁，竟被她说成一时发热，一文不值。

我在街上看身侧烟雾缭绕，难道只因为我没吃过馄饨面，我的情就不叫情?

我颓然踱到烟雾缭绕处，矮桌前拖过一张小凳，坐下黯然道:“老板，来碗馄饨面。”

喝下那碗面汤后，我成了宋珧仙。

衡文假惺惺地宽慰我道:“命，这就是天命。天命不可违也。”

是了，衡文曾如此奚落过本仙君，这桩事我确实对他说过。

那时我长叹道:“天命让我孤鸾星高照。”

衡文躺在莲池畔的青石上，闭着眼道:“否，否，是天命让你做神仙。”

是，我做了神仙，游来荡去几千年，接到的唯一一件像样的差事就是为天枢和南明设劫。

然这桩差事的重点，是天枢星君和南明帝君能否历劫后消除过业，重归仙位。我不过是天庭遣派负责唱白脸的一枚小卒，拎着鸡毛当令箭，上蹿下跳，谈不上一丝光彩。

若被不明真相之人写成故事，天枢、南明二位更会是受尽磨难的主角，而我便是故事里白鼻子的奸狠小人。

说来说去，本仙君其实还是个帮衬的冤大头。

难道本仙君就是在这种戏中，做这种角儿的命?

本仙君积怨沉睡，竟梦到南明帝君带着一顶粉红小轿，身披铠甲，在东郡王府门前横刀而立，让我还他天枢。

我一面在心中呐喊，帝君你赶紧把天枢扛上轿子，跑得越远越好，本仙君真的不想伺候他了；一面在口中恶狠狠道："本仙君要定了天枢，谁也抢不得他！"

睡眼蒙胧中，我被人一把拖起来，抖了一抖。

我半睁开眼，瞧了瞧揪着本仙君前襟的衡文："做甚？"

衡文拖着字眼儿道："天枢正在你房内的床上吐血，别喊梦话了，赶紧过去瞧瞧吧。"

本仙君忙纵光闪回李思明卧房内，此时天已微亮，半昏半明中只见天枢面白如纸，双目无力地闭着，嘴角还挂着一缕血痕。床下落的一方白帕已血迹透染，他袖口被角，也染着点点血斑。

好端端的他吐个什么血！

衡文抬手将我推进李思明的躯壳："你还愣着做甚？赶紧喊大夫去吧。"我翻身从床上坐起，半扶起天枢，替他擦擦嘴角血渍。衡文用了隐术，偏偏让我这李思明的凡眼能看得见他。坐在凳上，笑吟吟地看向我。我铁着面皮，高声喊道："来人！"

丫鬟应声推门叩头，我颤声道："快喊大夫，言公子吐血了！"

东郡王府的大夫向我道，言公子他脉象浮涩，乃积年旧症染了寒气，瘀痰存堵，如此这般絮絮叨叨。

我挥袖打断：“本公子不通医理，你与我啰唆这许多有什么用？病症知道了，治吧。”

老头儿喏喏应了一声是，慢条斯理开了张方子，说他只能先开方子稳住慕若言的咳症，隐晦暗示慕若言的病不能去根。

不能去根，那不是肺痨吗？

我低头看了看慕若言，怪不得脸色黄里透白，成天咳嗽，原来有痨症在身……

衡文还没走，在桌旁悠然道：“看你面露忧色，着急得很。”

本仙君的心被你奚落得乱抽，哪有工夫去痛。我看四下无人，低声道：“天已大明，赵公子不怕有人去请幕仲？”

衡文道：“也是，我先回房去了。你且看着天枢吧。”银光一闪，不见踪影。可算走了。

我在床边坐下，天枢还没醒，我把他的手放回被子里，替他将被子掖得再严些。天枢受的责罚似乎特别狠，全家死光，还被安个痨病在身上，半死不活地吊着受罪。那南明在南郡做将军做得甚是开心，倒没听说怎么倒霉过。

一碗药没灌完，天枢醒了，我伸袖子替他擦了擦嘴角的药渍：“到水里泡了一趟，把痨病根儿激出来了，何苦来着。”

慕若言又苦苦一笑：“可能我这身子真的是个半死不活的命，只是又诸多劳烦了。”

我假笑了一声。劳烦不敢当，你是玉帝摊派到本仙君头上的，你半死不活，我也不能好过。

牢骚归牢骚，我还是忍不住问：“大夫说你的病是陈年的旧疾。慕府犯事并没有多久，之前你都是相府少爷，怎么好端端会弄个肺痨在身上？”

慕若言默不吭声。

我道：“难道又与单晟凌有关？”见他还是不吭声，再接着道，“你对他倒真的情比金坚。什么时候把你们的故事一一讲给我听听。”慕若言仍默不吭声。本仙君看他良久，才又逛出房门去。

在前院廊下，一团东西箭一样冲到我腿边，小爪子拉住我的袍子角乱晃：“小叔叔，小叔叔……”我眉头跳了跳，摸摸他脑袋：“怎么不在小书房里听先生讲书，反出来乱跑。”

斜眼看见晋殊藏在柱子后，露出半张小脸，被我一瞧，又往柱子后缩了缩。本仙君自诩倜傥，这孩子一看见我却总像见了真的老虎精，本仙君很不解。晋宁皱着鼻子撼动我腿：“写字手疼，小叔叔，我要去看院里的叔叔，手疼，让院里的叔叔吹吹。”

我抽了抽面皮，一脑油水的小崽子。远远看见衡文从书房方向过来。

我腿旁绊着晋宁，只好在原地干干笑着打招呼：“甚巧，是赵先生。”

衡文走近，斯斯文文地拱手：“三公子。”看了看我脚边，笑道，“是小少爷？”

我再干干一笑，腿上忽然一松。只见晋宁像一杆肉标，直扑到衡文身前，一把抱住衡文双腿，“哥哥——”衡文身子纤长，竟被他扑得一闪，后退了一步。晋宁紧拽住衡文袍子下摆晃来晃去，仰着小脸腻着奶腔问：“哥哥，你叫什么？”

衡文清君是纯仙种的神仙，非从凡世生，没见过这样的小儿，因此怔了一怔，失笑道：“你问我吗？我姓赵，单名衡。”

本仙君大步向前，欲拎开晋宁，小崽子死拽着衡文不松，觑着脸道：“赵哥哥好看，晋宁喜欢！赵哥哥抱抱！”

我拉下脸一把将他从衡文身边拖开："咄！什么赵哥哥。这位是祖父请来的赵先生。喊先生好！"晋殊吮着手指也正从柱子后向衡文身边挪，见我过来又向后缩了缩。

衡文笑得却很受用，晋宁在我手中乱扭，欲再扑过去，廊下有人喝道："宁儿，做什么呢！"晋宁立刻定住身子，老实不动。他爹李思贤大踏步疾走过来，从本仙君手中拎着晋宁的耳朵提到身边，晋殊垂着小脑袋苍蝇哼哼般喊了一声"大伯父"。

李思贤厉声道："先生面前如此无状，平素如何教你的！回房去把立身醒言抄一百遍！"晋宁撇了撇嘴，抽抽搭搭哭起来。两个奶娘上前，领着晋宁、晋殊走了。晋宁边哭边走，拿袖子抹鼻涕还不忘记回头看衡文。李思贤拱手道："犬子无状，唐突了赵先生，赵先生勿怪。"

赵公子眼都笑眯了，怎么会怪："大公子客气了，小少爷一团稚朴天性，言语见识却有浑然天成之灵气，他日定为龙凤。"

李思贤连声道先生谬赞，转身向本仙君道："爹在正厅，让三弟你速速过去。"

李思贤脸色沉重，似乎东郡王找本仙君是为了件了不得的事。本仙君揣着疑惑赶去正厅，在厅外梧桐树边碰见李思源，半掩住口小声对我道："你和院子里那个，爹知道了。火气正炽。"

东郡王青着面孔站在正厅上首，待本仙君一进门，立刻道："上门。"

厅门砰地关严。东郡王指着身后供桌上森森的牌位："跪下。"

我不得不暂时屈膝一跪。呔，老鬼，你等受我宋珧元君一跪，恐怕在阴间要一千年投不了胎，折福三世。

东郡王胡子根根直翘："孽子，你一二十年木木呆呆为父不曾管教你，居然如今没了家法，做出这等事来！看本王今日在祖宗面前打断了你这根邪筋。”大喝一声，“请家法！”片刻有小厮取来一根铁帚，根根铁丝扎就，扫帚把是根铁棍，有小茶盅的口儿粗。东郡王家果然是武将出身，家法如此凶猛。

小厮奉命抬过一条长凳，将本仙君压在凳上不得动弹，东郡王卷起袖子，一扫帚抡在我脊背上。重重一闷，铁丝扎进肉，本仙君哀叫一声，眼前金光闪烁，陡然间弹上半空。衡文扯住本仙君低声道：“来晚了一步。”手轻抚过我脊背，“可伤着没有，疼得厉害吗？”

神色歉然，目光里也透着担心，我笑道：“那一下怎可能伤到我真身。只因附在李思明的凡躯中，故而能察到疼痛。幸亏是你，我只疼了一下。若是指望命格星君，指不定本仙君被打到什么样他才过来。”衡文的眉目舒展开来，挨在我身边一起半空浮着，看东郡王抡着铁扫帚对着李思明脊背狠狠下去。一下接一下，李思明后背血迹斑驳，小厮带哭腔道：“王爷，三公子好像晕过去了。”

东郡王方才住手：“畜生！竟就晕了！”小厮将李思明翻过来，一探鼻子，大哭道：“王爷，三公子探、探不到呼气了……”

东郡王老脸却也有些慌张。小厮一溜烟儿去喊大夫，本仙君和衡文在半空看一堆人围着活躯壳号脉、扎针、灌药、掐人中、用冰，津津有味。

看到兴头上，忽然想起一事，东郡王既然连儿子都发狠打得如此厉害，不知对天枢下手了没有。忙闪到涵院，卧房中没有，院里没有，念寻诀一搜，原来被拖去了后园柴房。本仙君踏流星赶到时，一个壮仆正端着一个碗送到慕若言嘴边。

碗里红黑的汁水还漂着白沫。

慕若言看着这个碗模样很开心，眉毛梢里、眼睛里都是喜气，仰着颈子等药。本仙君喂你吃药时没见你这么配合过。我大怒，一道小闪打下，壮仆手中的碗咔啦碎成一地，药汁在地面滋啦啦冒着白烟。壮仆眼望半空，神色恐惧："白日……青天白日……房内怎么会有闪电……鬼……有鬼！"砰砰趴在地上磕头，"大仙饶命！大仙饶命！"连滚带爬出门去，"有鬼——"

鬼？有能动天闪的鬼吗？！

慕若言低头看了看地面，又仰首来看半空，自嘲地苦笑："看来老天当真在耍我。"

天枢，看清了就好，耍你的就是天。

衡文不晓得什么时候到了我身侧："天枢喝下药去也无妨，你本不必露仙迹。"

我道："喝下去死不了，肚子也要疼一疼。实在懒得伺候他了。当真是喝了毒药没救也没死，慕若言在那些人眼里也变成个妖怪了，日后有许多麻烦。"

衡文看了看我，没说什么。

再回正厅，正看见一干仆役抬着李思明哼哧哼哧回涵院。待身躯沾到卧房的床，东郡王与两个儿子围在床前忧心长叹时，本仙君扎进李思明躯壳，微微睁开眼，有气无力断断续续喊道："若言……若言……我不活了也不能没你……"凄凉向半空衡文的方向一望，颓然闭眼，再被提回半空。李思明于是又软趴趴地不动了。

李思源含泪道："爹，看样子没办法了，三弟这样总比又变成活木头好吧。"李思贤也道："爹，看来是命中注定。"

东郡王仰天长叹道："冤孽啊冤孽！本王造了什么孽，竟将小畜生生养至如此……"老眼蓄泪，黯然闭起，"罢了，乌龟王八都是命，随他去吧。"吩咐道，"带郭大夫去柴房，看里面那人还有救没。"

稍时三四个人半推着天枢进来，东郡王斜目望了望，重重一哼，拂袖而出。慕若言被推到我床边，看见床上李思明的惨况，神色微动。倒比以前的天枢有人情味。

李思源在床沿道："三弟快醒醒，你念着的人来了。"

衡文皮笑肉不笑地拍了拍我肩膀："下去表现的时辰到了。"猛一掌将我拍下，栽进李思明躯壳。

本仙君动一动，半睁开眼，再有气无力喃喃道："若言……若言……"颤巍巍虚抓两把，竟抓到了实物，冰凉且有些硌手，是慕若言的手。

我抓这两下只是做做样子，没想到竟然抓到了，正琢磨如何继续时。眼前金光一闪，又上了半空。

本仙君眼巴巴看着李思明头一歪再瘫到床上，左手还攥着慕若言的手。

衡文悠然道："甚好，甚好。"

李思源在床前咳嗽一声道："三弟你好生养着，二哥和大哥明天再来看你。"回头向李思贤递了个眼色，李思贤急忙道："是，是，三弟伤得不轻，方才在正厅上了药，正需静养。爹也先回房去歇着吧。"又转头向小厮、丫鬟道，"不相干的都散了，其余的在门外好生守着，药来了再服侍三少爷喝。"

东郡王斜目向床上一瞟，大叹一声，拂袖出门，其余人作鸟兽散。李思源偏偏磨到最后，拐了一脚转回床边，向慕若言拱了拱手："家父生性耿烈，三弟又格外让他老人家操心，今日气上了头，极对不住公子，望公子谅解。"方才出房去。

房门合拢，房里的人只剩下天枢和李思明。我向衡文赔笑道："待我下去附个身，将天枢的手松了，你再提我上来成吗？"

衡文半扬了眉梢道："你急什么，四下无人，看天枢要怎么对你这位李三公子。”

本仙君只好呵呵了两声，看慕若言在床前站着，双眉微有些蹙，望着床上脊背向上一动不动的李思明，弯下腰轻轻扳开李思明的手指，将手抽了出来，拿起床侧的薄被，轻轻盖在李思明身上。

衡文笑嘻嘻看了看我。本仙君被他这一看，没好意思地干咳一声，打个哈哈：“天枢星君在天庭一向甚有怜弱的心，做了凡人此爱好也未变。”

片刻后，小丫鬟叩门进房来给三少爷送安神宁心的汤药，理所当然一般递到慕若言手中道：“劳烦言公子喂少爷喝下，奴婢先告退了。”说完转身而退。

慕若言捧着药碗站着，本仙君忍不住探了探头，方才天枢动手给我盖了盖被子，本仙君心中竟有半丝愉悦。此时李思明活死人一样在床上，不知道天枢用什么法子喂药?

衡文在本仙君背后阴恻恻道：“你脖子伸得拱桥一般，在等天枢对着嘴给你喂药？”

咦？本仙君记得衡文清君没习过读心术。

衡文拖长了音道：“做梦吧。”一把将本仙君再推个跟头，跌进李思明身躯，“老老实实下去喝药。”

我只有再撑开眼皮，做出挣扎醒来的形容。附身成李思明，立刻觉到了方才被打的伤十分疼痛，有气无力地喊了一声“若言”。听见慕若言清冷的声音道：“药来了，先喝些吧。”

唔，本仙君就是来喝药的。不过喝药之前，还要先把戏唱一唱。我挣起半个身子断断续续道：“若言……若言……你还在……我爹他没……他没为难你吧……”

慕若言一言不发将药碗端过来，我撑起半个身子接了碗往嘴里倒，碗空了他伸手来接，再放回桌上，将房门打开，小丫鬟立刻进来收碗。我奄奄一息地吩咐道："慕公子正病着，先让他去东厢休养，等本公子伤好了再说吧。"小丫鬟答了"诺"。

我再被衡文提上半空。让李思明在床上趴着，本仙君偷得闲散几日。晚上在衡文房中睡觉，白天隐了身形在王府里逛一逛，再化个别的模样到街上逛一逛。每天进李思明身躯几次，清醒片刻，喝药吃饭，解决内急。

衡文这几日却忙，东郡王对这位幕仲赵先生极看重，每日邀他与两个儿子在书房商议大事。以天下形势论谋略。本仙君隐在衡文身侧去听过一回，颇无趣。很没义气地丢下衡文到街上听小曲去了。衡文对此事情颇耿耿，当天晚上不让本仙君在他床上睡觉。

我只好站在床头向他赔笑脸："露重夜清冷，衡文清君忍心让仙友露宿在树杈上乎？"

衡文阴着脸道："东郡王府空厢甚多，哪里找不到一间睡。"

我摇头："空厢多，有床有被的少。"

衡文道："那便去做李思明，卧房里好大一张床。天枢的东厢床软被厚，也是个好去处。"

我苦下脸："做李思明背痛，和天枢睡头痛。"涎笑搭住衡文的肩，"纵天下枕席千万，在下只渴慕清君一榻。"

衡文嗤道："你说这话倒不怕上诛仙台了。"本仙君顺利进了被窝儿。

李思明不愧为我的化身，伤好得飞快。四五日上就散瘀青结痂。

他一好，我的闲散日子便到了头。重做回李思明，重睡回卧房的那张大床，重新把天枢挪回身旁。

我真身在外东飘西荡这几天，也飘去看过几次天枢。他每天吃不了两口饭，看几卷经史书册，自己和自己下一两盘围棋。也怪不得他生病，每天这么无趣地过着，憋也憋出病来。

我将天枢挪回卧房后，他每天晚上还是咳嗽。还不咳出声来，把口掩得紧紧地闷声咳。单薄的身子颤得本仙君恻隐心大起，将他扶起来拍脊背顺一口气，开门吩咐沏了壶热茶倒给慕若言喝下，真心道："想咳就别忍着，我睡觉不怕惊。"慕若言顺从地喝了茶躺下，我叹口气，也躺下。

头隐隐作痛时又听见几声蚊蝇似的呼喊："宋珧元君，宋珧元君——"

几日未见的命格老儿，过来了。

他一来，定是又有新的缺德活儿让我接。

果然，在房顶上，命格星君先假惺惺地问了问本仙君棒伤好否，我含笑道："挨棒子乃是星君安排的，棒伤愈不愈尽在星君掌握中，何必多此一问。"

命格星君干干一笑，才切入正题："五日后半夜亥时，单晟凌到东郡王府劫慕若言，替慕若言挡了李思明一剑，负伤只身逃脱。"

唔？我李思明圈禁慕若言的理由不是为了拿下单晟凌吗？怎会放着单晟凌不捅，去捅慕若言，还让单晟凌替他挡了一剑？应该是捅单晟凌的时候慕若言替他挡了一剑才符合情节吧。

算了，反正命格爱简写，我到时可以自由发挥。

总之，这一剑乃是以本仙君狠毒的情引出南明帝君感天动地的义气。狠毒就狠毒吧，反正本仙君干的不是好事，也从没指望落出好来。

我听完命格的陈述，欣欣然欲下房，忽然想起来一事："天枢夜夜在床上咳得我不得安眠，可能替他治治肺痨？"

命格星君面有难色："玉帝曾下令，天庭众仙不得以仙术干预天命……”

我道：“若有凡间的法子治得好，能放个人情治上一治吗？实在是听了那个声儿就头疼。”

命格捋着胡子思量片刻，我再道：“玉帝也说过，此世罚天枢和南明历尽劫数。肺痨不算在劫数里头，治一治并无甚大妨碍。”

命格终于松下口气：“也罢，只是元君万不能动用仙术。”

我嘿然道：“看我眼下的情形想动仙术也不方便吧。”

命格呵呵笑道：“新近却是委屈元君了。”老头儿会做人情，允了本仙君此事，又让捎话问衡文清君安好。方才乘风归去，刚飘上去，又落下来，在正欲下房的本仙君身后高喊，“宋珧元君，且住一住！”气喘吁吁，从袖中摸出一块青铜八卦牌儿，递到本仙君手中。

“此物唤作离神符，是太上老君的宝贝，特意为元君预备的。天枢转世与元君都在东郡王府中，现下更住着衡文清君，恐有山精野怪作祟，此物可让元君出得真身，以防万一。不过每月只能使三次。元君须慎用。”

我揣起牌子：“只能用三次，忒少了点。”命格对本仙君挑三拣四的态度甚不以为然，絮絮叨叨了数句后，再说了怎么个使用法，才又乘股风儿回天庭去了。

我附回李思明身，慕若言已睡着了。夜里听着他的呼气声细弱且不甚长。无病无痛长大不容易，但在锦绣堆里长大，身子弱成他这个样儿也不容易。他这二十来年，究竟是怎么过的。

我合眼没多长时间，他又咳醒过一回。我扶他顺了顺气，下床摸一摸桌上的茶壶还有些温热，倒了一杯水让他喝了，睡下后才又安稳了些。我将他的被子向上拉了拉，在枕处掖严了，方才合眼直到天明。

第二日，东郡王不在王府内，方便我趁上午去找衡文。房里没寻见，四处找了一找，远远看见人在后园的八角亭中坐着，身边依稀有东西在蠕动。待走近，原来是晋宁蹲在衡文身边的石凳面上，贴着衡文扭来扭去。正纳闷儿这几日不见他到涵院中钻，原来是缠上了衡文。晋殊在另一侧老老实实地坐着，也大着胆子用一只手扯着衡文的袖口。

本仙君靠近亭子，只听晋宁正向衡文道："……赵先生，我以后背文章有什么不懂的地方问你好不好？"

衡文手里还握着一卷书，应该是正看时被小浑蛋钻过来缠上。我再向前两步，衡文尚未答话，晋宁又笑嘻嘻地道，"先生，我学过一样功夫，先生要不要试试看？"

衡文笑道："你还会功夫？很了不得啊！演一招给先生看看？"

晋殊满脸焦急扯了扯衡文的袖子，晋宁的小爪子摸上了衡文的肩："先生，我这本功夫是和小叔叔学的，叫渡气。唔……"

脸正凑上前时，本仙君箭步上前，在碰到衡文鼻子尖前将小祸害一把拉开，搁上地面，粗起嗓子道："小叔叔找赵先生有事情。去别处玩。"

晋宁哭哭啼啼地跑了，晋殊恋恋不舍松开衡文的袖子，垂头小步跟在晋宁后面出了亭子。我长舒一口气："万幸。"

衡文放下书卷望着我道："小孩子贪玩，计较什么。"我咧嘴笑了笑。衡文今天心情看起来甚好，含笑问本仙君有何事。我道："也没什么事。"随后，我将命格昨晚的话说了一说。

衡文道："命格星君写册子一向爱偷懒省事，词不达意还罔生歧义。只盼他这次写得清楚点，别节外生枝。"

这话勾起本仙君的旧伤，我顿然道："是了，谁晓得他在册子上怎么写。别到了最后变成南明刺了我一剑，那可冤枉大了。"

衡文搭住我肩道："吓你罢了。放心，那时候有我，你怎么会伤。"

我苦笑道："倒不怕他伤，只怕命格说的日期准头有限。说是四五日后，保不准今天晚上就来了。”

结果，当天晚上，本仙君睡在床上，眼睁得像铜铃一般，唯恐有什么动静。睁到三更后，除了天枢的咳嗽，什么都没有。一个没撑住，就睡了。

连着一两日，我白日到处打听名医替天枢治病，晚上提心吊胆唯恐单晟凌不按时辰杀进来，元气大损。半夜不敢睡，倒方便我替慕若言顺气端水。我这几日拿补品日日给他调理，晚上咳嗽也少了些。慕若言的手多了些热气。某夜我端水让他喝了后上床，他在枕上轻轻说了声“多谢”。本仙君辛酸老泪莫名欲淌。

命格老儿通报后的第三日晚上，三更时分，乌云压月，阴风大起。本仙君听得窗外有些不寻常动静。

本仙君难道真没看错命格老儿，单晟凌不按时辰进王府来了？

我将胸前的铜八卦牌合在双手中心，默念符诀。一瞬间脱得真身在半空，悄悄潜出去。

门外腥风阵阵，院中影影绰绰一个人形飘在花丛中，间或几声媚笑，犹如凄风号号，是女子的声音。

原来是本仙君猜错了，命格老儿个乌鸦嘴。

不是单晟凌来了，是妖怪来了。

闻这股腥臊味儿，是狐妖吧。

那狐女去的方向却是衡文的卧房，修行不到千年的小毛团儿却敢自己撞到上仙手上去。本仙君懒得费功夫追它，索性瞬移到衡文门前，等它送着过来。母狐狸乖觉，一眼看见本仙君，娇笑道：“哎哟，院里的仙家可真多。”

按照天庭的规矩，见到这等小妖怪，不能立刻就杀，要先讲一番道理。

于是本仙君沉声道：“妖孽，本仙君念你亦有心向道，不忍将你打回原形，若你能弃邪路，修正法，数劫过后或许能修得仙果，得入天庭。”

狐女道：“哎呀，老道士啰唆，没想到你这个年轻的小神仙也啰唆。奴家只是想与房中那位仙君亲近亲近，沾些仙露。罢了，反正已有占先的了，奴不与你啰唆，后会无期。”拧腰一道乌光，向正南去。我抬手一弹指，只听乌光里一声惨呼。已是留了些情面，能不能残喘一命还要看它的造化了。

衡文的房中妖气沉重，我正待破门而入，忽然想起留下天枢在房中。他是星君转世，定会引妖孽窥觑。衡文仙术远在我之上，房中无甚动静，料想他没什么。我在门缝边道：“衡文你先自己对付着，我看了天枢再来帮你。”

径直纵光回涵院卧房，慕若言在床上沉沉睡着，还好没什么。本仙君画了道仙障将他罩严实了，方才又向衡文房中去。

腥风更浓，衡文房前妖气沉沉，房中仍无动静，我大觉不妙，隐去气息闪进房中。

荧荧红光中，一个黑影环着衡文，低声道：“我自从见到仙君后，就知道我这个妖遇上仙君只有死路一条，我来此处就没打算留着性命。仙君周身紫气萦绕，仙气卓然，只望……”它附在衡文耳边，“仙君可知道，这世上最美妙之事，究竟是什么趣味吗？若是仙君能助我……”

银白如雪的长发，斜飞的妖媚双眼，是头白狐狸精。

本仙君当即现身：“毛团儿，你在做什么？”

狐狸缠着衡文，把本仙君当团气。

衡文神清气爽，且未受制，但却由着狐狸动嘴、动爪。

我钦佩狐狸的胆色，本不欲出手太重，奈何狐狸得寸进尺，越摸越不是地方，我一个没留神儿，念了个电诀，一道天闪咔地打向狐狸的天灵盖。狐狸有几年道行，闪身躲避，笼起妖气来挡。倒是挡去了大半，踉跄退了一步，哇地吐出口黑血，靠在桌边大口喘气。

我站到衡文身侧点亮油灯，狐狸抬着一双幽怨的双眸看衡文，又颓然闭上："能亲近仙君一次，心已足矣。拿我吧。"

衡文上前了一步，站在我身前道："我方才试探你是否吞噬元气，然你并无为恶之意，故我不曾驱你。这位仙君亦不会伤你，你走吧，日后潜心修道，自有正果。"

狐狸擦了擦嘴角的血丝，慢慢站直身，尖尖的耳朵颤了颤："前些日子仙君下界，就落在我修炼的山旁。我本是贪图仙君身上的仙气，近处一看，却再也忘不了仙君，只愿追随仙君身侧，方才尾随至此。今夜唐突，仙君方才的话，其中含义我已明了。只是……"双眼含着眷恋，深深盯着衡文，"倘若我有朝一日得成仙果，能否与仙君再聚云渊，畅怀一饮？"

衡文颔首道："好，我答应你。你可要记住，我虚衔衡文清君。"

狐狸的眼眸亮了亮："也烦清君记得，我叫宣离。"

本仙君笑嘻嘻地上前一步："在下宋珧元君，你若成仙后想报今晚的一击之仇，也可以来寻我。"

狐狸的耳朵抖了一抖，爪子连抬都未抬，看来我方才在衡文面前喊它毛团儿，伤它颇深。本仙君向来大度，不同它这毛团儿计较，看它抽身欲走，忙赶在前面讲一句不得不提醒的话："毛团儿，修道一途讲究清心寡欲，神清则气明，气明则……"

狐狸化风而去，将本仙君未完的话没入夜色。

难得本仙君论道，那狐狸却不听教诲。衡文扬眉道："你成日絮叨你这个神仙是白捡来的，居然论起修行之法头头是道。"

我嘿然道："天上几千年，满耳朵灌的不都是这个？毛团儿今晚先得你点拨，再听我一番教诲，足可受用百八十年了。"伺候慕若言成了习惯，看见衡文的前襟被狐狸扒开些许，忍不住凑手去拢了拢，再斟杯凉茶，灌了下去。

衡文坐在床边，摸起破折扇晃了晃："怪不得你说凡间时，总露怀恋之色，原来人间当真万千世态，无限妙处。"

他悠然似有神往，本仙君心惊胆战："清君，你我下界可是要替别人设劫数的，万不能节外生枝，赔进去什么。凡心若动，可不是闹着玩儿的。"

衡文清透的双目盯着我："放心吧，我只是略有好奇，泛泛探知。却是你，说得倒像你有体悟似的，莫非你心中，仍有凡情？"

我干干一笑："哪能……当年的事感慨而已。"对衡文道了声好睡，回卧房去了。

附回李思明身躯，料想不多久天也该亮了，天枢睡得很熟，许是我设的仙障与他的仙气融会，宁了心神。

我在床上翻了个身，想起衡文的那一番话，还是觉得有点肝颤。

若衡文清君竟因这次下界沾染凡情，从根到梢清算，是不是都乃本仙君的过错，是我带歪了他？

想我第一次见到衡文时，只觉得这位清君的排场比天枢星君还要大。

当然，衡文清君也确实比天枢星君的位次高了些许。

当时我刚拜会过天枢星君，得了冷冰冰一点头。仙使引我一路行去，道是去拜会衡文清君，仙使对我道，这位清君与几位帝君位阶相等，我虚心竖着耳朵默记。将到衡文清君的微垣宫前，只见仙者众众正向另一方去，仙使道，你却不巧，衡文清君恐怕有事出门。遥遥指给我看被众仙簇拥在中间的那个渐行渐远的淡紫身影。我极目望去，只见仙光灼灼，倒与那位天枢星君的背影有几分相似，只是天枢星君还见了个脸儿，这位衡文清君连面都未见到。

我只得奉了一张名帖与微垣宫外的小童，再去拜会其余仙僚。

几日后，天庭上众仙约莫拜会完毕，我每日出门四处游荡，熟悉路径。那一日到了蟠桃园不远处的一方莲池边。天庭的莲花四时常开，一朵朵擎在水面上，亭亭然。池边云霭浮动，荷香阵阵，引人沿着池边一步步走，细细赏玩，走到云霭深处，却看见一块大石铺着纸，有一人半蹲半跪，正挥毫作画，想来是画这池莲花。

我走得近些，道了一声“叨扰”，那人侧过头来，手中的笔信手一甩，他“哎呀”一声，墨点溅了我一袍子，忙起身拱手笑道：“一时未留神，抱歉抱歉。”

我呆了一呆，倒不是因为衣裳上溅了墨，而是那人清雅如莲的好相貌。

那时候他看起来还像个少年，头发松松散在脑后，只在发尾绑了根带子，穿着一件麻色布袍，袍角掖着，袖口卷起，我在心中猜测，他是哪位仙君座下的仙童，还是个和我一样的散仙。

他满面歉然地道歉，我忙回礼道：“无碍无碍，原本就是我唐突，耽误了你作画。”抖一抖袍子再笑道，“在凡间就常说得染丹墨三日文香，何况此次染的是仙墨，更可算雅事了。”

他双目亮了一亮：“哦？凡间人竟是这样说吗？我未见过你，你竟是从凡间新上来的吗？”

我道：“正是。”

他笑起来：“可正好，我生在天庭，从未去过凡间，日后凡间的逸事还请你多和我说些。”

我那几日拜会仙僚，说的都是虚应客套的言辞，觉得这个半像仙童的小仙说话甚是亲切，于是道：“自然，只是我一絮叨容易没完没了，你听久了莫嫌烦。”

他笑得更深，我低头看石上的画，寥寥几笔，已勾出一枝莲花的轮廓，风姿跃然，诚心赞道：“好画。”

他听了像很喜欢，道：“你看得上这幅画，等画成后我便送给你，只当成是袍子的赔罪可好？”

我道：“求之不得，我却赚了。”看他蹲下挽袖匀墨，欲要再画，便道，“我在这里，恐怕打扰你作画的清静，先告辞了。”

转身时，听他喊了一声“且请留步”，我回头，他侧首望我：“你叫什么？”

我道：“在下宋珧，齐楚燕赵韩魏宋的宋，王兆珧。”

当时只说了名字就走，没想到，第二日晚上，他居然在玉帝赐我仙府的后院中，笑吟吟和我打招呼：“宋珧。”见我愕然，从袖中取出一副卷轴，“画已装裱好，给你送过来。若从前门进一层层通报太麻烦，于是直接进后院来了。”翻墙入院，他倒不客气。我接了画轴，想起有玉帝赐的两瓶琼酿正愁无人共饮，便留他一起饮酒，他点头相应，并不推辞。于是就在后院的石桌上摆了两盘仙果点心，夜色中对饮。我还徒生感慨：“若在凡间，夜晚吃酒抬头可见明月，照了人影成一双，却是一件雅事。如今在天庭，想看看月亮，只好跑到广寒宫门口看。还怕去得勤了众仙当我想调戏嫦娥。”

他问：“在凡间看月亮是什么模样？”

我拿手一比："上月弯下月残，每月只有十五、十六两日是圆的。每年八月十五最圆。所以人间叫此日为仲秋节，又叫中秋。不过最圆的时候，也只有这盘子那么大。人间仲秋节时，都在桂花树下摆酒赏月……"

就这么一杯杯喝，一点点讲，他听得甚有兴味，我也讲得甚有兴味，终于饮到大醉，后院中有条石榻，索性都滚到榻上睡了。第二日天大明，估计昴日星君已出东天门当值了一个时辰，方才都睡眼惺忪地爬起来。他衣发凌乱向我一笑："昨夜饮得好尽兴。"

我对他的样貌还没看熟，又呆了一呆，也笑着接道："当真当真，我到天庭第一次喝这么痛快。"

他整了整衣衫："只是我要先告辞回去了，昨夜未回府，恐怕他们到处去找。"

我方才想起一件事："是了，竟忘记问你叫什么。"听他说回府，真是哪位上君座下的小仙?

他道："哦，是，你没问我竟也忘了说。我生在天庭，所以没有名姓，只有生来就有的一个虚衔。我虚衔衡文清君，你喊我衡文罢了。"

我站在石床边，傻了。

天隐然已亮，我在床上又翻了个身躺平。唉，想那时，衡文清君仙术正嫩，所以身量比本仙君还低了些许，带着些少年单纯气。几千年过去，如今在厢房里躺着的那位衡文清君比起当年……沧海桑田啊沧海桑田。

我侧过身，打量枕边那张熟睡的容颜。几千年，天枢星君却没有什么变化，就算如今转世成这个病恹恹的慕若言，本仙君眼前这张从容合着双目的清秀睡颜，依然还是那个天枢。

瞧着瞧着，本仙君的头开始隐隐作痛。

明天后天，南明帝君该出来了吧。这些天看惯了慕若言清冷的脸，立刻要面对南明帝君那张威严的脸了，我心中竟有些澎湃。我又替慕若言掖了掖被子。

本仙君遇见南明帝君时，会是什么情形?

第二日天色微阴，和风有点小凉，我怕成天在房里闷坏了天枢，与他同在涵院中透气。几个小丫鬟乖巧，落月捧了一副棋，本仙君与慕若言在石桌上对弈。

两局三局，索然无味。

所谓下棋之趣味，就是要与那对面同下的人为着一子、两子的得失，三分、两分的局面你争我夺。你喜我怒，你扬扬得意我森森冷笑，彼时抓耳挠腮它时冷汗涔涔踌躇难下，图的就是这个乐子。

但是慕若言下棋，面无表情。你吃他一片子，他纹风不动；他吃我一片子，依然纹风不动。赢了输了一张面孔，本仙君十分气闷。

当年在天庭的时候，本仙君也曾与天枢星君对过几局，倒不是现在这副样子，你将他逼死了，他也眉头微蹙，略微沉吟；我入瓮中时，他虽不喜于色，眼梢眉底，却也有几分笑意。虽不多，总有些喜怒。如此一比，木雕似的慕若言又与当年的天枢略有不同。

我还记着，有一回在南极仙翁处偶遇，本仙君与天枢对弈，那一局我异常不顺，处处受制，使尽浑身解数也未扳回局面，只得怆然摔下棋子，唏嘘认输。天枢当时手指中还夹着一枚白子儿轻轻敲着棋盘，听我认输，莞尔一笑，细长的手指拾起盘上的子儿分装入篓。天枢星君平时清冷冷的，那一笑，倒真不清寒了。

我瞧着眼前的慕若言，天枢转世一遭，连身上仅有的一点暖气也转没了。慕若言便和今天的小风一样，虽和缓，就是透着凉。

慕若言抬起清透的双目向我面上看来，我想得出神，被他一看有些怔忪，片刻才恍然明白，忙讪讪笑道："走了神儿，忘记落子了。"随手将手里的子儿落下，慕若言却终于动了动神色："李公子下的是白子，怎么落了黑？"

我脸皮微热，刚才吃慕若言数子，收子儿时候窥他表情，没留意走了神儿，手里还捏着枚黑子，刚才一糊涂就落了。捡起来，越发讪讪："发昏了，发昏了。"

只听见远远一声缓缓道："不是发昏，是闲看花时风也醉。"

本仙君咳嗽一声，见那袭青衫径入院来，丫鬟道："少爷，赵先生来了。"

我心道废话，赵先生都站到少爷的面前了，少爷能不知道他来了？

赵先生对本仙君拱手，客客气气道："冒昧来拜，唐突入院，三公子莫怪。"我也只好跟着拱手："赵先生客气客气，今日能得先生至，求之不得。"

衡文今天过来，一定是按捺不住好奇来看天枢星君的。

我挥手让伺候的人都退了，果然衡文装出一副略带疑惑的眼神，理所当然去看慕若言，慕若言站起身，我又咳嗽一声："若言，这位是赵先生。赵先生，此是……"

衡文客客气气对天枢笼手一拱："在下赵衡，是王府的幕仲。方才擅入，打扰言公子的棋兴，望言公子莫怪。"一双含笑的眼只盯着天枢。

慕若言拱手还了一礼道："赵公子客气，若公子不弃，直呼在下若言就好，'公子'两个字万当不起。"

衡文看天枢本无恶意，但天枢此时的境况，见外人只能将他心中的苦水再多勾出来些。又有风过，慕若言轻咳两声，应该是把剩下的咳嗽费力咽了，又勉强向衡文笑道："些许失仪，见笑了。"

衡文道："在下是有点小事来寻三公子，便不打扰言公子歇息。"

暗暗将我袖子一拉，我随他走到十来步外，低声道："你怎的过来了。"

衡文在我耳边轻轻道："南明帝君来了，就在前院。"

本仙君惊诧："啊？"

衡文道："嘘。要装作全不知情到前院去。天枢气色不好，你先让他进卧房歇息片刻吧。"

我立刻回身，慕若言在石桌边收棋子。我道："你进卧房看书歇息片刻吧，让下人收拾就好。"慕若言不理会，我只得由他在院中，与衡文匆匆赶往前院。

路上我问衡文："南明帝君竟如此大胆，顶着南郡将军的名头公然到东郡王府？"

衡文笑道："单将军有谋略，怎么会干如此蠢事，你看了就知道。"

前院情形令本仙君大惊。

十来个短衣打扮的人列在空地上，内院总管一手负在身后，一手捻着山羊须子，在这些人前来回踱步。

那十几人是东郡王府新筛选入的家丁。

其中一个伟岸身影，身穿破衫烂裤，足蹬麻耳草鞋者，南明帝君单晟凌尔。

我曾设想无数种单晟凌潜入东郡王府的情形，命格告诉我他是半夜抢天枢，我便当他出现一定是在天色漆黑、月黑风高时。翻墙破门钻狗洞，施展轻功落在房顶再飘然而下……种种可能都想过，万没想到他会在青天白日下卖身做家丁进了东郡王府。

南明帝君果非凡人。

本仙君叹息。

南明帝君就这么卖身进来了，东郡王府的总管就这么收他进来了。

王府总管的眼睛是怎么长的。

单晟凌与他是南明帝君时的模样无甚大差别。身高八尺余，雄赳赳一副身板，两道斜飞的漆剑眉，一双精亮的老鹰眼。虽面有尘污头若鸟巢，站在这群人堆里仍然像瘦猪群中的一头野猪，一望即知非等闲。这种人怎么可能是个卖身当家丁的。

难道是因为命格安排?

总管拿出名册，开始分点记录。本仙君缓步踱过去，总管立刻垂手躬身道："三公子贵安。"

三公子一出口，单晟凌两道刀一样的目光立刻向本仙君割过来。我只做没看见，点了个头，道："都是新入府的家丁？"

总管答是，本仙君踱到众人前，装作一一审视，踱至单晟凌身边，徘徊片刻，只做打量，心中寻思。南明落入本仙君手中，为不辜负玉帝嘱托，本仙君要派他去做个什么差事，让他见得着天枢却不能碰，两两同受煎熬。

劈柴生火看门的平常进不了涵院，南明太威猛，做不得小厮，思前想后，只有一样差使能让他入得了我院，见一见相好。

我沉吟完毕，向身侧的总管道："此人，暂时让他倒各院的夜香吧。"

第二日清晨，我洗漱完毕，装作去后园吸晨气，避开众人耳目闪进衡文房中，觍着脸让他将我真身提出李思明的身躯。衡文欣然为之，再欣然与我回涵院，隐在半空看热闹。

单晟凌身着家丁行头，正在院中墙角处清点恭桶，伸手去提恭桶的瞬间，无意抬头，恰望见廊下羸弱的单薄身影。他似有所觉侧过身来，四目相对。

望，也只是那么一望。单晟凌拎起恭桶面无表情地出了院子，慕若言故作镇定地回头，脸却不免白了些，刚抬步时还有些身颤。

衡文道：“此情此景，着实令人堪怜。”

我道：“等下我更让人恨，是吧？”

衡文打了个呵欠：“南明帝君却没什么资格怪你，他当年做棒子的时候，下手可比哪个都狠。”侧目看了看我，“青童和芝兰的事情你还记恨着吧？”

我道：“怎么能忘。”

青童是东华帝君座下一个送信的童子。东华帝君与衡文交情甚好，带携得常下帖请我去会会棋局吃个闲茶。都是青童来送信，来来去去就熟了。青童乖觉伶俐，因送信得以在天庭各处走动，谁料想竟一来二去和披香殿的一个小仙娥芝兰有了私情。动了凡情，做了些天庭不该做的事。某天密会的时候不幸被当值的天兵抓个正着，一层层直送到玉帝面前。本来有东华帝君、衡文与我说情，看玉帝的意思，也是粗略罚一下，贬到凡间就算了。偏偏南明帝君越众而出，说天庭自有规矩，不可因情面姑息，当按天条严办。灵霄殿上，昂然陈词。玉帝就将此事交给南明来处置。南明吩咐将青童和芝兰押上诛仙台，斩断仙根，投入畜生道，若青童生为狡兔，芝兰定生做猛虎；芝兰为蝼蚁，青童就是穿山甲；青童做虾米，芝兰定是吃虾米的鱼。如此这般互残互克九世后方能为人。仍是互为仇敌，命无姻缘。

南明帝君当时不敢得罪东华与衡文，在灵霄宝殿上给本仙君安了个罪名，叫作蛊惑胁从罪。说我身无修为凡根未清，大有暗示玉帝是本仙君教唆青童去调戏芝兰的意思。

谁能料到，南明帝君落到如今地步，本仙君难免要说他一句现世现报。

我道："想起青童和芝兰，就觉得玉帝这么罚挺公平。但这种缺德事天枢并没有做过，偏偏他受的罪比南明多得多，又不公平。"

衡文道："你说此话又不怕被玉帝听见了。"

一前一后荡回衡文房内，本仙君又成李思明。衡文要去东郡王处应个卯，我自回涵院。慕若言握着一卷书在房中坐，眼却不在书上，不知望着何处神游。

本仙君上前道："若言神色恍惚，思乡还是思人？"

慕若言脸上写着思人，嘴里道："整日闲坐，偶思旧事。"

我在他对面站着，阴声阳气道："哦，是当年与那故人的旧事吧？"

慕若言不言语，本仙君将一手搭上他瘦伶伶的肩，一手抽了他手中的书，竟是卷高常侍的诗本。李思明的卧房是间半镂空檀木隔两进的叠间，内设床帐，外间有些古董玩器，摆着书案，可以做书房来用。我将慕若言挪进来后，特意在桌头案几堆满凄苦小诗悲凉小赋，供他抒情。

我原想看天枢每天袖一卷诗看窗外浮云，必是一番让人心痛的形容。他却不领我情，前两天不知道从哪个犄角旮旯里摸了本《易经》，拿一支小狼毫，边看还边批注，这有什么好注的？大街上哪个算命摊儿上不摆一本。我瞧见那书页上注得密密的小篆牙齿就发酸。我想，他爱看就看吧，总比闹着上吊跳河强。好容易今天换了本诗，居然还是高适。

我拧着眉头看封皮，蓦然醒悟。是了，单晟凌现在在做将军，所以读一读高适的战诗，看着烽火刀光的句子，想象烽火刀光中的人。刚刚在院子里看见南明拎恭桶，需要读两句诗重新温习一下他真正骁勇的模样。

我暗暗一笑，将书递还慕若言："我已允诺不再逼你出卖手足，你喜欢什么，也只管开口。"

天枢淡淡道了声“多谢”。

我拖把椅子在桌前坐下，倒了一杯茶喝，慕若言望了一望我的左袖，面色微疑。我方才记得袖子里硬硬的玩意儿是拿给天枢的，连忙摸出来，竖在桌上。

半尺高的竹筒，外皮青翠，里外都打磨得很光滑。我含笑问慕若言：“喜欢吗？”

慕若言端详了一下它，神色有些勉强地道：“这个笔筒很朴实有趣。”

我将它向慕若言面前推了推：“不是笔筒，你瞧仔细点。”

慕若言神色更勉强地又端详了一下，沉吟不语。我温柔笑道：“这几天看你读《易经》，所以弄了这个东西给你。”从袖中摸出了几个铜钱扔进去，将竹筒拎起来晃一晃，“从今后你看《易经》闷了可以发一课，这个发课筒子你可喜欢？”

慕若言僵着身子看桌上的竹筒，我很得意。之前空闲的时候我又琢磨了一下情节，觉得让慕若言先对我这个人改观一些，觉得我还不错时，再被我扎伤更好，这样他的内心与身体都能获得最大的伤痛。所以我这两天着意投其所好。本仙君送东西一向送到点子上，看天枢的模样，肯定是感动了。

我再温声道：“你要是还想给人批八字，全府上下，想批哪个我给你找哪个。”慕若言张张嘴欲说什么，拿袖子掩住口，大咳起来，咳了数声后断断续续道：“多，多谢费心……我只是偶尔一看，却……”

我起身抚他后背，将茶水端过去让他喝了两口：“我也只是顺手弄来的，倒没什么情让你承，你爱这个，只当解闷儿好了。”

他喝了两口茶水，咳嗽稍停。我将茶杯放回桌上，捡起落到地上的诗本：“没想到你看这个。我还以为你好看王摩诘与孟襄阳。”虽然本仙君在天庭时，每逢有行令联句献诗之类需弄文墨事，都要靠衡文帮我过关，但其实我做凡人的时候也念过诗的，也能和人谈谈。

慕若言道："王诗与孟诗虽以淡泊悠远著，其实一位是富贵生闲一位是闲想着富贵。倒不如高适图名利便公然地图了，却痛快。"

我道："也是，此公虽然言大行怯，诗写得铿锵，战场上无能。但这世上行同于言的又有几个？大多如高公尔。"欣欣然望慕若言的双眼，等着他往下谈，他却避了我视线，不再言语，拿起桌上的书放回案几。

我颇空虚，讪讪又扯了几句别的，踱出卧房去。

东郡王近日踌躇在自立与按兵不动之间，议事甚频繁。衡文一天都被绊住，没得出空来，我在院中徘徊时，遇见单晟凌七八次，他或在扫院子或在锄杂草。他心思很沉，见本仙君就很恭敬地请安，眼里不漏出半丝的精光。害得我一整天都在掂量，晚上拿刀捅他哪里比较合适。

天将入暮时，我总算见到了衡文，他面容甚是疲惫，低声道："你那位郡王爹实在不是一般啰唆，你还要在这里靠多少日子，我怕我再这么陪他啰唆下去，迟早有一天拿天雷劈了他。"

我赔笑道："你莫躁，欠你的情回了天庭慢慢还，今天晚上我捅南明给你看解闷儿，可好吗？"

衡文道："你今儿一天都在琢磨着一刀扎在南明身上什么位置吧。"凑到我耳边道，"今天我入了更就去你卧房里等着。"

说得本仙君心中痒痒的，也低声道："你说我扎南明哪儿好？"

衡文道："随你痛快吧，扎心窝也行，反正死不了，有命格在呢，他不行了还有玉帝，你只管下刀。"本仙君听了此话后越发跃跃然，脚不停地回了涵院。

入夜，我坐在床沿上，瞅了瞅靠在床边悠悠然的衡文，吞了一口口水，硬着头皮向灯下看书的人道：“若言，时辰不早了，快就寝吧。”

慕若言熄了外间的蜡木然地走到床边，宽下外袍，散开发冠，只穿着素白内袍的身子在灯下越发显得单薄纤长。他看了看床上，身子略僵了僵，还是慢慢掀开被子，躺下。

慕若言念着单晟凌，听呼吸声也像在睁眼躺着没有睡着。衡文将我提出窍。

“睡前那句话，喊得亲切。”

我抖着脸皮道：“为等一下的事做个铺垫，铺垫。”

同在房里坐下，衡文打了个呵欠，我道：“你今天一天劳累得过了，其实该早些歇着，不然床上的李思明借你，你附进去躺躺。”

衡文懒懒地道：“罢了，我怕好附不好出。”便靠在椅子上小憩了片刻。近三更时，风声萧萧，有黑影从窗前过，一把薄薄的刀刃伸进门缝，拨开门栓，门无声无息闪开一条缝，漏进一阵夜风，本仙君与衡文顿时精神大振。看那黑影轻轻潜入房内，单将军，你终于来动手了。

黑影半蹲移走，趁着月色进内间靠近床前，手中的兵器在黑暗中寒光烁烁，我和衡文在隔板处站着，我忍不住道：“一张床上睡两个人，黑灯瞎火，他怎么分得清哪个是天枢哪个是我？亮着兵刃不怕误伤。”

话正说着，南明在床前站定，手中忽有荧荧光亮，却是一颗鸽蛋大小的夜明珠，另一手用刀尖挑开床帐，天枢正睡在他站的这一侧，南明用夜明珠一照，便能看见慕若言。

我与衡文荡到床头伸着脖子看，帐中的慕若言像有所感应，竟猛然坐了起来。

衡文道：“该轮着你了，还不回去爬起来？”

我道："不急不急。"

单晟凌一把握住慕若言的手臂，将他拉下床，举起寒光闪烁的短刀干净利落地向床内砍去，被慕若言伸手拦住："莫伤他性命。"

这一声低低的，我听得清楚。

单晟凌道："怎的？"两个字寒得像千万把冰刀。

何其啰唆！跑路要紧，二位。

但这二位就是不跑，偏要啰唆。慕若言道："他不曾做过什么，不算个坏人。"语气极清淡，譬如在说一棵白菜。

衡文道："天枢对你不错啊。"

单晟凌冷冷道："你不愿我动手，是担心他的命，还是怕污了我的刀？"

天枢默然不语。

单晟凌冷笑一声，忽然放高声调道："床前有如此动静半日，阁下虽屏息敛气，其实早已醒了吧。何不起身一叙？"

本仙君场子可以开台，扎进李思明体内，调匀一口气。

高人对仗，气势要稳足。所以我缓缓睁开双眼，缓缓起身，缓缓摸起火石点亮蜡烛，缓缓从床的另一侧绕出。

缓缓思考，我将钢刀藏到了何处。

单晟凌的夜明珠已揣回了怀中，腾出的左手握住慕若言的手臂，本仙君与他两人对面一望，有喜、有忧、有愁。

我如此待天枢，他竟替我拦下刀子，一喜。

我如此待他，他竟说我不是坏人，不是我未唱够火候，就是他脑子过了火候，一忧。

至于那一愁……

背后衡文道："你的刀在墙角的大花瓶里立着。"

本仙君立刻道："阁下夜半入房，未能及时相迎，失礼。白日家丁活计粗重，委屈了单将军，实在不好意思。但不知单将军半夜将我的人从床上拐下来，欲做些什么？”

我含笑负手，踱到花瓶旁，拎出无鞘的长刀。

单晟凌道：“本不想用此刃取你性命污它洁净。也罢，准你这畜生死前一挣。”眼角光扫来，极蔑然，“门外的数十护卫已悉数躺倒，似乎指望不上。”

我说：“哦。”

指望不上？有衡文在，黑白无常手里的也能给要回来，何况是被敲晕的。我道：“园中较量？”

单将军大步流星，欣然出房，我趁空看了一眼慕若言，他脸色清白，转身也向园中去，没有看我。

皎皎朗月下，本仙君在院中道了声“得罪”，喝道来人。几十名护卫从暗中闪出，将南明与天枢团团围住。兵器相接，铮然一声，寒光交错。

我站在外圈，看着热闹，只能到南明手软时再去扎他一刀万事大吉。

衡文方才从房中出去弄醒护卫，此时已回到院中站着，远远观战，道：“你这招缺德。”

缺德亦是无奈，本仙君身附凡胎，如何敌得过一介赳赳猛将单晟凌，只有用护卫拖垮他，再动刀子方保险。

护卫们得了本仙君的吩咐不能伤慕若言，刀剑只能往单晟凌身上招呼，大受局限。单晟凌一人抵挡数人竟还绰绰有余。一边挡一边退，他早已看好出路，出了涵院，携着慕若言闪入后花园月门，假山后的一堵墙，外面就是条空巷。正院巡逻的护卫听到风声便飞快赶来，人越来越多，单晟凌连闪带退又左支右挡，渐渐力不从心。退到那堵墙旁，已受了四五处浅伤。

本仙君看准了一个空当儿，握着长刀，闪入人群。

单晟凌右手横刀支住数杆长枪，左手去震另一侧来势。前胸空门大开，本仙君刀尖直指，很厚道地向他右胸去，五寸，四寸，三寸。两寸时，眼前人影一花，胸前蓦地一凉。

我讶然低头，一杆长枪，枪头没进我左胸，枪柄的另一端是一双手，削长细瘦，似乎没什么力气，我握过，硌手。

也就在这讶然的一瞬间，猎猎有寒风逼来，银光闪烁，似是南明的薄刀。

我颈上已有凉意。

命格，又简写天命簿了……

咣当一声，凉意却止。单晟凌的薄刀横在我颈上不动，因为一把青光流溢的长剑正架在慕若言颈上，浅湖长衫在风中微动："你放了他，我放你与慕若言平安出王府。"衡文啊，做人不能太招摇，你现身便罢了，这把剑太亮了些。

护卫们手执兵器不敢妄动，单晟凌扬眉望着衡文："阁下能做此主张？"

衡文道："自然。"转头向众护卫道，"原地放下兵器，退到花园外。"

赵先生是东郡王眼前的红人，众护卫倒乖觉，放下兵器，退向月门。

刀刃从本仙君颈上收回，衡文一回手，也从慕若言颈上撤了长剑，温声道："言公子，枪头已扎了进去，是否该松一松手了？"

握枪柄的双手松开，衡文一手支住我后背，低声道："还撑得住吗？"那么一瞬间的神情明显是同情的。

我倒抽着凉气上气不接下气道："只是……忒疼了些，咳咳……"

命格！

单晟凌那厮眯眼看衡文：“方才阁下近身，在下竟无所察觉，好俊的功夫。”

废话，他是趁乱施法一瞬间就现身了，你个凡胎能察觉才怪。

衡文很端架子地随意道：“过奖。”

单晟凌微微一笑：“阁下风采在下也甚是惊叹，请教阁下名讳？”

衡文便道：“承蒙单将军垂问，在下赵衡。”

单晟凌竟拱了拱手：“单晟凌今日蒙赵公子指教，望他日有缘再与公子切磋。”衡文一只手撑着本仙君后背，就这么站着，略一点头。

单晟凌又眯着眼深深把衡文一望，与天枢转身，天枢回过头来，我从中枪后一直没怎么看他的脸，此时一望，他脸色依旧不好琢磨，漆黑的双目望着我：“抱歉。”

我提着气道：“没什么，活该嘛……”当真是活该。

慕若言的目光瞬了一瞬，转回脸去。单晟凌携他跳上围墙，没入夜色。

我瘫在地上，听得熙熙攘攘嘈杂声大作，应该是闻风从被窝中爬起来的李思明他爹和两个兄长，不晓得带了大夫没有。

衡文小声道：“你先忍一忍，等我不在人前应付时再提你出来。”

我边喘边苦笑：“不能……提了……伤成这样……一提出来李思明……必死……我得在里头撑着。”

衡文凉声道：“你活该。”

第／肆／章

命格老儿在他的天命簿子上是这样写的——

夜，单晟凌救慕若言，李思明察之。争斗，因慕若言而重伤，脱逃。

命格捻着须子对我笑道：“你看，其实写得很明白是不是？”

我默然不语。反正李思明已经变成一具硬邦邦的尸体了，反正耽误的是玉帝派的差使，反正这趟差使耽误了怨不得我，反正现在正在灵霄殿上，玉帝他老人家自能定夺。

天枢的那一枪歪打正着斜插入胸腔扎穿了李思明的心，故意的都未必能扎那么准确。心是肉长的，偌大的一个枪头儿戳进来，刹那血脉迸裂，焉有不坏的道理？抽搐了两下便彻底不动了，全仰仗本仙君在躯壳内挨着疼苦苦地撑。

本仙君苦于仍动不了仙术，但有衡文在，本来就算有十颗戳坏的心，变回鲜活乱蹦也只是吹口气的事情。偏偏此刻衡文还是赵先生，大庭广众下不得施展，王府的下人瞬间一拥而上，将赵先生挤到一边，把我抬到卧房内，几个大夫轮流看了一遍脉，都吓得像雷打的鸭子，怔忪不语，浑身乱颤。

可怜见的，没脉了还睁着眼在言语的活人，凡间有几个人能遇见？

东郡王问："我儿如何了，还有救没有？"

大夫们筛糠似的乱抖，本仙君看他们抖得可怜，在床上进言道："爹……莫难为人了，听天由命吧。"

李思源揩着眼泪道："爹，您老人家莫愁，三弟这不还宽慰您吗，看在这份孝心上，老天爷也保佑着他……"

话到尾巴梢儿上，哽了。

老李家的在本仙君床前哭成一团。东郡王哭"畜生啊孽障"，李思贤和李思源哭"苦命的三弟"，连李思贤和李思源的两位大夫人都在床头袖着帕子哭"苦命的小叔"。

哭得我很感动，红尘俗世熙熙碌碌，一份人情味儿还是挺暖人的。

话说衡文怎么还不过来给我治治？眼睁睁看着我在这里挨疼受罪，忒不念情分了吧。

正想着，全身忽然飘飘荡荡，缓缓上升。我大惊，这不当耍的，此时提我出去，还让不让李思明活了！

我正要挣扎，头顶上瓮声瓮气道："宋珧元君，小仙是日游神，玉帝有旨，让小仙引元君速回天庭一趟。"

原来是天命此次错得忒离谱，竟让南明救走了天枢，玉帝微怒，灵霄殿上，提本仙君和命格老儿问话。衡文在一侧当个旁证。

玉帝问："事情变做如此，缘何？"

本仙君立在殿上，从容淡定，我占理儿。"玉帝英明，宋珧此下凡界，事事都按交代做，事事都与交代不同，吃的苦、受的罪也没当什么，就不提了。玉帝明鉴万事，是非对错，定能公断。"

斜眼看命格，老儿擦着汗珠儿立刻战战兢兢在玉帝面前自请其罪，又将天命簿摊给本仙君看，连赔笑带赔不是。我占着理，便卖份人情给命格，“玉帝，凡间有句话叫作琐事难挡命难定。命格星君掌管天命无数，冗琐繁杂，偶有一二疏漏，亦在情理之中。南明只不过劫到了天枢，且看以后便是了。”

玉帝沉吟片刻，点头道：“说得很是，且看以后。”展颜含笑，“宋珧啊，只等着看你以后了。”

我赔笑道：“玉帝，小仙办事不甚牢靠，南明劫走天枢多半是因为小仙无能，玉帝可否……”我用眼角扫了衡文递个暗示，让他给我帮声腔儿，“可否另选贤才？”

衡文还未有动静，头顶上玉帝已发了话：“你在下界做得甚好，助仙友堪破尘障，功成回天庭时，仙禄定再加一等。”

我急忙道“不敢不敢”。话未落音，天监司有事来报玉帝，将我等挤对出灵霄殿外。本仙君扯住命格：“星君，从今往后，天命簿上，可要把我写得好些。”

命格星君一脸的褶子都笑到了一处：“今日承元君美言，一定一定。只是天上一日地下一年，耽误了许多时候，元君再不赶紧回去，恐怕……”

我恍然顿足，扯了衡文急向南天门去。

衡文被我扯着，不紧不慢道：“急怎的？”

我苦笑：“再不急李思明的坟头都要长草了。”

结果——

本仙君与衡文赶下去的还算迅速。

还不至于看到一座芳草青青的坟头。

李思明的坟上泥土尚湿润，石碑簇新。

也不过，刚烧完头七而已。

衡文绕着坟包踱步：“已经装进棺材埋了，怎好？”

我道："没奈何等到半夜挖开坟看看，李思明烂了没有，还能用不能。"

夜半，月明，本仙君与衡文刨出土地，分开坟头，撬开李思明的棺木，李思明穿着上好的绸缎袍子，在棺木中躺着，棺中颇多金银、古玩陪葬。秋暖东西不经放，李思明倒没烂，只有几只尸虫在鼻孔、耳孔里来回爬爬，微风一吹，尸臭四溢。我用袖子一把掩住衡文的面孔："秽物秽物，你快回头。"

衡文掀开我的袖子笑道："他也曾是你过，如今这般模样我却不觉什么。"将棺材盖挪回去，我向土地道了声叨扰，合拢坟头。

李思明不能用了，需要再回天庭想想办法。

我在坟前摸了摸石碑，石碑下方砌着一个小小的青石台，摆放祭品用的。台上摆着一副没有收走的酒壶和酒杯，杯里的酒还满着，澄清见底，像是今天新斟上的。李思明死后人缘倒好。

我和衡文驾云回天庭，到半空时我低头看地面，李思明埋的地方是东郡王家的祖坟地，密密一片坟包。本仙君不禁感慨顿生："我当初若不是碰巧拣了颗仙丹吃，不知道多少年后，也是这样坟头里的棺材一副，让尸虫爬着一点点化在泥里。魂儿归阎王管，一世世轮着，不晓得到了这个年月，能轮成个什么。"

衡文斜眼看我，倒吸着气道："酸。"

回到天庭后，本仙君直奔西天门。

天庭的四天门，南天门通如今界，西天门通过往界，东天门通未来界，北天门通随常界。

本仙君打算从西天门转回李思明还在床上诊治的时候，日游神刚将我真身提出，李思明刚咽气，本仙君在这个瞬间再附进去，衡文把那颗扎烂的心还回原样，万事大吉。

西天门前轮值的天将拦住本仙君："元君方才从灵霄殿上回来，难道没有听说，天监司曹已禀报玉帝，西天门坍塌，正在修缮，暂不能使用。"

我只得转到北天门，北天门各界皆通，算是其他三个天门修缮时的备用门。

北天门前也围了一堆神将，吵吵嚷嚷，团团乱转。

众仙中竟有太白星君。

我凑过去问了声好，探头看北天门牢牢紧闭，太白金星道："宋珧元君难道也要走北天门？走不得了，钥匙丢了。"

我惊道："怎么就丢了？"

金星长叹，道是昨日碧华灵君走北天门，把守的神将正在下棋，碧华灵君自己拿钥匙开了门，出北天门后神将上了门锁，才想起钥匙仍在门外的灵君手里。碧华灵君是去西方燃灯佛处赴法宴，要等宴罢转到尘界再转从南天门回天庭，这个北天门才能开。

我问估计要多少时候，太白星君的话让我很绝望："一二十日吧。"

一二十日，一二十年。南明和天枢都快白头到老了。

我叹息向衡文道："命，这也是命。禀报玉帝吧，正好你我可以不干回府睡觉了。"

衡文打了个呵欠道："好，正有些乏了。去你府上吃酒睡还是到我府上吃酒睡？"

话是这样说，玉帝怎可能饶了我不做，去灵霄殿的半道儿上，命格星君已在守候："清君、元君，下界事玉帝已尽知晓。天枢与南明已出尚川城往南郡去，几日后长江大浪，他一行人将阻在周家渡的江上客栈，眼下有一躯壳，是个借宿在尚川城道观的云游道人，寿限已满，魂至地府，躯身正可为元君用。事不宜迟，请速下南天门去。"

天明，日暖，本仙君在一张木板搭的铺儿上睁开双眼，灰扑扑一间陋室，歪斜斜半朽的门窗。

朽门正被人拍得砰砰作响：“广云子！广云子！王府三公子的五七法会要开场了，再不去就赶不上了！”

唔，短命道士原来叫广云子。和本仙君的封衔广虚元君还有一个字相同。

广云子，估计五十尚不足，四十颇有余。我睁开眼的瞬间，先闻见一阵馊，将我熏得头昏脑涨，此道未洗漱久矣。

伸手一摸，颔下有须，颇长，触手黏腻。拎起看之，恰有一只虫儿在森森缝隙中奔波，似在觅食，不忍再睹。

衡文在半天空里抛给我一句：“这么个臭烘烘的邋遢道士，别指望我在你跟前待着，什么时候洗净了什么时候我再来吧。”便没消没息了。真是，道士难道有李思明的尸体邋遢？你在棺材旁边话说得像唱歌似的，此时又这样了。

身上无处不痒，我伸手在脖子后挠了挠，搓出个颇可观的灰疙瘩。弹了，再搓，再弹，颇有意趣。

头上奇痒，微觉有物体在奔跑，据说有种虫儿叫跳蚤，恐怕是它。

门依然砰砰地响，我搔搔头皮，一手搓着灰团儿，一手开门。门外也是个道人，扁圆的一张脸，敦实憨厚，扯着嗓门儿道：“可起来了，还当您仙化在里头了。”

可不就是仙化在里头了，先他咽气，本仙君这位大仙再来化。

我说：“是，游了数千仙山，恍然化为一梦，几乎忘却红尘事，连你也记不得了。”

道人道：“广云仙人可记清楚了，小道是这明月观里的火工道人常善，您几时成了仙，别忘记照应。”嘻嘻哈哈地搓了搓手，“昨晚上您让小道给您提个醒儿，今天早上可别睡过了。小道早些来叫您，今日不同他时，是王府的大法会，观里缺人的紧，好容易师父才点头让您去凑个数。您好歹洗刷洗刷，换件体面衣裳。”

我听见“洗刷”两个字双眼冒光：“水在何处？”

常善道：“妙哉妙哉，您平日都说怕伤水不洗澡，今日竟想开了。”引着我去后院。

后院有间木棚，棚内有井，井旁有桶，还有个大木盆。

插上棚门，打满一盆水，伸头一照，一颗毛茸茸的头。本仙君守着井口，拎了数盆的水，使了一斤多皂角，才通顺了头，捋通了须，将皮子打磨出正常的皮色来。

常善预先备了一套簇新的衣裳给我换。头束好，须子也拿梳子顺齐了后，浑身轻快，衡文这才晃晃悠悠地飘了出来。我趁左右没人，撣一撣簇新的道袍问：“可有吕仙之风否？”

衡文道：“我若顺着你说声像，吕洞宾非砸了我的微垣宫不可。”

我干笑：“难道不比早上时标致了许多？”

衡文默然片刻，诚恳道：“像个人了。”

我跟着明月观的道士们，到了东郡王府。

跨进门槛的时候，我很感慨。

不过数日前，我还与这门槛里头的是一家子，李思明虽不及本仙君倜傥，起码也算个英俊年少的公子哥儿，现如今他烂在棺材里，换给本仙君一个风干柿子皮脸的半老道人，怎能不让本仙君叹一声无常？

五七的法会做得极其排场，一共有八个道观六十六名道士唱经。我在人堆里摇铃铛。看见了东郡王，也看见了李思源和李思贤。本仙君明白他们对李思明感情是深厚的，但是，有再深的情，再多的眼泪，哭到五七，也全都哭干了。所以对着灵牌烧纸的时候，所有人都在干号。

只有东郡王的一句话让本仙君很振奋。

东郡王对着灵牌，往火盆里填一摞纸钱道：“明儿，你安心吧，爹一定挖了那单晟凌的心来祭你！”

领赏钱的时候常善在我耳边悄声道：“听今日王爷的话，我们东郡一定要和南郡对起来了，唉，造孽啊造孽。不中听地说一句，小公子死了算是命也算自找的，一打仗平头百姓可要跟着受罪了。”将声音压得更低道，“你知道那小公子怎么死的吗？”

这世上没人比我更清楚。

常善道：“听说原本这位小公子是个傻子，不知道怎么回事某天突然明白过来了。他一明白过来，可了不得，立刻就养了个来路不明的小相公在园子里，听说宠得紧。但没两天，王爷又请了一位公子做幕仲，听说那位幕仲先生神仙一般的人品，小公子见了，立刻把园子里的小相公丢了，一心在幕仲先生身上。园子里那位便喝起醋来，勾上他原本的老相好，捅了小公子以后跳墙跑了，你说有趣不？”

我抽搐了一下胡子梢儿：“有趣。”

常善嘿然道：“更妙的是，那小相公的老相好居然是南郡的大将军单晟凌。小公子死后，幕仲先生也寻不见了。一桩事闹得像出戏一样。只是这戏不好唱，他丧命，百姓遭罪。”

我颓然不语。玉帝、命格，都是你们造的孽啊！

我笼着两吊钱随人群出府，远远看见晋宁和晋殊绑着孝带在人群里钻来钻去，晋宁的双眼巴巴地望着供台上，似乎是在打那碟供糕的主意。

我向命格打听过这两个孩童的命。东郡王五年后将死于中风，再三年后李思源暴毙，又一年后李思贤死于战场。晋宁少年为帅，屡战屡胜。

但掌控东郡大局的竟是晋殊，这个成天跟在晋宁身后怯懦的晋殊将来竟会是一朝的开国君主。世事果然波澜多变。

我在灵棚前站得久了，晋宁一双骨碌碌的眼却转到我身上，一摇一摆走过来："喂，长胡子老道，你看什么？"晋殊照旧跟在他身后。

晋宁将来会是个风流坯，本仙君瞧着他，想象他成人后陷在数十房美妾中东拥西抱的模样。真是个愁人的孩子。

我从袖子里摸出两个小小的玉葫芦坠儿，弯下身："贫道见两位小少爷满面福相，这一双玉符送给两位结个道缘。"晋宁伸手便接。晋殊拉拉他袖子，仰脸向我道："你这道人来路不明，送东西给我们，是不是有什么想要的？"

我哈哈一笑："贫道能来做法会，自然来历清明，东郡王府哪是平常人进得来的？这两块玉只是结个道缘，并无什么目的。若小公子真想赏贫道什么，"我摸了摸胡子，望向晋宁手中，"小公子就把这个竹筒儿赏给贫道如何？"

晋宁看着手中的竹筒，却有些恋恋不舍，又看看我手中的玉葫芦，在踌躇。晋殊眨了眨眼，看看晋宁，向我道："那我赏你这个，你别要竹筒，葫芦给我们行吗？"小手在腰带里摸了摸，攥着拳头在我面前伸开，我看着那块玉佩，心中大喜，活该便宜本仙君，不用再费功夫，一遭送到我面前来。

我道："多谢小公子。"拎起一个坠子递给晋殊。晋宁嚷道："喂，说好了两个，为什么只有一个？"

我摇头道："这位小公子赏的礼物只够换一个。一样换一样，岂不是很公平？"

晋宁道："你方才明明说白送的！"我再摸摸胡子："贫道方才说白送，

现在又不想白送了。”晋宁皱着鼻子，瞪着眼，晋殊将坠子塞到他手里："算了，别跟他啰唆，反正我也不稀罕，这个给你。”晋宁猛摇头，把竹筒向我眼前一递："给，那个拿来！”

本仙君笑眯眯念道："无量仙尊，谢小公子。”接过竹筒，递给晋宁另一个坠子。

晋殊道："你喜欢竹筒，干吗给他，我不想要这坠子。”晋宁将坠子向他手里塞："你的东西换来的给我，我的东西换来的给你。反正给他的两样都是从小叔叔房里偷拿的，被爹爹和叔叔认出来还要挨扫帚。”

晋殊这才拿起葫芦，揣到袖子里。本仙君带着两样东西功成身退。

回了道观，我将一吊钱给了常善，谢他的照应。常善笑得眉花眼开："广云道兄实在太客气了，他日再来尚川，一定到观里找小道。”

晚上，我拿着竹筒、玉佩得意赏玩，衡文站在床前道："两样物什都被你哄孩子诓到了手，心安了吧。睹物可有思人？”

本仙君怎会做哄孩子的勾当，那两个玉葫芦可是我施了仙术加了平安咒的宝贝。保他两人邪魔不侵太平顺安。

我向衡文赔笑："你要不要床上躺躺？”

衡文道："罢了，你那张床不比李思明的尸布干净。”

第二日，我离了明月观，出了尚川城。

广云子肉体凡胎，连累本仙君不能驾云。只得一路步行，到周家渡，要走四五天的路。

离了尚川城很远后，衡文就现了身，也陪着我步行，他现身，还是变成那个赵先生的样儿，不肯通融变个小道士。我与他一路同行，路人皆侧目，觉得我与他两人凑在一处很是奇怪。

五天后的傍晚，我站到了江上客栈前。

天已黄昏，乌云压顶，十分昏暗。长江浪高，拍打河岸，客栈的招客旗在风中寂寞地响。

我右手拄着一根竹竿，挑着铁口直断的皂帘，左手晃着一把少毛的拂尘，迈进客栈。

伙计本来用眼角斜了我一眼，爱答不理地要扭头，却见衡文进门，顿时脸上绽开了花。

等到明白我与衡文是搭伴的，我又掏出了银子，小伙计与掌柜的双眼都笑没了影，很殷勤地安排下两间上房，又很殷勤地在楼下堂内安排了一个最好的位置，端上最好的酒菜。

上菜后，一个小伙计无限殷勤地来倒酒，搭讪道："道长您仙风道骨，一看就是位高人。"

我谦虚地说："哪里哪里，修行浅薄，略通道术皮毛，能卜卦相，看吉凶，知前程而已。"

小伙计满目钦佩。

我于是继续道："看风水，观天象，奇门遁甲，贫道也略知一二。"

小伙计双目中的钦佩越发满了。

我于是又继续说："其实，如果有什么邪魅附身，鬼怪作祟，乃至医不好的疑难杂症，贫道也都能看看的。"

小伙计满面惊喜，顿时放下酒壶，作了一揖："道长，您就是老天爷派来的！小店现有位棘手的病人，能否劳驾道长发慈悲一看！"

掌柜的亲自领路，将我和衡文领到楼上，几个小伙计前前后后，窜来窜去地献殷勤。

据掌柜的说，数天前，一位大爷带着一行人到店中来，本来要过江，但是江上浪大，过不去。于是在店里住，一行人中的一位公子还生着病。

几日后，大爷好像有急事，带了一半人走了，留下一半人照顾那个生病的。结果那个生病的死活不好，留下的人也像有什么事，一个接一个都陆续走了，最后只剩下病秧子一个。

“最后一个临走的时候，留了一大笔银子，说他们几日就回来，让小的们一定照顾好这位公子，还拔剑砍下个桌角儿恐吓小店，说万一照顾不好我们就是这样。”掌柜的语气极其凄凉。

“但那位公子一天不如一天，什么大夫都找来看过，都说治不了。现在只在床上一把一把地吐血，眼看只吊着一口气了。求道长千万想法子保住他的命。他若死在这里那群人回来如何交代……”

掌柜的推开门，给我看房内床上那个只剩一口气的病秧子。

油灯不算亮，不过足够我看见床上那个据说快死的人。

我一眼看清，立刻向掌柜的道：“放心吧，他怎么着都死不了的。”

掌柜的拉住我，如同拉住了他的救命粮，颤着双手道：“道长真是活神仙，一眼望去即知乾坤，有这句他死不了的话小人一颗脑袋总算能保个囫囵了……”

我一步步走进屋内，向那床边去。

床上的人忽然睁开双眼，漆黑双目在灯光下竟异常的亮，向本仙君看来，开口，一句十分清晰的话。

“李思明，你是来让我赔你命的吗？”

本仙君吓了一跳，向后大退一步。玉帝哎，难道天枢忽然间仙灵开窍，竟一眼认出了我？掌柜的道：“道长莫惊异，这位公子自从病得糊涂了，成天见人就嚷这句话。当初那位大爷还在的时候，听见他喊这句话转头出门就砸桌子，小店的桌子不知被那位爷砸坏多少张。”

掌柜的沧桑长叹，我顺了顺真气，原来是烧糊涂了，如此说来，天枢捅了本仙君，心里还是愧疚的嘛。

我走到床前，在床侧坐下，慕若言一双雪亮的眼依然盯着我。我对他和蔼一笑，拿起他的一只手，装模作样搭了搭脉。

天枢好容易在东郡王府养的几两肉全烧没了，当年是皮包骨头，现在手腕上仅剩一层包骨头的皮也越发薄到似乎全无，我两根手指搭在骨头棒子上，故作高深地半闭双目。

衡文站在点着小油灯的桌旁，咳嗽了一声，恰与掌柜之感叹齐发。掌柜的感叹说："道长果然高人。切脉都切得与别人不同。"

我悠然道："这是贫道的独门诊脉法，其实悬丝诊脉，贫道更加擅长。"

收手，床上的慕若言呛出四五声咳嗽，迸出两三滴血迹。

本仙君在东郡王府伺候他很悲哀地成了习惯，一伸袖子替他擦了。慕若言闭着双目，断断续续道："李思明，你看我此时……会变成什么鬼？"

我道："施主，贫道道号广云子。施主放心，有贫道在，一定让施主病去春来。"

慕若言枯瘦的手指一把握住我的袖口："咳咳，我害了你性命，你却要留着我的命让我受罪，也罢，这是我该有的报应……报应……"

喔，看来还听得进话。

衡文打了个呵欠："道长慢慢诊治吧，在下要先去睡了。"转身出门。

我挪了挪，将袖口从天枢手中扯出，从床沿上站起。掌柜的急切切道："道长，如何？"

我捻须摇头："不太妙，这位公子身有痼疾更兼心病，贫道要先回房静思，明日清晨方能有方子。不知贵店中可有燕窝，先煎一碗让他服了吧。"

掌柜的道："那位大爷来的时候倒带了几斤燕窝，尚有存货。"小伙计们伶俐，立刻去煎。掌柜的恭恭敬敬送本仙君进客房，吩咐扛出崭新的木桶备一桶洗澡水，还赠送了两碟干果当作夜宵。

我出慕若言的房门前还回头看了他一眼。昏暗的油灯下一个蜡白的人影躺着，倒像个纸人。

我出门，他也未再说过什么。

和我的客房门挨着的应该是衡文的客房，房门掩着。我看了一看，向掌柜的道，那个崭新的木桶和洗澡水送去给这位公子洗吧，将他房里的被褥枕头也换成崭新的。这位公子是位金贵人物，一概东西都要崭新、洁净的，他出得起钱。

掌柜的当然一应声地答应了。等我也洗刷完毕，灭掉油灯，在床上躺好，将铜八卦合在手心，脱出真身。

一路行来，都是两间客房，广云子一间，我和衡文一间。他不来提我，我只好去找他。

衡文的房内也熄了灯，我在黑暗中向床上摸，床上的人翻了个身，道："诊治完了？"

我干笑："完了。"搓一搓手，"你里面让让，给我腾个地方吧。"

衡文嗤了一声，挪动少许，我趁空躺下，拉了个被角来盖。衡文道："天枢病得不轻，我看只剩下一口气吊着。他的病恐怕凡间的法子治不了，玉帝又不准用仙法治他。不知道广云子道长有什么灵方医治？"

我说："对付着看看完了，治不了就让他吊着。"

衡文轻声一笑："你舍得吗，今天天枢嚷的那几句话，让你把那一刀全抹过去了吧。说是让他吊着，你心里莫不是已经有了算盘？"

我不敢接腔，衡文估测我却估测对了，我心中其实有个算盘。

窗外隐隐有风响。这动静我熟悉得很，已经跟了我们一路。衡文轻声道："你打的，可是这个算盘？"

有风声，有细微的窸窸窣窣声，之后万籁俱寂。一个时辰后我轻轻打开房门，门槛边果然放着一束扎得整整齐齐的灵芝草。这种灵芝草又叫金罗灵芝，很名贵的仙草，而且虽是仙草，却长在凡间，我在天庭也只见过几回。

这束灵芝草是送给衡文的，送草的就是思慕衡文的那头不怕死的狐狸。

话说我和衡文刚出尚川城就被这头狐狸鬼鬼祟祟地跟着，毛团儿很有办法，半夜总能摸进我和衡文住的客栈，在房外徘徊凝视，再放一把金罗灵芝。

金罗灵芝可以去浊气，养元神，狐狸大概是担心衡文被我拖在这红尘浊世中沾了尘埃，故送此物。

本仙君是个慈悲的神仙，可叹世间多情物，此事我便当它是浮云。衡文拿了灵芝后总一笑收入袖中，也装作不知道是它。于是狐狸至今仍认为自己隐蔽得好，日日如此。

我拿着灵芝回床前，对衡文赔笑：“可能将此物分我一两片？”

衡文懒懒地道：“就知道你想拿它救天枢。你若想要就拿吧，只是我再啰唆一回，宋珧元君下界可是来设劫不是救苦救难的。你心中要留个分寸。”

我揣起灵芝草躺回床上，道：“虽然天枢星君后来与我有些梁子，但当年毕竟也救过我一回。总要还他这个情。”

我宋珧元君最不乐意欠别人的情，尤其是后来有些不对付的天枢的情。

许多年前，我刚刚升做广虚元君，有一次衡文到西天佛界做法道会，我在天庭寂寞，便去碧华灵君处吃茶，看他养的仙兽解闷儿，恰好有一条独角龙修仙岔道，走火入魔，发起狂来。元君我仗剑敌龙，不幸被那畜生一口烟喷到脸上，再一尾巴扫飞数丈，仙面无存，且重伤。

恰好天枢星君也在灵君府上，虽平时淡淡的，此时却治了我一治。从此我欠他一个情。

乃至于，又数百年后，我与天枢星君对簿在灵霄殿上，我还当它是一场虚梦，曾救过我一回的天枢星君，清冷又清高的天枢星君，竟要栽我一条莫须有的罪名，让我堕回凡间，永不能再上天庭。

衡文道："当时天枢说你的罪名，却有些凭据，并不算冤枉你。但我也想不出他为什么要如此做。依天枢的品性，不可能做这样的事情，他偏偏做了。必有缘故。"

我道："缘故我懒得知道，横竖当年欠他的情我还上，玉帝吩咐的事情我做到。当年他栽我那回没栽成，就当从未有过，他再上天庭，相见一笑，还是仙友。"

我宋珧元君是个大度的仙。

第二日，我大清早起床，预备和掌柜的说一声，将灵芝草煎一碗给慕若言喝。与衡文共下楼时，却看见一堆小伙计正围着一个笼子摩拳擦掌。

一个小伙计喜滋滋地迎过来道："小的们昨晚上抓到了一个稀罕畜生，道长和公子要不要过来看看？"

我欣然应声，探身过去。

笼子里竟是位故人。

银白的毛团儿蔫着身子垂头蹲在笼中，似末路的英雄，乌江边的楚霸王，很哀伤。

狐狸，你怎么被抓了？

衡文也怔了一怔，狐狸抬头望了他一眼，眼中闪亮似有泪光，又垂下头，蹲在它的笼子角上。

小伙计们都很兴奋。

“最近野猫、黄鼠狼闹得紧，小的们就在屋檐下设了个活套儿，指望抓那些畜生，没想到抓住了这只畜生。道长见多识广，这狐狸的毛色稀罕，值钱得很吧。若活剥下皮来，不晓得十两银子卖不卖得了？”

本仙君一揖念了声道号：“罪过罪过，它虽是个畜生，活剥也忒惨了。天让它今日丧在此处，看贫道的面子，好歹先让它痛快归天再剥皮吧。”

狐狸霎时抬头，凄厉地盯了我一眼，再凄凉地看看衡文，又低头。

我看见它的右前爪似有血痕，像是不轻的伤。

衡文果然道：“在下出十两金子，将它卖给我吧。”

金锭子搁上桌面，小伙计们笑成了葵花，一丛丛很绚烂，殷勤地道：“小的们立刻替公子剥了这张狐狸皮。”

衡文道：“我看它长得稀罕，先养着活的。”

我道：“施主不怕狐臊气？”

狐狸恨恨又盯了我一眼。

衡文打开笼子，将狐狸抱出来：“我却没闻见有什么味儿，养着吧。”

狐狸将脑袋插进衡文的怀抱深处，蹭了一蹭。

回到楼上我房中，插了房门，狐狸伏在衡文膝上，盘成了一个团儿，模样很受用。我靠在桌旁：“毛团儿，本仙君上次手下留情，你怎的又来滋扰凡人。”

狐狸跳下衡文膝盖，打个滚化成人形：“在下名叫宣离，似乎仙君知道。我只为清君而来。”抖抖耳朵不瞧我，目不转睛地再望衡文，“多谢清君救了我性命。”

衡文语声温和，当然，衡文他一向好脾气，对什么都温和：“你受了重伤，金罗灵芝是仙物，你拿不得，一拿必要现原身。何必冒这个险？”

狐狸道：“为了清君，没命也值得，我情愿的。”

我的牙酸了一酸。

衡文伸手递了一颗丹丸：“此丹你先服了，兴许有些好处。”狐狸伸爪接过，凝视衡文，十分令人肉紧，半晌后才将丹丸送到口中咽了。我忍不住咳了一声：“你臂上的伤看起来十分古怪，是怎么伤的？”

狐狸本视我为虚无，但衡文也看它，于是闷声道：“被一介凡夫所伤。”

我大奇，毛团儿至少有千年修行，何等凡夫如此刚猛，竟能伤到它。衡文也问：“此人什么来历，竟能伤你。”

狐狸干巴巴道：“不晓得什么来历，他竟来我洞前偷灵芝草，我便出手教训，一时大意，略有微伤。此人被我关在洞中，好像姓单。”

原来南明帝君一去不回不是做了负义狠心薄情郎，是替天枢偷药治病被狐狸抓了。唔，南明对天枢，让本仙君有点感动。但是，话说，他怎么会知道偷妖怪种的仙灵芝给天枢治病？

是谁指点了他？

我问狐狸：“你抓到那偷灵芝草的贼后，把他如何了？”

狐狸道：“关着。”

我说：“只是关着？他偷了你的灵草，又打伤你的手臂。你就没对他用用刑，打断他两条胳膊、两条腿玩玩？”

狐狸看了我一眼，冷声道：“没有。我一向不与凡人多计较，只折了他一条胳膊，捆在洞里罢了。”又去望衡文，“我从没伤过凡人的性命。”

狐狸在剖白它的清高。它望着衡文，眼神很诚恳，耳尖微微颤动，衡文对它一笑，它立刻满脸欢喜。大有立刻变回原形再跳上衡文膝盖的

桃花债
千年前的局
只为一场
相逢的等待

意思。

恰巧，门外有脚步声响，狐狸立刻变回原形，迅速跳上衡文的膝盖。本仙君一把拎住它的后颈毛，将其拎起，毛团儿扭着身子，露出寒光闪闪的獠牙。

小二在门外敲着门板："公子、道长，早饭好了，请您二位下楼用吧。"

我将狐狸塞到胳肢窝下挟着，一手开了房门，念了声道号："即刻就下去，多谢多谢。"

再合上门，狐狸蹭地跳到地上，打个滚儿化成人形。我与衡文预备下楼吃饭，临出门前本仙君还好心问了狐狸一句："要给你捎个馒头回来吗？"

狐狸傲然说："不要。"

用完早饭再回房去，我指望狐狸已经回老窝去了，没想到打开房门，看见衡文的床上一个白毛团儿很惬意地盘在被子上，在小睡。

狐狸不愿意回窝去，它振振有词，很有理由。衡文清君在众目睽睽下买了它，如果它突然不见了，必引人猜疑。为了不让衡文清君多麻烦，它暂时留下。

衡文大概是有感于毛团儿深情一片，也大概是觉得有趣，默许了它留下。

狐狸很欢喜，本仙君有些忧虑。我当年一厢情愿地看上过人，知道这种事情只会越扯越难扯。衡文平素有个毛病，爱试个新鲜找个乐儿，万一一时兴起……

我打了个哆嗦。

而且，天枢正在房里吊着半口气，等着用灵芝草。金罗灵芝是狐狸送给衡文的，它在这里守着，本仙君怎么好拉下脸去和衡文要。

我对着衡文和狐狸徒然忧虑，便又踱到天枢房中看看。

两个小伙计正在天枢房里手脚麻利地收拾着，据说从昨天晚上到现在，天枢又咳了几口血出来。掌柜的也凑近房里，甚是期盼地向我道："道长昨晚说，今天早上一定有方子，可是已经有药了？"

本仙君咳了一声："有是有了，不过……"

房门被敲了两下，一个小伙计手端着一碗墨绿的汤汁进房："道长，药小的给您送来了。"

我愕然，衡文迈进房来："我算着时辰煎好了，你给他服下去看看吧。"

两个小伙计将慕若言扶起来撬开牙关，本仙君将药汁一勺勺灌进他口内，金罗灵芝与慕若言有缘，一碗药很顺畅地灌了下去。慕若言被搁回枕头上后，没什么动静。

掌柜的吞吐着道："道长，这位公子……"

慕若言呼吸匀而浅，面容上的愁苦也少了，他只有睡踏实了才是这副模样。

我于是道："无妨无妨，且让这位施主安静歇息。等到醒来时，病可望大好。"

慕若言一睡就睡了一天一夜。

掌柜的和小伙计担心他其实被本仙君毒死了，进进出出探他鼻息，小伙计们埋伏在前后门边和窗下楼梯前，怕我趁空跑了。我索性不睡觉的时候就搬把椅子坐在慕若言房内的桌前，自己和自己下棋解闷儿，省得掌柜的和小伙计们提心吊胆。

入夜，我回房内脱出真身去找衡文，狐狸现出原形睡在椅子上的一个枕头上，我拎起它，向隔壁一指："那间房的床上躺着本仙君白天用的躯壳。你可以将他挪到地上，去床上睡。”

狐狸用爪子紧紧搂着枕头：“为什么不让我与清君在一个房里？”

本仙君直截了当道：“本仙君怕你与他同在一室会生出事情来。”

狐狸化成人形，冷然笑道：“宋元君想得忒龌龊了，我仰慕清君，绝对不会强迫。”

我心道，是，原本就不担心这个。这位衡文清君哪是那么好强迫的。

衡文在床上没有一点动静，想是听热闹听得正高兴。

我便放稳口气，对狐狸晓之以理：“清君与我这次是奉命下界，一举一动天上都有仙僚看着，天庭戒律森严，他与你言行过密，恐怕会招来嫌疑。”

狐狸双臂抱在胸前坐在椅子上，双眼闪着幽幽绿光：“宋元君的理由，恕在下不能苟同。据说元君在天庭也时常在清君府上蹭吃蹭喝，似乎并没有被天条处罚过，所以依在下看，天庭的规矩并没有传闻的那么森严。”

这头杂毛畜生居然打听过本仙君与衡文！它又是从哪里听来的老婆舌头，颠倒是非说本仙君时常白吃衡文的。

狐狸道：“元君难道要说，只因为我是妖，你是仙，所以你能做的我便做不了吗？”整了整袍子站起来，“我说过决不会给清君惹麻烦，既然元君提醒，我就去隔壁睡。只是……”

狐狸向墙去，转头在眼角里看了我一眼：“虽然我现在是妖，但只要过了一千五百年的天劫，我就能飞升成仙，同在天庭时，事情还未可知。”

拂袖穿墙而过，去隔壁睡觉了。

我拖过椅子坐下，衡文低声道：“从未见你将天庭的规矩如此放在心上，难道是天枢与南明的事情让你悟了？”

我干笑："差不多吧。"起身走到床边，"对了，今日幸亏你送了碗灵芝草药来，多谢多谢。"

衡文懒懒道："记着欠我一顿就行了。其实我是想看看，你把所谓欠天枢的还完了，再往后能干什么。"

我说："自然是玉帝吩咐命格安排我做什么我做什么。"说起来这几日命格老儿毫无动静，十分奇怪。

衡文向床内让了让，我在床外侧躺下，忽然想起一事："对了，南明不是还在狐狸的洞里关着吗。狐狸在这里不走，南明一定在洞中挨饿，我既然救了慕若言，要不要再发发善心，让狐狸将他放出来。"

衡文在我身侧低低一笑。

我问他："你笑什么？"

衡文道："没什么，觉得你的话有趣。"

天亮后我再到慕若言的房中坐着，安慰掌柜的惶恐的心。

小伙计找了一副棋，衡文陪我下着解闷儿，狐狸卧在衡文身边的椅子上，小伙计们来回地瞧它。

本仙君和衡文下棋下了几千年，从没赢过他，今天依旧很忧郁地输了。掌柜的殷勤地吩咐人将午饭送到此房内，五个小菜一壶酒，还有一盆热汤。

小伙计将汤盆放在桌上，掀开盖儿，热气腾腾冒上来的刹那，雾气迷离中，床上的慕若言动了动。

我口中正嚼着一块豆腐干，眼睁睁看着慕若言半撑起身，迷茫地向此处望来。

掌柜的正站在本仙君身边亲自替我和衡文斟酒，拿着酒壶愣了，要知道，慕若言已经在床上瘫了忒久，掌柜的见到他能亲自坐起来，就像亲眼看见嫦娥升上月亮，激动得浑身颤抖，颤了片刻，扑通一声对本仙君一跪："道长真是活神仙！道长真是活神仙！"

我捋须微笑，先向掌柜的微笑，再向慕若言微笑。待张口时，才察觉豆腐干还没咽，于是从容咽下，又微笑，先对掌柜的道："举手之劳，何必客气。"再蔼声问床上的慕若言，"公子觉得身子好些了吗？"

慕若言凝目看着我，脸上还有些茫然，掌柜的道："公子，您这几日病得人事不知，多亏这位道长一服仙药。公子此时觉得身子如何了？"

慕若言面上的茫然渐去，想是清醒了，坐正了身子，脸上带了些半自嘲的沧桑出来，再整了整神情，掀开被子，金罗灵芝的药力甚足，他居然一站就站了起来，从小伙计身上接了外袍披在身上，再看着我："衣冠不整，望请见谅。听说是劳烦道长救了在下？"

我起身："只是贫道走江湖的一点草头方儿，施主身子能大安便好。"

慕若言道："在下一介书生，没什么可谢道长的，请道长受我一拜，权作答谢吧。"

他双腿一屈时，我愣了，慕若言竟要给我下跪？他一个不想要命的人对着救他命的人下跪，这不是笑话吗？！

我心中这样想，腿早不知怎么跨了出去，伸手阻住了慕若言未完全跪下去的身子。桌上放下的酒杯嗒的一声，我松手后退，再一揖："施主行的礼太重了，贫道受不起，受不起。"

慕若言道："道长不肯受拜，那便受在下一礼吧。"深深一揖。我没奈何，只好也回礼。

慕若言道："道长之恩，他日力所能及时，定再报还，鄙姓严，名子慕，请教道长仙号。"

天枢下凡后果真依然了不得啊！刚刚从人事不省中爬起来，立刻眼也不眨地编出个假名字来。

我再一揖："施主言重了，实在不敢当。贫道虚号广云子，他人都喊贫道广云道人。"

再略一啰唆，彼此一番客套，我便道："施主身子刚有起色，还须静养几日，莫再受了风寒，还是先在床上静养几日吧。"

慕若言道："多谢道长，"向桌上看了看，道，"在下打扰了道长与几位用饭实在不好意思。"

我干笑，分明是我们在他房内吃东西，他还说得那么客气。一直背向床坐着的衡文侧过脸来，对他笑了笑："公子客气，本是我等打扰了。"

慕若言像是在极寒的山顶被一盆冰水迎头浇下，瞬时冻住一样地僵了。

目光奇异，脸色惨白。

衡文悠然起身："看来公子还认得在下。"

掌柜的左右地看："原来两位公子竟然认识，怪不得道长如此费心地给公子治病了。哈哈，哈哈，原来各位都是故人。在小店中相逢，实是有缘，哈哈。"

本道长要做局外人，原地站着。

慕若言看着衡文，哑声道："你……"

衡文道："此处相逢，真算是缘分了，公子既经大病重生，便如再活一世。当日种种，既是不得已发生了，索性当它是前生旧事，忘了它，好生过往后吧。"拱了拱手，向掌柜的道，"劳烦将饭菜再挪到楼下，我与道长去堂中用吧，让这位公子静养。"

掌柜的一叠声答应，小伙计们手脚麻利收拾盘子。狐狸蹭地从椅子上跳下来，蹿进衡文怀中。衡文在我身侧低声道："你是要在这里留着，还是和我下去吃饭？”

慕若言的目光跟过来，眼中光芒闪烁，与方才大不相同。我头皮有些麻，一揖道："施主请静心休息吧，贫道先告辞了。”随在衡文身后出门，转身的瞬间，看见慕若言凄清的眼。

狐狸的金罗灵芝仙力十分不错。我开始有点后悔我治好了天枢。

傍晚掌灯时分，我和衡文在楼下堂中吃晚饭，慕若言开始出来乱转。

他穿了一件浅蓝的长衫，脚步声很轻，但是走得很稳，长衫在身上飘飘荡荡的，一看就是大病初愈，而且是大病初愈后已经养足了精神。

慕若言下了楼梯，向堂中来，我站起身立起手掌问了句安，衡文点了一下头。慕若言回礼后在旁边的一张桌上坐了，小伙计招呼他点菜。

衡文今天话不多，本仙君于是有些闷闷的，我和衡文对面坐，毛团儿蹲在衡文身边的一张椅子上，做一片天真状，吃衡文喂它的炒鸡蛋。

衡文将炒鸡蛋挑出葱花，一筷一筷地夹进狐狸身边的瓷碟，狐狸一口一口地吃，吃完舔舔嘴角胡须，仰头看衡文，軟軟地甩它的尾巴。

本仙君无所谓地看着，淡然饮粥，间或夹一筷秋蒿菜。

小伙计们也站在一旁看，道；“公子实在是厉害，这畜生到您面前这么听话，吃得真有趣。”

我在心中冷笑，它若化出人形，低头摆尾，更加有趣。

“江上人家”没住着几个客人，堂中的人都在看狐狸，慕若言也在看。

屋角的一桌，坐着几个商贾模样的胖子，其中一个道："把一个野物驯得如此听话，公子与这位道长可有什么妙方没有？”

衡文淡淡笑了笑，我道："不敢当，不敢当，其实是一点雕虫小技。”狐狸用眼角很不恭敬地看了本仙君一眼，我便道："其实驯服这些山野之物十分容易，只要贫道一碗符水，即刻便能野性全消。”

那张桌的其余人都称这位说话的胖子一声董员外，董员外半信半疑地看本仙君："在下四海五湖行了大半，却不知道家的仙术竟还有如此一用。"

我掂着须子不语，在恰当的时候不说话，这就是高人的境界。

立刻有小伙计道："董员外有所不知，这位广云道长实在是位高人，您看这张桌上的这位公子，就是广云道长治好的，只用了一帖药。真真正正妙手回春。"

董员外与同座的胖子们顿时肃然起敬，连声地道失敬与恕罪。我也连声地谬赞与惶恐。

董员外便道："道长仙骨烁烁，想来降妖捉怪，起死回生之术一定也精通得很。"

眼看越扯越没有边际去，我只有道："偶有家宅不宁，魑魅魍魉作祟的，贫道或者尚能尽薄力驱之。起死回生之事，万不敢夸海口。生死命数，自有阴司管辖。贫道自身尚未脱出六道，岂敢大言生死之事。"

董员外钦佩本仙君的谦谨，唏嘘赞叹。

衡文闲闲地拿筷尖点着盘子，一盘鸡蛋都被他喂了狐狸，只剩下木耳和挑出来的葱花、姜头。

我向木耳伸出筷子，听见慕若言开口道："所谓生则缘起，死则缘灭。但是那些取债的魂魄，含怒含怨的魂灵又从何处来？还是只是谣传罢了。"

我把木耳夹回粥碗，思索该说点什么。衡文忽然道："这种事情可不好说，是不是谣传不一定。人生在世就比如一个人住在一座房子里，房子住不了的时候，就是人之将死、缘分将灭的时候。但是和这座房子缘分尽了，说不定和另一座房子还有些缘分。"筷子向我一指，"比如这位道长，他说他不会起死回生，说不定会换座房子住住。"

衡文，你这是拆我的台吗？

慕若言顿时看向本仙君，我干干一笑："赵公子的玩笑开得忒风趣，贫道竟不知如何是好。"

衡文放下筷子，狐狸跳上他的膝盖打了个哈欠。衡文道了声"先行"，抱着狐狸扬长上楼去。

我于是也回房。

我在走道里踌躇，是回我的房还是去衡文的房，想了一想，还是到衡文门前推门进去。衡文在桌前喝茶，我走到桌边坐下，衡文端起壶添茶，我拿起一个杯子伸到壶嘴前。

衡文道："连这一分的力气你也要省？"我笑道："你给我倒一杯，余下的茶我来替你添。"衡文嗤了一声，将我手中的杯子倒满。

我瞟了一眼卧在床头的狐狸："毛团儿，和你商量件事情，晚上你带路，我和清君去你洞里一趟，把你关着的那个姓单的人放了吧。"

狐狸跳下地面，化出它的人形，皱着眉头靠床柱站着。单晟凌在它臂上伤的那道疤仍然在，狐狸心中一定仍然愤恨，听我让它放人，脸色铁青。

我说："我和清君奉命下界办事，你关的这个人恰巧是其中关键。其实本仙君与此人有些恩怨，要不是天命在身上压着，你把他烤了吃，本仙君还愿意替你生火。"

狐狸抱着双臂不吭声，直到衡文说："宋珧元君说的是实情，虽然对你不住，还是甚望你能帮忙。"

狐狸立刻低眉顺眼地道："清君要放，我今晚便放了他。"一副甘愿为什么肝脑涂地的模样。

于是夜半时分，我与狐狸同去向它的窝。衡文只提出了我的真身，道他便不同去了。他现下的模样与真身差不了多少，恐怕被单晟凌知道更加麻烦。

狐狸听说衡文不去便晦下了一张脸，一路引本仙君向它的山头去，一句话都没有。

夜黑风疾，去时正好顺风，御风行云，不过一刻钟多些，就到了狐狸住的那座山。

我与狐狸在山腰落地，参参树影深深长草，我问狐狸此山的名字，狐狸冷声道：“宣清山。”宣离的宣，衡文清君的清，本仙君一阵肉紧，道：“你未起这个名字之前，这座山叫什么？”

狐狸悻悻道：“枯藤山。”闷头走了几步，道，“你怎么知道名字是我改的？”

我未回声。本仙君在人间念诗伤情的时候，你还不知道在哪家偷鸡呢。

狐狸的洞口掩在爬满山壁的藤叶内，顺着一条狭长的石道蜿蜒进去，狐狸是头懂得享受的狐狸，挖了一道水横在前路，水面上横一座石桥，过了桥，转过一道石屏，狐狸扬袖弹出火光，四壁熊熊的火把，展出另一片洞天，一个甚宽阔的石洞，照着厅堂的陈设布置得似模似样。石桌上陈着蔬果酒菜，石椅上铺着缎褥锦垫，右首还有一道镶贝的琉璃屏风。

我正要称赞一下狐狸的石窝，狐狸站在厅中，皱起眉头，喃喃道：“不对。”大踏步转过屏风。

本仙君跟上，屏风后又是一条石道，分出无数条岔道，狐狸疾疾在前，我紧紧在后，转过了数道弯，打开一道石门，又进了一个洞内，狐狸扬手点亮火把，洞中只有一个光秃秃的柱子，柱子下掉着零落断开的铁链。

看样子，狐狸把单晟凌关在了此处。

我看着四散的铁链皱眉，单晟凌竟然勇猛至此，能挣断铁链子从狐狸洞中跑了？

狐狸磨牙哼了声什么，奔出洞去，再顺着石道转过七八十来个弯儿，又推开一道石门。门外一阵风吹来，我一抬头，竟能看见乌压压的天，此处是山中的一块缝隙，被狐狸开辟成了内院。

一道黑影自暗处蹿起，笔直地蹿了过来。

跟着一声呜咽，一头扎进狐狸怀中，蠕动了一下，变成一个幼齿的男童，搂住狐狸号啕大哭："大王……你终于回来了大王……呜呜，来了一个好厉害的人，把洞里关的那个人救走了……红姊姊、秋姊姊、花哥哥、小七它们……它们都被那人抓到笼子里……呜呜，我……我好不容易藏起来，我害怕，大王，呜呜……"

男童把头贴在狐狸怀中，一边哭，一边说，一边蹭它的眼泪鼻涕。

好不容易等它哭完了，狐狸带着它引本仙君回到石厅。男童缩在一张椅子里，仍在抽抽噎噎，一边抽噎，一边偷偷看本仙君。一双绿油油的眼，头顶两只尖耳朵上还带灰褐的纹条。这孩子原来是只山猫精。

小山猫精说话很不清楚，颠三倒四的，结巴了半天才把大概的经过说清楚。

据说今天早上，有位手拿拂尘的人闯进洞来，劫走了单晟凌，抓了狐狸洞中的十来个大小妖精，有漂亮的母狐狸们，也有道行不够高的其他小妖怪们，小山猫的修行最浅，妖气最弱，钻进了一个石缝旮旯里侥幸拣了一条小命。

狐狸脸色铁青，目光凌厉，本仙君知道，它从此和单晟凌不共戴天了。

小山猫对那救人的拂尘客的模样也左右说不清楚，来来回回只说"没有胡子"、"像道士"、"蓝衣裳"，委屈地伸出受了伤的两只前爪给狐狸看。

本仙君听着看着，却不能不道：“洞中的人既然已经走了，本仙君来此的事情便算完了，时辰不早，须回客栈去了。”我看看狐狸和小山猫，“你……你们两位有什么打算？”

狐狸默声不语，小山猫蜷在椅子中缩着。

狐狸小小的妖精寨此时妖尽窝空，它那么垂头坐着，颇有些凄凉。

那位法力高深的拂尘客却不知会不会还杀回来，狐狸与这只小山猫都有些险。

本仙君其实很容易心软。我看到此情此景，心中又忍不住软了一下。

只是这一下，我回到衡文房中的时候，身后跟着一头狐狸，还有一只灰纹的山猫。

狐狸跳上衡文的膝盖，呜了一声，盘身伏下，模样很颓然。衡文抚了一下它的头顶，狐狸抬头，舔舔衡文的手。

小山猫跳到床尾的被角边卧着，吧嗒吧嗒舔受伤的前爪。

我对这一下心软真的很后悔。

慕若言与单晟凌相逢在一个风疾浪高，大雨倾盆的中午。

就在我带了狐狸和山猫崽子重回客栈的第二日。

我和衡文正在楼下厅内吃中饭，客栈紧闭的大门被敲得砰砰响。小伙计将门打开一条缝，雨水骤然被疾风斜吹入店，水沫溅进我面前的一碟清炒素三丝里。

一个头顶斗笠的水淋淋人影跨进门槛，天上恰恰打了一个炸雷。

斗笠兄脱下斗笠，狐狸浑身的毛都立了起来。

本仙君眼疾手快，一把将狐狸按住。眼看单晟凌昂然立在堂内，一双精亮的眼环顾四周。他这一顾，就顾到了这张桌上。一看，就看到了衡文。

眼顿时眯了眯，眉峰微动，面色却未变，算是不曾形于色。

衡文客气地露了半分笑，南明帝君果然是人物，向衡文也一笑后，两道电样的目光立刻扫到本仙君脸上来。

本仙君本欲对他一揖，奈何双手正按在挣扎的狐狸身上，只好点了下头。单晟凌的目光做不经意状瞥了眼狐狸，掌柜的恰在此时哈腰直奔过来："陈爷终于回来了，小店这就给您预备热水与换洗衣裳，陈爷要不要先来壶热酒暖暖身子。"

我心道这掌柜的好不知趣，在洗澡水、暖身酒上献殷勤，此时这位爷心里除了楼上房中的那个弱书生，哪还有别的？偏偏你就不提这个。

果然单晟凌开口便道："楼上那位严公子，这几日可好？"

掌柜的方才恍然悟出真经，一面说好，一面让小伙计引路，再赔罪说小店招呼不周，对那位公子恐怕仍有怠慢，请陈爷包涵。

单晟凌大踏步地上楼去，刚上到一半，蓦然止步，双眼直直向上望去。慕若言一手紧抓着扶手在楼梯尽头立着。

默默相望了一瞬间后，单晟凌问慕若言："你这几日身子好些了没？"

慕若言道："已大好了。"

单晟凌"哦"了一声，大步上楼去，与慕若言转身回客房。

用完饭回房，刚插上门，小山猫一头扎过来："大王大王，我……我方才瞧见洞里关的那个人……那个人他……"

狐狸化成人身，冷冷道："我已看见了。"一双拳头捏得紧紧，目露凶光。它一洞的妖精被擒之仇仇深似海，应该是想立刻蹿到隔壁去活剥了单晟凌。

本仙君不得不劝毛团儿少安毋躁，单晟凌只身回客栈，生擒一洞妖怪的人还不知道是何方神圣，南明在天庭上颇有几个好友，难道敢违逆玉帝的法旨下来帮南明？我便道："你一洞的妖怪还不知道关在哪里，如果贸然伤了南明，说不定你的那些小妖们连命都没了。还是暂时莫乱动吧。”

毛团儿将拳头捏得咯咯作响，立在桌旁不动。

我开门喊小二要了一碟炸鲫鱼给山猫做中饭。小二咋舌道：“道长真是好胃口，刚吃过中饭就要点心。”我笑道：“随便吃吃只当消食了。”

下午，单晟凌来敲本仙君房门，他已经沐浴换了干爽的衣裳，在狐狸洞里关了数天，双颊略陷，却神采奕奕，进门抱拳道：“道长妙手回春相救严子慕之事在下已知，严子慕乃在下的结义兄弟，故而前来道谢。”

如刀的目光不动声色地打量本仙君，双手递上一个红封的纸包：“奉些微薄谢仪，望道长莫要推辞。”

我一揖道：“施主忒客气了，不过是些草头药方，贫道方外之人，本不该收红尘铜禄，但施主一片诚心，贫道便当作施主为天下道法的捐资，权且收下。”老实不客气接过，在手中一捏，沉甸甸的，像是金条。

单晟凌道：“道长与隔壁的那位公子，像是同行？”

我顺口诌道：“正是，那位公子甚爱道法，欲寻静处清修，便与小道同行，时常同研些丹药之术。”

单晟凌道：“原来道长擅炼丹。”

我道：“也不是，其实卜前程看风水贫道修习得更深些，贫道看施主天庭饱满骨骼清奇，乃安逸大贵之相，正是祖上福荫深厚，此生安乐逍遥之人，施主要不要贫道替你卜上一课，看看近日的吉凶？”

单晟凌敛回目光道：“在下今日有些困乏，改日吧。”回身欲走。

我作势向前大跨一步：“施主当真不算？贫道的课法乃老君梦中亲传，一课只要十个钱，贫道既然与施主的义弟相熟，便八个钱罢了。可以再多测一字，施主看如何？”

单晟凌道改日一定，大踏步走了。

我一声长叹，合上房门。身后道："我出二十钱，请道长给我卜上一课。"

我回头，衡文笑嘻嘻地坐在桌前，我拖过椅子在他身边坐下，拿起茶壶，先替他的杯中斟满："你是要发文王课，还是鬼谷子课？"

衡文道："难道不是宋珧元君课？"

我终于撑不住笑，道："你倒悠闲，不在房中看着毛团儿，来看我热闹。"

衡文道："它被你几句话震住，估计不会轻举妄动。一洞妖精都被抓了，看它和山猫怪可怜的，就留它们两个在那房中平复平复，正好单晟凌过来，我就忍不住来看看。"饮了口茶水道，"你这道士做得似模似样的，越发有道骨了。"

我扬扬得意道："那个自然，当年我在凡间成天算命，阅过算命摊儿无数，比那刚入门的还行得多，如果哪一天犯了天条，被打回凡间来，我就真去做个算命的，生意一定不错。"

衡文拿着杯子摇头："你倒像做道士做上了瘾。我听说凡间的人都爱卜命，像你当年成天算命，都算些什么？"

我道："我不是告诉过你吗，我七岁的时候，我爹请了位什么山上的高人给我算命，那位高人算我有大机缘，会享到十分难得的福气，但是是个永生永世孤鸾单只的命。我一直不信这个邪，就到处找人算命，但凡算到姻缘，都是全无。"

说起来便又唏嘘了，本仙君当年七岁，已经懂不少的事情，我还记得许管家的女儿芳娘当时是个十二三岁的小姑娘，我很喜欢她，正打算和我爹说了长大要娶她做媳妇，被老道士一棍子打得头晕眼花。

但那道士的乌鸦嘴确实灵验，芳娘十四岁的时候就嫁给了一个商户的儿子，我愤愤地跑去问她为什么不记得我当年给她吃桂花糕、千层酥、核桃饼的情谊。芳娘揉着我的头顶道："少爷您还什么都不懂。而且芳娘这样的人，怎么能高攀少爷呢？"我眼睁睁地看着芳娘上了红轿子，被吹吹打打地抬走。

我爹也给我定过亲，是尚书千金，媒人说她花容月貌，生辰八字、大相小相与我合上加合，正和我是天造地设的一对。结果她爱上了三王爷的世子，两人在月黑风高夜，公然私奔。

我再定亲，是国舅的千金，和她表哥私奔了；又定亲，郡王家的郡主，被皇上看中，收进后宫了；皇上补给我他妹妹八公主，和年轻的侍郎偷情，连肚子都大了。

我在烟花之地流连，对花魁娘子一见钟情，用情之深，感天动地。结果怎样？她还是和穷书生好了。

我误打误撞成了神仙，确实享到了世人享不到之福。老道士算是句句言中。

衡文打着呵欠道："晓得了，晓得了，晓得你的苦楚悲凉。几千年耳朵都听出了茧子。你却不能换换词？总惦记着你的永世孤鸾不撒手，你在天上做神仙，难道做得不快活？"

我说："快活。只是你生下来就是神仙，不晓得情这个东西的厉害，尝过一次忘不了。"

衡文转着茶杯道："哦，是有几分道理。有趣，有趣。此话如果被玉帝听见，一定算你凡根未净，打回人间来。"

我却真有些后悔又扯了许多，扯住衡文的袖子道："玉帝听不听见在其次，我只是胡乱说说，你可别听得有趣，想找个什么人来试试。”

衡文拍了拍我肩膀，笑道：“你放心吧，一定不会找旁人试的。”

天将黑，下楼吃饭时，我随口问了声慕若言和单晟凌，小二说他两人已经用了饭，各自回房去了。

狐狸和山猫还在伤感它们的同洞妖怪，索性将衡文那间房留给它们去悲，我和衡文挪进了我的卧房。我左思右想，仍想不出救南明的人是谁，忽然想到，单晟凌走而复归，一定要和慕若言说说原委。

我和衡文商议，去探探南明房中。

没想到单晟凌很懂养生，竟不和慕若言聊一聊，这个时辰已经睡了。衡文对他施了几个说梦话的法术，他竟一句都不说。衡文叹道：“帝君虽下凡界，魂魄到底非同一般，我也无能为力了。”我琢磨了一下，要是我俩把单晟凌打醒逼供似乎也不太好，便与衡文一道退出房间。

这天晚上，我做了一个梦。

我做神仙后，很少做梦，这个梦又做得分外不同。

恍恍惚惚里，我站在大片的桃花林中，桃花灼灼胜过九重天阙的云霞。云雾深处一个人影影绰绰地立着。我走近时，那人回身，我愣了。

仙者有梦，梦是本心，我明白此时我是在梦中。我又明白，这个梦是我的本心。

本心藏得住，却骗不过自己。我却不知道，什么时候开始，我有了这样的心。

也许在几千年前，九重天阙上遥遥那一瞬，虽在眼前，却遥不可攀，又忍不住想近上前去。

几千年我优哉游哉地过，十分感谢老天，我本来是个永世孤鸾的命，妄求什么也求不到，但时常能看见，心中已满足。

梦醒了，我一睁眼看见帐子顶，左侧头看见空空的被子和枕头，右侧头看见地上躺的广云子。

衡文正在他房中神清气爽地等我同去吃早饭。

毛团儿阴郁地蹲在凳子上，山猫哀伤地卧在床边。

衡文说："你昨天晚上做了什么好梦，我走的时候你一脸龌龊地正在傻笑。"

我干笑两声："梦见玉帝给我升官了。"

第伍章

许久不见命格星君，十分思念。

数日风大雨疾，今天居然晴了。被雨洗了数日的天碧蓝锃亮，高高在上，悬着一枚火热刺眼的太阳。无云，而且无风。

我支开窗户刚赞了一声好天，进来添茶水的小伙计就跟着道：“可不是吗，下了这些天，总算见到晴了。今天上午好些客人都退了房去渡口了，连昨天刚回来的那位爷和道长您治好的那位公子都刚去退房了。”

本仙君急惶惶地去找衡文商议，兼带思念命格。

“命格老儿，我刚下界那阵子一天两三趟地看着，勤快得很，最近怎么疲怠了，连个影儿都不见。单晟凌带着天枢跑了，你我是跟还是不跟？！”

衡文道：“天庭算起来正将要开太清法道会，天门钥匙又没着落，兴许命格星君正为这几件事情忙着，一时疏忽了地上。”

本仙君被衡文这一提点心中雪亮，是了，命格爱做玉帝面前功，天上此时忙成一团，他一定要伺机掺上一爪子功劳，将本仙君暂时向一旁晾晾。

我瞧着衡文，却有些忧虑：“如果开太清法道会，你岂不是要回天庭？”

太清法道会是道佛论法会，六十年一次，在天庭与西方如来极乐处轮流开。我唯有六十年前才有资格赴此会，也只能做个旁听的凑数神仙。衡文清君是此会的重角儿。以往衡文去赴会时，我在天庭寂寞，便去太阴宫找吴刚喝酒。想来我也赴此会后，吴刚只能对着那只兔子喝酒。

六十年前的论法会在西方极乐土的梵净河边，景色十分华美，十分极乐，河畔的砂是金砂，菩提树的叶子是翡翠，鲜果触手可摘。玉帝未能赴此会，以太上老君为首，衡文清君、四位帝君、八位星君，加上其余仙者如本仙君的，足踩祥云，袖蓄清风，浩浩荡荡，甚有气势。如来与药师佛、弥勒尊佛、贤善首佛、大慈光佛等佛尊菩萨列位有序，端坐莲台，顶放佛光。论法会开了七七四十九天，本仙君吃鲜果，听双方互论，甚得趣味，衡文清君与大慈光佛论法三天三夜，天花乱坠。老君拈须微笑，如来拈花微笑，最终衡文大胜，拱手回座，一挥衣袖，掸开我身边如山的果核儿，飘飘坐下。我真心道："厉害。"衡文故作谦虚地抬了抬嘴角。

当时南明帝君与天枢星君也赴了此会，衡文之后五日方轮到天枢，天枢星君与善法尊者论法，天枢阐辩道法亦和缓如水，徐徐而进，与善法尊者绵绵渐论。本仙君多吃了几个鲜果，微有胀食，跟着他二位缓缓的语调揉肚子，揉着揉着便酣然入梦。但十分不幸，衡文清君在我旁边坐，他每论法会必胜，西方的佛祖天庭的神仙都爱时不时瞧上他一瞧，结果就顺带瞧见了闭目静坐的本仙君。回天庭后，玉帝微怒，觉得本仙君丢了天庭的脸面，以南明帝君为首，劝玉帝严惩。衡文和东华帝君、碧华灵君、太白星君等人替我求情。玉帝于是将天枢星君招到阶前道："宋珧元君在卿阐道时酣睡，依卿的意思该如何惩处？"

我当时立在殿上，心中甚欣喜。玉帝分明是想饶了我找个台阶下，如此一问，就算与我有仇的十有八九也会卖我个情面，何况是天枢。

本仙君万万没有想到，天枢星君居然肃然向玉帝道，论法会上酣睡虽然是小事，但这件小事天界众仙与西方诸佛各个都知道，天庭体统大伤。而且广虚元君因机缘得以成仙，但从未深修道性，固己仙根，时常言凡间事，大有眷恋意，其实并不适合在天庭为仙……

依然是和缓如水的徐徐而道，听得我心中拔凉拔凉。玉帝道："那么依照卿的意思，广虚元君该定何罪，如何惩罚？"

天枢在玉阶下躬身缓缓道："当年西方净土处，有尊者在如来说法时走神片刻，便堕入尘间十世，受一切轮回苦。今日广虚元君在众仙众佛面前有失天仪，其平日又凡心未泯，依小仙之见，当遣回凡界，永不得再返天庭。"

这几句话如五雷轰顶，直敲我天灵盖，将我敲得目瞪口呆，木木僵僵。衡文一步跨到殿前，道："竟是这样大的罪过，那我这个罪魁就不得不出来认错了，免得帝尊误罚了宋珧元君。"

玉帝只得问何故，衡文笑嘻嘻地低头道："一切都是我的错，我在论法会前和宋珧……啊，是广虚元君打赌。我因广虚元君是平白飞升的神仙，对道法并不精通，一向轻看他。论法会上道法佛法皆博大精深，大不敬地说一句，我每每听时，都偶觉枯燥。因此和广虚元君打赌，赌他在论法会上一定撑不住要睡觉。广虚元君当时神情严肃，对我道'论法会乃是领悟道法的好时机，玉帝赐我参加，实在仙恩浩荡。小仙听一句欢喜一句还来不及，怎么会睡觉！'便和我赌下三十坛月姊亲自酿的桂花酒。当时东华帝君也在，他是见证。"

东华帝君举袖掩嘴咳嗽了一声，道："禀玉帝，小仙确实是见证。啊，金星啊，我记得，当时你也在，你也做了见证的，是不是啊？"

太白星君胡乱点头道："是是是，小仙也做了见证的。做了……见证。"

衡文接着道："广虚元君和我打赌时一副道貌岸然的嘴脸，我看了有些发酸。谁料在论法会上，他目光炯炯，腰杆笔直地坐着，我怕我没那么大情面，讨不来月姊的三十坛桂花酒，一时贪图输赢……”咳嗽一声，做出痛心疾首状道，“看广虚元君吃果子吃得很欢，便捻了两个瞌睡虫儿，弹进果肉中，于是就……”

说到这里，转过身来，对我一揖：“十分对不住，万想不到竟连累元君被安上如此大的罪名，甚歉甚歉。”

我眼见衡文替我顶缸揽罪，几乎老泪纵横，哪里还说得出一句话。

南明帝君和天枢等都默不言语，衡文清君出头顶罪，东华帝君和太白星君作保，驳斥就是在说这三位上君包庇说谎。再理论起来势必闹大。正僵持时，王母娘娘从后殿转出来道：“不过是在论法会上睡了一觉，固然有伤体仪，哀家看也不至于这么大的罪。论法会法道高深，哀家偶尔都觉得乏力，何况宋珧。我们修仙讲究的就是率性自然，与佛家的法体各有不同。所谓我们修我们的逍遥道，他们参他们的枯坐禅。哀家觉得不必照着他们的体度罚。玉帝英明，一定自有公断。”

玉帝果然英明，最后判衡文胡乱认错欺上罪，罚仙俸两个月，静修思过一个月。东华帝君和太白星君包庇兼欺上罪，罚俸半个月。本仙君论法会睡觉有失天仪，思过两个月。玉帝道：“想你替衡文和东华、金星出罚俸也该将钱出个精空，便不罚你仙俸了。”

我大呼玉帝英明仙恩浩荡。

王母似笑非笑地慢悠悠道：“且慢，哀家听说有某位仙君在梵净河边大呼还是如来这里大方，果子随便吃，不像天庭王母，几个桃子还使天兵把守，抠门得紧。不知道你听说过没有啊，宋珧元君？”

我干干一笑。

于是，本仙君在蟠桃园浇了半年桃树。

衡文说："法道会嘛，到时候再说吧。天上一日地下一年，等到了开法道会的日子，兴许此处的事情早完了，已经回天庭了。"

我想一想，赞叹很是，再又一想，复大惊："要是命格老儿在天庭忙活，一不留神把这件事情忘了个两三个时辰，那还了得！"

衡文打了个呵欠："也没什么了不得的，你想怎么做就怎么做便是了。"我嘿然道："是，要有什么不妥当的地方，随便一推，就说命格没说我也没主张了，横竖不用担责任。"

狐狸在桌角旁的椅子上抬起头来，撑着眼皮斜斜瞧了瞧我，鼻孔里不屑地一嗤。

本仙君不计较，站起身来，负手看窗外，踱了几步。

衡文道："天枢和南明，你还是跟上吧。反正不管命格回不回来，早晚还是要跟的。"

于是，两刻钟后，我扛着全副的算命道士行头，与衡文一起迈出江上人家的大门。

衡文在柜台上搁下一锭金子，让掌柜的笑脸热烈如三伏天的太阳，很殷勤地亲自送到门口。

狐狸和山猫都想同行。本仙君怜弱，就肯了。山猫卧在本仙君背后的藤架上，本来按照我的意思，拿条绳子拴上狐狸牵着走，再合适不过。狐狸双眼血红地盯着我，一副士可杀不可辱的凛然神情。真是的，方才你无耻地望着衡文，意有所指时，倒没想起自己的尊严了。最后，调和再折中，狐狸也卧上了我背后的藤架，山猫卧在第一层，狐狸卧在第二层。两只妖怪，险些累断本仙君的老腰。

江上人家离周家渡只有不到两里路。我等赶到渡口前，遥遥看见数个人影站在渡头，其中一个细长的人影衣衫随风飘飘荡荡，正是慕若言。

远处一片白水，浩浩荡荡。几条小船如苇叶一般，漂了过来。

十年修得同船渡。

我和南明、天枢同为仙僚已经不知道有多少个十年，当然够缘分会坐到同一条船上。

我赶到渡口前时，单晟凌两道如刀的目光立刻从人群中射了过来，在我身上一扫，却扫向衡文。我侧眼见衡文客气地点了下头。倒是慕若言望向我，我一揖："施主，好巧。"

正说着，几艘船都靠到渡头。本仙君腿脚敏捷，眼看单晟凌与慕若言踏上一条船，立刻一大步跨了上去。

艄公道："道人，我这船是专渡这两位客人到卢阳的平江渡口，您要去别的地儿就请再寻船吧。"

我挥一挥拂尘："正巧，正巧，贫道也是要去卢阳。"见艄公瞧着我，却有些不待见，忙将拂尘向身后一指，"贫道是与这位公子同路，和他算船钱。"

身后甲板声响，衡文站到我身侧，和声道："敢问老丈，到卢阳船钱几何？"

艄公却换了脸色，忙躬腰点头道："不忙，不忙，公子请先舱里坐，等到了地方您再看着打赏。"

我在篷舱边，让衡文先行，再弯腰进了篷舱。篷舱中十分简陋，侧沿两条木板算是条凳，中间搁了一张破木桌。

单晟凌与慕若言在一侧，我和衡文便到另一侧去，我将皂帘杆倚在桌旁，刚要搁下拂尘，眼梢里看见衡文径直要向木板上坐，忙喊了一声"且慢"。伸手在木板面上一抹，抬手看看，倒不脏。但木板硬邦邦的，怎么能让衡文坐。我将背后的藤架搁在桌面上，从山猫身边拿过一个做样子用的衣衫包袱，拆开包袱皮，将里面的衣衫等物重新搁了搁，再用包袱皮重新包过，包成个坐垫模样，放在木板上，还要装模作样地一合十："公子请坐。"

衡公子眉毛动了动，一脸受用，大模大样地坐了，然后很有派地拿扇子一点："你也坐吧。"

我合十道："多谢公子。"在木板上缓缓坐下。单晟凌和慕若言已在对面坐下。我有些担忧地去看狐狸和山猫，生怕两头妖怪一个按捺不住扑过去找单晟凌报仇。幸亏它们尚沉得住气，山猫蜷起了身子缩在藤架中。狐狸的脊梁有些许起伏。

片刻，狐狸忽然弓起脊背，本仙君凛起精神，狐狸弓起脊背后，却抖了抖毛，一蹿蹿到我和衡文之间的木板上，挪到衡文身边，盘着卧下。

于是我和衡文，与单晟凌和慕若言，隔着一张破桌，对面相望。

这条船是条五人划，方才的那个艄公在船头掌船，船首和船尾各有两个后生摇橹。船身摇摇晃晃，行得轻快。

微风带着江水的潮润气吹入篷舱，慕若言端坐在木板上，风吹得衣衫微动，神色却有些勉强。

单晟凌也太不是个东西了，慕若言病刚好，便被他拖着赶路坐船，脸色不勉强才怪。

单晟凌却不曾关心慕若言是否安好，姿态仿佛他才是慕若言的救命恩人，而非慕家满门为了他一个家破人亡。他还一脸行途寂寞，开始与我等搭讪。

"这头狐狸和这只山猫都是公子养的？倒是两只稀罕畜生。"

衡文笑了笑。我说："过奖。"

单晟凌道："公子此行，也是到卢阳？"

衡文道："是，听说南郡风光秀丽，想去看一看。"

单晟凌道："前日在东郡王府内，情势仓促。公子到了卢阳后，若不嫌弃，还请赏脸到敝府一叙，让单某略尽些地主之谊。"

我说："单施主真是太客气了。"

毛团儿听着单晟凌与衡文说话，虽然盘身卧着，颈上的毛已炸了起来。衡文拍了拍它头顶，它颈上的毛才又服帖了下来。趁势爬上衡文的膝盖。狐狸将自己养得不错，体态丰润，毛色光亮，小风一吹，雪白的毛微微拂动，末梢儿似乎还带着银光，引得慕若言也紧紧地瞧它，面上露了点犹豫的颜色，然后开口低声道："这是雪狐吧？毛色真漂亮。"

衡文道："是。"

我道："在客栈里买的，谁知道它是什么。"狐狸在衡文膝盖上动了动耳朵。

慕若言忍不住道："在下……能碰一碰吗？"

衡文悠悠道："这可要问它。"

慕若言起身过来，试探地伸手。但狐狸是头傲骨峥嵘的狐狸，此时故作这种姿态，估计只是想变法儿揩衡文些油水。慕若言却是它仇家的相随，所以手还未触及，狐狸傲然一偏头，闪了过去。

慕若言的手僵在半空，笑道："看来它不愿意，是我唐突了。"

嘴里虽然这么说，手还是忍不住又去摸，狐狸这一下未闪开，只得让慕若言摸了摸头顶。耳朵抖了抖，猛地甩了甩头。

慕若言却很欢喜地微微笑了笑，收了手回对面去坐。我冷眼看狐狸又要在衡文膝盖上卧下，扯起嘴角笑道："妙哉，单施主要不要也过来摸一摸？"

狐狸一个激灵翻身而起，炸起全身的毛露出森森尖牙，从衡文身上跳下，鼻孔中喷出一口气，在木板上寻块地方悻悻地趴了。

船桨嘎吱嘎吱地响，船晃晃悠悠地行。

船夫说，傍晚才能到平江渡。衡文从袖子里装模作样地掏了掏，化出一册书来看，慕若言脸色不好，闭目坐着养神。剩下我和单晟凌两两相望，他越过本仙君的头顶看风景，本仙君越过他的头顶看风景。

单晟凌忽然道："听说道长好卦象，在客栈时未能请教，现在可能替在下占一卦。"

本仙君抖擞精神："施主有什么要算？"

单晟凌道："请道长替在下看看手相，算算往事前程吧。"伸出左手，我端住他手腕看了看，他的往事前程早被命格老儿写在天命簿上，本仙君背得烂熟。

我半闭起眼道："单施主的手掌纹理奇特，生平诸事都与寻常人不同。幼时父母兄弟早分离，少年多磨难，一生注定漂泊无定所。而且……"我截住半截话头儿，做吞吐犹豫状。

单晟凌道："道长有话尽管直言。"

我慢吞吞道："施主你命带凶煞，是个克累他人之命。父母兄弟，挚亲挚友，均会牵连。"

闭目坐着的慕若言眉头忽然紧了紧，身子似乎一颤。我继续道："而且施主不久，将有一场大难，此时已隐约可见前兆。此难非同小可，施主须一切谨慎。"

玉帝亲自安排的难，不是大难才怪。而且替你造难的，正是本仙君。

单晟凌目光闪烁，道："哦，那道长可有什么破解的法门？"

一瞬间，我动了慈悲之心，决定效仿西方诸佛的做法，给他一个机缘，看他能不能悬崖勒马，回头是岸。

"施主如果现在放下一切，独自入山修道，大概可以算作悬崖勒马，修道数十年后，或者能柳暗花明。"

单晟凌哈哈长笑："多谢道长提点。"眉峰扬了一扬，"冒昧一问，道长贵庚，一向何处修道？"

我拈须道："贫道虚度四十八载，一向各处云游，并无定所。"

单晟凌将一锭银子放上桌面："劳烦道长，此是卦资。"

我把目光搁在那锭银子上，假笑道："单施主何必客气，大家同船而渡，乃是缘分，卦资就不必了。"

单晟凌道："道长不必客气，卦资是天经地义的。道长请收。"

我干笑两声："那便多谢了。"伸手抓起银锭，收进袖中。

啰唆了半日，倒有些口干，我从藤架的底篮中摸出水葫芦，正要拔开塞子，抬眼见对面的慕若言疲色深重，嘴唇发白且干。单晟凌带着他赶路坐船，一无清水，二无干粮，他钢筋铁骨受得住，慕若言如何受得了这样的折腾。我在心中摇头，天枢被我用一碗金罗灵芝汤灌回的好身子早晚又得被单晟凌折腾散了。我握着水葫芦，踌躇了一下，终是有些不忍，道："贫道这里有些清水，二位施主要喝些吗？"

单晟凌道了声多谢，向船夫讨了个茶碗，倒了半碗，自己先喝了一口，片刻递给天枢，天枢接过碗，饮了几口，脸色略有和缓，道了声"多谢"。我连忙道不必，拿起葫芦自己灌了一口。忽然看见天枢神色蓦然寒僵，直直盯着桌上的藤架，一动不动。

我低头看藤架，也小吃了一惊。山猫正抱着那只本仙君曾送给慕若言的卜课竹筒。

那只竹筒我一向收在行李里，到了客栈就随手摆在桌上。不知怎么的山猫精就相中了它，本仙君也不好因为一只竹筒和小孩子横眉竖眼，睁只眼闭只眼地由着山猫偶尔抱着玩耍。山猫对竹筒爱不释手，在里面塞了半筒鱼干。可能此时坐了半日的船，它腹中饥饿兼无聊，就将竹筒从藤架底篮中拖了出来，此时正将躺倒的竹筒半搂在肚子下面，左前爪按着筒身，右前爪伸到筒中一掏一掏地掏它的存粮鱼干。

慕若言竟然认得出那只竹筒，蓦然一僵后，身子慢慢地放松下来，脸上没什么神色，却依然看着那只竹筒。山猫精看他目不转睛盯着自己，缩了缩身子，怯怯地叫了声："喵呜。"

慕若言的眼中似有亮色闪动。

山猫将竹筒向怀里搂了搂，又呜呜叫了两声。慕若言起身，慢慢走向桌边，缓缓伸出手，抚摸了一下它的脑袋。

手指触到山猫脑袋的时候，山猫向后缩了缩。但是慕若言是天枢星君转世，身上有仙气，正是妖精所爱。山猫卧着不动让慕若言抚摸了几下后，呜呜又叫了两声，主动拿头顶蹭了蹭慕若言的手心。

慕若言的手颤了一颤。

本仙君斜了一眼单晟凌，他若无其事地瞧着，本仙君也皱眉瞧着，总觉得事情开始不对。

天枢的神色却恢复了平常，山猫卧着咕咕地任他抚摸，天枢似乎随口地问道："这只猫倒有趣，它有名字吗？"

我没多想就道："有，它叫阿明。"

衡文卷起书在手心中嗒地一敲。

我心中霍然一动。慕若言……该不会……将山猫当成李思明了吧……

他不至于想得这样离谱吧……

我干咳一声道："这只山猫到客栈偷鱼干的时候被伙计抓了，和狐狸一样被赎来的，哈哈……"

慕若言"哦"了一声，又摸了摸它的脑袋，退回木板上坐着。

重新闭起眼。

山猫呜了一声，继续大胆地掏它的鱼干。

落山的太阳红了半片江水的时候，船靠在了平江渡口边。

渡口岸上声势很是浩大。一队全副铠甲的人马守在岸前，扑通通向单晟凌跪下，恭迎大将军。

此处是南郡单将军的地盘了。

一个兵卒牵过一匹火红的骏马，跪请大将军上马，大将军客客气气地对本仙君和衡文抱了抱拳头，翻身上马。单晟凌的手下倒有些良心，带了一辆马车供慕若言坐。

慕若言也很客气地道了声后会有期，我一揖道严施主保重，他日有缘再见。慕若言道："道长早应该知道了在下是慕若言，日后不必以假姓称呼。"

我于是又说，慕施主保重，他日有缘再见。

慕若言转身上车，一行人马疾驰而去，留下尘土滚滚。

我站在路口道："也不知道从这里到卢阳城内要多少路程。"衡文摇着折扇道："前面有个茶棚，过去坐着喝杯茶，问一问吧。"

我低声问衡文："坐了一天的船，你……一定累着了，可撑得住吗？"

衡文皱起眉头，上下看了看我，拿扇子在我肩上一敲，忧然叹道："醒醒吧，天枢早走远了。"

我干干笑了笑。

在茶棚问了路，再在路边雇了一辆马车，天黑后进了卢阳城。

马车一路到了卢阳最好的客栈前。下车，订两间最好的上房，洗刷完毕，房中的床上铺上了崭新的枕头被褥，桌上崭新的茶壶内已沏好了上好的新茶。我将广云子的身躯扔在另一间房内，让毛团儿和山猫去同他做伴。自挟了枕头、被子到隔壁间。衡文正在桌边喝茶。我将被子展开铺好道："你该倦了，快去睡下养养仙神吧。"

衡文握着茶杯，嘴角抽了抽："你今天坐了一天的船坐出了魔风。

说话何其肉麻。”

我只好再干笑，刚笑了一声，凭空忽然有声音朗声笑道：“正是，正是，肉麻得很，麻得我身上一阵紧似一阵的。”

声音落处，金光闪烁，闪出两个身形。

打头的一位身穿云锦仙袍，顶束美玉仙冠，笑容满面：“衡文清君，宋珧元君，下凡界一趟，一向可好吗？正好我顺路，就来瞧你们一瞧。”我瞧见他，几乎热泪盈眶，就像见到了命格。

此乃本仙君的故交，揣走北天门的钥匙让天庭团团乱转的上君，碧华灵君。

他身后的那一位，却有些让本仙君头疼。

板板正正的明霞色司职服，头束规规矩矩的仙簪，板着一丝不苟的面孔，先问了本仙君安好，再躬身向衡文道：“清君，小仙此次下界，乃是有十分要紧之公函要清君亲自批阅。”

衡文之下的众仙官都十分不错，唯独这个掌案左仙陆景，有些难办。

套用一句东华帝君的话来说，整个天庭，找不到比我宋珧元君更闲的神仙，找不到比碧华灵君更花哨的神仙，也找不到比陆景仙更板正的神仙。陆景从站到卧，从走到坐，每一个举动，都是一篇规矩。

其实陆景的心肠不错，譬如本仙君成天在微垣宫进进出出，一定十分不入他的眼，但他一不激愤二无批驳，只是宽宏大量地隐忍。当年南明帝君寻我错时，还承蒙他在殿上帮我说过两句好话。

我每每去文司殿找衡文，陆景都在案前向我循礼一笑，我看到他笑就忍不住想，为什么他能笑得如此规矩，再想到我是来找衡文清君喝酒赴宴四处逛，便不由得心虚。

衡文曾对我道，没什么好虚的，待以后有机会你我调个个儿，你在我那位置上坐坐，天天看他戳在案头，看上个八百一千年的，自然就亲切了。

眼下，我等三位天界无双的神仙凑在了一个屋里，这个凡间客栈的陋室，蓦然仙气腾腾。

瑞气闪闪的碧华灵君十分家常地拉了把椅子自己坐了，再给自己倒了杯茶，抿了一口，半闭双目点头："凡间的茶水，粗糙得有味。"

陆景捧上一个方方正正、规规矩矩的包袱，里面方方正正、规规矩矩地放着一摞公函。陆景将公函堆放到衡文面前，化出笔砚，挽袖研墨，全然是让衡文现在就看公函。

碧华灵君弹着杯子上下打量客房："凡间的房屋简陋，不过别有风趣，正是应该时常下来尝试尝试。"

衡文将手中的茶杯搁远，整衣正坐，随手拿起一封文函，拖着调子道："碧华兄只管在凡间尝试，难道陆景没有和你说，天庭上因为北天门开不了已经团团乱转了。"

碧华灵君道："地上一天两天，在天上不过是眨眨眼的工夫，不急这一时三刻的。我一向最重情谊，从西方佛地回天庭，一定要绕路过来探望探望两位仙友。"

衡文笑道："多谢多谢，惶恐惶恐。"翻开文函，敛神看去，右手提起细毫笔，沾了沾墨。

我终于忍不住道："今天夜深了，先睡吧，明天再看不成吗？"

陆景道："元君，这些文函必须在固定的时辰前批阅出来，每丝每毫都关系尘世的文脉，延误不得。"

说得严肃郑重，本仙君只好闭嘴。

衡文提笔在文函上写了几行字，搁笔少顷后合上函书，拿起第二封。

我道："几十封公函，等批完天都该亮了。方才碧华兄也说过，地上一夜，天上不过眨眼的工夫，睡一夜再批能耽误多少时辰？”

陆景板着规矩的脸，不动不摇。衡文看文函时我也不好意思聒噪，只得也摸起茶壶，倒一杯茶喝。碧华灵君忽然道：“我方才先从隔壁过，瞧见地上有一个长胡子道人的身躯，是你正使的吧，命格星君有眼光。”

我惆怅不语。碧华灵君饮了口茶，又道：“不过旁边的两只妖兽不错。”

碧华灵君爱收集珍兽的毛病十分大，难道看上了隔壁那两头小妖？十之八九，是看上了狐狸吧。

我干笑道：“都是机缘巧合跟过来的。那头狐狸是雪狐，不过道行平常。雪狐不算什么稀罕种儿吧。”本仙君记得碧华灵君府中有不少条狐狸，从一条尾巴到九条尾巴，什么毛色的都有。

碧华灵君道：“那头雪狐的毛色挺纯，不过确实不算什么稀罕种儿。本君看那只山猫不错。”放下茶杯，“有些想把它带回天庭去。”

本仙君愕然，我知道碧华灵君的眼光一向独到，没想到独到至此，假笑了两声道：“碧华兄如果想要，现在驾云出去，随便哪个山头上，都能摸来一只相同的。”

碧华灵君半闭着眼摇头：“你不知，你不知。”

我道：“唔？”

碧华灵君悠远地说：“不可说，不可说。”

我瞧了瞧他，不语，碧华每去西边一趟，总要这么神神叨叨数日。等他身上的佛味儿散了，自然就转回来了。

陆景身姿板正地站在桌前，本仙君忽然想起了一件事，于是问他：“陆景兄，最近你在天庭，可听说过哪位神仙下界没有？”

陆景道：“小仙在天庭每日灵霄殿上应卯时，似乎除了清君与宋元君、碧华灵君外，诸仙都在。”

我道：“那不上殿或无禄的仙们，有谁最近不在天庭？”

陆景道：“不上殿者小仙不知。”我也不指望从陆景嘴里听到什么据传说的流言消息，只得罢了。

殿上诸仙都在。那么不上殿或者无禄的仙中，有谁可能救了南明？这厢衡文已经看了几本公文，尚有一叠高高堆着。我向他杯中添了些茶，碧华灵君掩嘴打了呵欠，四处张望道：“宋珧，这两间房子哪间好歇？我许多天都没歇过，看见这房中的被褥帐子，倒有些想睡了。”

碧华灵君假惺惺地问，一双眼却飘向了衡文背后的大床，定住不动。本仙君故作沉吟状不吐口，碧华灵君终于道：“不然本君就胡乱在此床上歇歇吧，本君睡觉不占床，我靠里睡，清君你瞧完了公函只管在外面睡就好。正好隔壁还有张床，宋珧和陆景去睡。”又打了个呵欠，作势就要起身。

我道：“碧华兄你许多天没休息，他两人在这里灯光火亮地看公文，怕你歇不好。”

碧华灵君道：“无妨，我找昴日星君下棋时，常在他府上歇，所以从不惧亮。”

我道：“但这间总不如隔壁安静，而且那只山猫也在隔壁，不想去瞧瞧？”

碧华灵君眉开眼笑地道：“果然宋珧是我的知己！”兴冲冲地穿墙去隔壁，我只得跟上，又回身将衡文的茶杯向他身边推了推，“喝些茶水，我去看看碧华灵君，等下便回来。”

衡文头也不抬地道：“晓得了。”笔锋一顿，抬手搁笔，顷刻合上函页，又取过一本。

我转身穿墙到隔壁，狐狸正半抬起身子，冷眼看碧华灵君。山猫盘成一团，腹下压着一个枕头，贴着狐狸的脊背呼呼地睡着。碧华灵君一脸贪婪地瞧着山猫，它居然毫不察觉。狐狸弓起脊背，站起了起来，抖抖毛皮跳下地面，化出人身。

狐狸很识货，碧华灵君身上仙气冲天，它立刻晓得是位上君，恭敬地低头道："小妖宣离，不知道尊驾是天庭哪位上君？"

山猫被动静惊醒，睁开蒙眬睡眼，茫然四顾，看见碧华灵君，一惊一颤，缩成一团，瑟瑟发抖。

碧华和善一笑，蔼声道："你等莫怕，本君是天庭的碧华灵君，刚好办完差使，顺道过来探望仙友，不是来收妖的。"话说着，已经凑近了床边，极其自然一般将手搁上山猫的头顶，山猫浑身颤抖，越发地缩成一团。碧华摸摸它头顶，笑道："好乖，好乖。"其嘴脸之龌龊让他的仙友本仙君都微有汗颜。

我见山猫抖得可怜，终于本着良心道："碧华兄，它可能认生，有些怕你，你先离开些，别吓着小孩子。"

碧华灵君在它头顶又恋恋不舍地摸了两把，才收手离开。山猫立刻蹿下地，打滚变了个幼齿童子模样，缩到狐狸背后。

狐狸下意识地往山猫身前又挡了挡。

碧华灵君飘然向后站了几步："你已经修炼近两千年了吧，道行不错。"

狐狸低声道："仙君过奖。"

碧华灵君负手含笑，忽然向本仙君站处靠了靠，我耳边飘来几句细弱蚊蝇的话，是碧华在用密法音和我通消息："宋珧，狐狸和山猫是一窝儿的？"

我也只得用密法音回过去："是，狐狸是山猫的大王，它一洞的妖怪只剩下山猫了，所以你打山猫的主意，恕兄弟帮不上忙。"

碧华灵君依然负着手，仙气十足地含笑着，忽然向狐狸道：“你随本君出来片刻。”飘然出窗，狐狸愣了愣，闪身跟上，山猫将本仙君看成靠山，可怜巴巴看我，我揉了揉它头顶，也去窗外看热闹。

明月下，碧华灵君正向狐狸道：“那个孩子是你洞里的吧。本君想带它回天庭，你愿意吗？”

狐狸怔了怔，片刻道：“被灵君看上是它的福分，但是它虽在我洞中，我对洞中的妖怪从不约束，来来去去任凭自由。”

碧华灵君便又回到房内，问山猫精：“可愿意和我回天庭？”

山猫抱住了狐狸的衣襟，紧紧地贴着，摇了摇头。

碧华灵君叹出薄气道：“罢了罢了，这也是缘该如此。只是——”掸了掸袖子，目光轻描淡写地望过狐狸，又扫了扫本仙君，“你等不劝它和我回天庭，不久之后，别后悔今天。”

走到床边，用袖子扫了扫床面，翻身上去睡下。

狐狸望着碧华灵君，面色疑惑不定。我心道毛团儿你不晓得，这位碧华灵君其实是刚刚离开西边，还没从境界中缓过来。

碧华灵君睡下后，又侧头斜眼看了看地面，摇头道：“宋珧啊宋珧，此道人的躯壳虽然长得像吕洞宾在凡间的二大爷，总也让你使了许久，放在地上太凄凉了些，好歹给条大板凳躺吧。”

我道：“你不晓得，板凳面窄，硌得慌，不如放在地面上平整。”

碧华想了想道：“也对，但我听说凡间的蚂蚁虫豸还有小耗子都挺厉害，你仔细着道人别被啃了。”

我道：“碧华兄你放心睡罢，蚂蚁、小耗子不吃这东西。”碧华灵君方才道了声占先，入他的梦去了。

山猫却缩在狐狸身后，看着碧华灵君，依然瑟瑟发抖。本仙君想带它们去隔壁，但隔壁的陆景仙正板板正正地戳着。衡文的公函不到天明看不完。本仙君只得高风亮节地在此房内静坐养神。山猫才敢跳上我身边的一张椅子面蜷下睡了，狐狸大概估量到今晚去找衡文无望，也远远地找张椅子卧下。

直到天明。

天明后衡文才看完了公文，陆景将函本规规矩矩地包好，与碧华灵君一起回天庭去了。碧华临走时还做依依惜别状道："你二位保重，我先回天庭交了北天门的钥匙，得空再来看你们一看。"我和衡文与他拱手别过，欣慰地见金光过后，一双身影无踪。

衡文看了一夜公函，满面倦色，喝了两口茶抖开被子，躺下前又道："我已经让陆景回天庭后去和命格星君提个醒儿，他别真的将此事给忘了。"

我替他将被子盖牢："正是，命格的事务繁重，一不留神也是常有的事情。"

衡文打个呵欠，道："你说你昨晚打坐一夜，现在不想睡？"

我叹道："恐怕小伙计等下要来叫门送水送饭。我先到楼下和掌柜的打个招呼，让他们不要服侍了再睡。"

衡文懒懒道："早呢，小伙计哪儿会那么没眼色地献殷勤，之前的客栈里不都是早上不传唤绝不乱敲门，中午才主动过来服侍吗，先睡吧。"

我想一想也是，便也掀开被子睡下。

哪知道头沾上枕头合上眼还没半刻钟，门板砰砰地响："客官，客官，可还歇着？"

我大怒，天不过刚亮，哪个小伙计如此没有眼色。衡文皱着眉头从被子里举起一只手胡乱挥了挥道："你去打发了他，我继续睡了。"很没义气地翻身向里。

我掀开被子，下床开门，刚开一条缝便听见小伙计道："客官您可起来了。这位公子说有要事找……啊……"

小伙计面色惊异，嘴巴大张。我心中嗖的一凉，不好，搅晕了头，竟忘记附进广云子的躯壳，本仙君竟真身出来见人了。

小伙计将我上下打量，结结巴巴："客……这位客官……此、此房……与隔壁房……小的，小的记得是位道长和一位姓赵的公子订的……莫非……莫非小的走错了房……公子，请问公子您是？"

本仙君十分颓然，小伙计身后，几个随从簇拥中，慕若言正站着。

一双眼当然盯在我身上——

我在颓然中还是想了想，大清早的，他怎么来了。

我打开房门，向小伙计尔雅一笑："没走错，赵公子正在此房，还在床上睡着。"我看向慕若言，又斯文一笑，"几位清早到访，可是有什么事情？"

小伙计断断续续道："公……公公公子你是……"

我愕然道："小二哥你竟忘了，在下是赵公子的表兄，昨天半夜来此客栈找我表弟，似乎还是小二哥领我上的楼。"

小伙计蒙了，挠了挠头："小的，小的，不记得昨晚上……"

我皱眉道："难道是另一位？昨天在下急着找人，没看清小哥的模样。"伸手在袖子里一掏，变了一块碎银掏出来，"昨晚劳烦小二哥行方便又替在下引路，急着寻表弟，竟忘记谢过。这些微的一点银子，小二哥拿去只当谢你的茶钱。"

小伙计何以敌得过本仙君的大智慧，眉开眼笑地接了银子："是是是，公子爷您一提醒我想起来了，昨晚上您风尘仆仆来找人，是小的提着灯笼引您上的楼。公子爷真是客气，这都是小的的分内事。这位公子说是有要事来找赵公子和道长的，不然公子爷您先和他说说吧，小的先下去，有事您叫小的就行了。”咧嘴笑嘻嘻地斜身退下，留下本仙君和慕若言对面相望。

我拱手道：“这位兄台来找我家表弟定有要事，委屈兄台先在门外等候片刻，待在下去喊他起来。”

慕若言还礼道：“那便有劳。”略顿了一顿，“在下慕若言，请教阁下贵姓？”

我道：“久仰久仰，在下是赵衡的表兄。”

我拱手作答，忽然想起，几千年前，云霭之上，我初见天枢星君时侧身谨候顶礼相迎，不由得便缓声道：“敝姓宋，单名珧。慕公子若不嫌弃，可直接唤在下宋珧。”

慕若言一声“劳烦宋公子”说出口，我心中颇有些感慨，撤身进屋去喊衡文。还未侧过身，就听见身后衡文道：“是慕公子吗，在下方才尚未起床，未能相迎，且请莫怪。”

门咯吱一响，衡文已在我身侧站定，仍然化了一身淡青的长衫在身上，齐齐整整的，一点也看不出是刚从被窝儿中爬起来。

慕若言自然要说，大早上过来扰衡文和我的清梦，是他太唐突，与衡文你来我往客套了数句。衡文让他进屋，几个侍卫守在门前。进屋后又一番谦让，慕若言才在桌前坐下：“广云道长还在房中安睡？”

衡文又摸起了他的破折扇，挥着道：“是，道长上了些年岁，昨天坐船，恐怕受了些劳累，早早地回房，也不知是修静还是睡觉。在下亦不方便打扰。慕公子如果有事找他，可以去隔壁敲门试试。”

我戳在桌旁绕了两个圈，也拖把椅子自己坐了。

分明是我的事，我却插不上，心中的感触颇难形容。

天枢道：“便不打扰道长了，说与赵公子也一样。新近南郡战事将临，卢阳城中一应的管制都改成军务为先，以军辖民。昨天军中刚定下新令，清查城中人口。”眉头蹙了蹙，似是斟酌了一下字句道，“卢阳的客栈恐怕都要暂时关门。”

衡文道：“在下昨天在茶棚中歇脚时听说朝廷与东郡两支大军正直逼卢阳，单将军想来是要据水一战，为防细作，先将城中的闲杂人等清理出去。”

我忍不住道：“竟不让人在卢阳城中待了？”

天枢缓声道：“前日在东郡客栈中，广云道长救了在下一命，大恩在前，尚未报答。在下在城中有一所陋宅，赵公子和道长如若不嫌弃，便暂且到敝府权住几日吧。”

衡文合上折扇，笑道：“慕公子明明知道我尚有可能是东郡王府的幕仲，广云道人神神叨叨大有可疑，却仍让我到府中住。你不怕我与他——”折扇向我一指，“还有广云道人，和东郡大军里应外合，害了单将军？”

慕若言道：“赵公子就算真的做得出，此时也已经告诉我了，又有什么可顾虑。”

衡文望了望天枢，道：“佩服，佩服。”

我也几乎和衡文说出一样的话来。单晟凌这次清理卢阳城，定然想将本仙君和衡文一道清理出去，省得碍他的眼。慕若言这时候来请我们到府上住，既可以猜他是品性高洁，信任我和衡文；也可以猜他是顺水卖人情，实则请人进府方便盘查看守。

衡文霎时兴致勃勃，我在一旁咽了咽唾沫，似乎瞧见他身上那爱掺和的小火苗儿腾腾地烧将起来。果然，赵公子爽快一笑，道：“既然慕公子开口相邀，在下便厚下脸不客气了。但此时广云道人还未起床……”

慕若言道：“午时过后方才清查，在下巳时三刻再到客栈中相迎，赵公子看可不可行？”

衡文立刻拱手道：“有劳，有劳，多谢。”

慕若言笑了笑：“不必客气。”两道清澄的目光却转到本仙君脸上来，停了一停。我顿觉要出纰漏，广云子是本仙君，本仙君即是广云子。慕若言却见着了宋珧，这可怎么好？

还未等我出神，衡文忽然肃然向我道：“是了，既然午时城中就要清查，你抓紧收拾，赶在午时前出城吧。”

慕若言的眼神里顿时带了疑惑。我却一时编不出什么非要在午时前赶出城去的理由，只好含混道：“不急不急，那件事情虽然紧，却不急在一时三刻，等中午再出城也不迟。”

衡文眯眼笑了笑，声音却放得比平时沉了些：“也是，昨天晚上只顾着别的，竟没和你好好说阵话，等中午再走吧。”

慕若言站起身道：“在下还有些事情，就不再打搅了，巳时三刻再会吧。”

我和衡文起身，送到门前，门外的侍卫们簇拥过来，正在此时，身边喊了一声：“劳驾，劳驾……劳驾让一让。”一个小伙计端着一盆热水斜身欲从此处穿过，衡文和我向后退了退，天枢向边上让让，小伙计哈着腰端着热水颤巍巍地走，可能是几位侍卫仁兄手中兵器太过雪亮，小伙计快走到天枢身边时，偏偏手一抖，脚跟着不稳，眼见一盆热水就要向天枢身上泼去，一个侍卫斜刺里飞起一脚，小伙计连人带盆直飞了出去，水哗啦落了一地，盆乒乓砸落地面，小伙计重重向前斜撞去——

正撞上隔壁的门板。

房门砰地被撞开，小伙计惨叫连连滚进房中。

本仙君心中咯噔一跳，不妙！身边的衡文干笑了一声。

只见几个侍卫一拥而上，森森矛尖正要对准小伙计，忽然手都不约而同地一顿。

这间房中有狐狸、有山猫，稀罕物儿不少。但是——

“队长，房中的地上躺着一个道士。”

广云子啊广云子，是我对不住你，我既然借你一用，就千不该万不该还把你扔到地上挺尸……

慕若言神色一动，目光在我和衡文脸上一转，迈步往隔壁房门方向去。

我昨天晚上把广云子搁在了一个风水宝地，只要向房门中望上一眼的人，一准能看见他硬邦邦地挺在地面上。

小侍卫说：“慕公子，队长，您二位看这道人躺得真奇怪。”

慕若言和侍卫中头领模样的大汉都对广云子大有兴趣，准备移步过一看。

我连忙一步迈上，闪到门旁赔笑接道：“因为这位广云道人道行高深，乃是一位高人，高人作为非我等凡夫所能想象，兴许他老人家正在修某门高深密法，睡觉时需要在地上躺躺，吸吸地气。”

侍卫头领恍有所悟地摸了摸下巴，慕若言的眉尖微微蹙起：“此处是二楼，广云道长如何能吸到地气？”

衡文在眼梢儿里无可奈何地瞧了我一眼，我把拳头凑到嘴边咳了一声：“在下也只是那么一说，算是自家的猜测。广云道人……他是位高人，高人做事，总是与常人想得不同，哈哈……”

慕若言的眉头蹙得更紧了些，我道：“道长他在修炼，想来是不愿意让人打扰，慕公子方才说自己仍有要事，别因这些小事耽搁了，还是先请赶紧去吧。”

侍卫头儿凑近慕若言低声道：“慕公子，小的看这个人言辞闪烁，似有掩饰，有些可疑。”

有问题吗？本仙君千年修来的翩翩风范难道不足以令尔等凡夫肃然折服？

侍卫头儿见本仙君冷然看他，声音压得更低了些：“而且此人来历不明，油头粉面，衣衫不整，巧舌如簧，依小人看来，大有问题！”

衡文无可奈何地又看了我一眼，本仙君心中微怒，想当年我未上天庭时，在京城也算得上一介风流贵少，京城里细数各路公子哥儿，偶尔做个高低排名，不才亦曾上过榜首。本仙君这张老脸皮虽已历经沧海桑田，数千载风霜，恐怕微不如从前，还不至于到这个份儿上吧！

我冷起面孔，挺起脊背，整了整衣襟，垂袖而立。

狐狸和山猫都在床上卧着，应该是早上本仙君和碧华灵君走了之后便很自觉地挪了上去。山猫缩在床角的枕头后睁着圆溜溜的绿眼睛，狐狸一副事不关己的样子漠然盘着。

侍卫头儿向其他的侍卫使了个眼色，侍卫心领神会，立刻蹲下身，床上的狐狸抬了抬眼皮。

慕若言跨进了房内，侍卫伸出一根手指放在广云子鼻下片刻，又按了按胸前，摸了摸脉搏，压了压颈侧，掀了掀眼皮，转头起身道：“队长，这个道人是个死人。”

衡文讶然且沉痛地道：“啊，难道广云道长已经仙去了吗？”

我抽了抽脸皮：“难道道长是在效仿当年的铁拐李，出窍神游去了？”

慕若言站在广云子的身边，垂目看着，面无表情，叹息般道：“看来只好请二位去衙门走一趟了。”

半个时辰之后，我和衡文站在卢阳府衙门的大堂上，广云子被搁上一副担架，几个侍卫将他抬到衙门，身为物证，横上大堂，就在我和衡文的旁边。

本仙君和衡文清君本都可以在客栈中乘风而去，但这次是玉帝给的差事，没有办完不敢轻易暴露真身，光天化日大显神通，吓坏了这群愚民也不好。索性就到衙门走走，看他能怎样。

狐狸在客栈里趁乱遁了，山猫道行浅，未来得及遁，慕若言看见它，抚摸了片刻后抱了起来，山猫在船上对慕若言似有好感，咕咕地蹭了蹭，由他抱着，上了马车。

衡文对凡间的衙门甚有兴趣，上下左右都打量了一打量，我却怕他兴致一来，等下在审讯中认个罪，再去大牢里看看。趁衙役们都在打呵欠，知府还未升堂，低声道："你方才太不够意思，只让我独自乱解释，一声不帮。"

衡文道："你在慕若言面前舌灿莲花，我怎好抢你的风头。"状似憾然地摇了摇头。

本仙君正待还要开口，堂上一阵响动，将要升堂。屏风后转出一个蓝色官服文官打扮的人物，应该是知府，他走到屏风外，却低头垂手而立，屏风后又大步流星走出一个人，却是位熟人——

单晟凌。

单将军雄赳赳地在左上首的一把太师椅上落座，知府才敢入座升堂。一拍惊堂木道："堂下大胆匪徒，你们看到本官，为何不跪？"

本仙君与衡文悠悠地站着，单晟凌初次见本仙君真身，佯装不经意地估量。知府再一拍惊堂木："大胆！本府问话，竟无动于衷！本府且问你们，是用何手段谋害此道人，快快从实招来！"

我实在看不过去了，道："单将军，你们南郡的衙门审案前，都不先验验尸体？”

单晟凌的目光蓦然一锐利：“你认得本将？”

我负手，高深一笑。

单晟凌摆手道：“传仵作，验尸！”一双眼却从我身上转到衡文身上，紧紧盯着。盯得本仙君十分不高兴，难道南明成天守着天枢还不够盯？

仵作上来，验看广云子的尸体，左验、右验，反复验、来回验。衡文用密法音向我道：“凡间的官员如此昏聩，难怪凡间的百姓给天庭上许多的香火供养，他们平时活着，委实不易。”

我亦用密法音回过去道：“也有好官，但总是昏官多些，老百姓活得确实辛苦。所以天庭才会把打入凡间作为天罚和历劫哪。”

衡文道：“为什么偏弄出这么多个贪官来。”

我嘿然道：“此事清君你也有份儿，譬如堂上这位知府，要经过科举，得中进士，才能做这四品黄堂。文命兴衰与科举之命可都要从你那文司府的案下过。”

衡文默然不语，片刻道：“等我回了天庭，亲自整理文命卷宗，务必将这些乌七八糟的一律销账。”

我道：“方才挤对你的，别当真了，其实凡间有句俗话说得好‘三分天定，七分人为’，譬如你的案头，命格老儿的案头能有多少本册子，凡间来来往往生生死死，刹那之间无数人生人灭，哪里管得过来。就算你在文册上细细注明了文命贤者当，他中了科举，讨不了皇帝与权臣欢心，一样做不了官，施展不得。所以历朝历代，才会有兴有衰，起灭更迭。”

衡文道：“凡间的道理竟然有这许多，你这一番话却很有仙性了。难得难得。”

我道：“我在天上这数千年，难道有说过不仙性的话？”

衡文啧了一声。那仵作终于将广云子验看完毕，颤颤道：“禀将军，禀大人，此道人的尸身未见有什么异常……小的没有看出他杀的痕迹。"

知府道："一定是这两个匪徒用了什么特别的手段。来人，将刑具抬上来！"

我用密法音向衡文道："看来你我必定要乘风而去了。"衡文道："且等刑具抬上来我看看再走不迟。"

衙役们抬上一套夹棍，笼了一个火盆，往火盆中伸进一块烙铁。衡文摇了摇头。知府再拍惊堂木："上刑！"衙役举着夹棍上前，我与衡文正要飘然而遁，堂外忽然传来冷冷一声："且慢。"

门槛上迈进一个人，一袖扫开阻拦的衙役，缓步进堂，挡在衡文身前，冷冷道："谁敢动我家公子！"

毛团儿，它拣在适当的时机，在衡文面前露脸来了。

狐狸自以为风流地披着一件白色长袍，收了狐狸耳朵，将银发变成了黑发，飘飘挡在衡文身前。

并不是本仙君存心刻薄它，不用说衡文，就是本仙君略动动手也能将它的小小道行毁在弹指间，它来此一趟，实在没有必要。

知府大怒，堂上大乱，单晟凌却瞧着狐狸眯起眼："阁下似乎是位故人。"狐狸冷然默立，片刻道："单将军在此严刑逼供，栽赃我家公子杀人，十分可笑，单将军身上不知有多少条人命，却不见有人抓他。"

狐狸的森森目光，从衙役到知府身上一一掠过，继续冷然道："别的不说，最近单将军和那位慕公子，在东郡又背了一条人命吧。你们知不知道，如今你们的卢阳城四面楚歌，两股大军压境，原因是何？"

再瞧了瞧衙役们与知府，吊梢眼角向单晟凌一瞄。"堂上的这位单将军，为了救那位被朝廷通缉的慕公子，潜进了东郡王府，杀了东郡王的三公子李思明，所以东郡才联合朝廷，纠集大军，直逼卢阳。可怜你们这些愚蠢的凡夫，竟要因为单晟凌为私欲杀人的恩怨赔上无数条性命。”

衙役们面露惊惶之色，知府抖着手拍了一下惊堂木：“大……大胆！竟、竟敢污、污蔑大将军……”

狐狸蔑然道：“污蔑？尔等去问问单晟凌，或等东郡大军到卢阳城外时，再问一问吧。”

狐狸却机灵，懂得掀单晟凌的老底，溃散民心。

单晟凌面色不动，眯起双眼道：“阁下那日回去后，洞中的老小，可还剩下骨头渣拣吗？”

狐狸霎时赤红了双目。

恨火熊熊。

阴风大作，鬼云顿举，狐狸的黑发根根扬起，现出银白的原色，一双狐狸耳朵立了出来。

衙役们和知府哀号四窜，抱成一团。狐狸厉声道：“凡夫，你伤我一洞老小性命，我今天一定要讨回这笔血账！”

单晟凌起身大笑，抽出雪亮的钢刀：“你这个妖孽终于现了原形，那日大意被你得了空隙，看我今日不拿下你这孽畜！”

我拉着衡文后退两步，在风口外站着，单晟凌是一介凡夫，在狐狸手下应该讨不了便宜。本仙君坐山观战，单晟凌被狐狸撕碎在此处，一命呜呼，玉帝应该不会怪我。但狐狸杀了单晟凌，会不会背上一个弑仙的罪名？就算不是弑仙，伤过凡人性命，他日想要成仙，也是难上加难。本仙君要不要伸手阻战？

衡文却已经替狐狸忧心了，沉声道：“不然先阻了此战吧，如果误伤无辜，有些不好。而且宣离如果伤了单晟凌，恐怕会落下什么罪名。”

我道：“那我去拦下此斗吧，你站着，别动手了。”

衡文微微笑了笑，我松开他的胳膊，正要施法，上空隐隐传下声音来：“宋珧元君，宋珧元君，衡文清君……”

这个声音，不是命格吗？！

本仙君如久旱逢甘霖一般欣喜抬头，命格星君隐在数道金光中疾声道：“宋珧元君，快快将单晟凌和狐精分开！打不得！天命自有安排！”

呵呵，此时却喊起天命来，这些天本仙君日盼夜盼，天命却在哪里！

但天上地下，玉帝的旨意最大。我御光而起，在半空中一挥袖，仙风大做，吹散狐狸的妖云，再落下一道仙闪劈开两人，逼出狐狸的原形，伸手抓住后颈毛，遁形而去。

远远落在卢阳城外的一座山头上，衡文已在山崖等候。我放下狐狸，它心不甘情不愿地化出人形，神色悲愤，低头不语。

衡文蔼声道：“我知道单晟凌伤了你一洞老小，你很想杀他报仇。但你如果要修仙，就不能伤人性命。单晟凌的结果另有天命安排，你此时伤不得他，所以宋珧元君才去拦下你。望你能体谅，莫要怪我们。”

狐狸仍然低着头，两只耳朵也悲愤地耷拉着。

衡文再道：“今天在堂上还要多谢你，其实我和宋珧元君足能应付此事，你原不该冒这么大的险。”

狐狸抬头望着衡文的双眼低声道：“我知道清君的仙术高深，其实不用我救。但也请清君记着，就算宣离这点微末道行抵不了什么用，清君有麻烦时，我一定会出来。这是我待清君的一片心。”

语气中的情意稠得酸倒了本仙君的牙。

狐狸深情兼动情地继续道：“可能在仙君们的眼中，妖精比什么都不如，连凡人杀了妖精都是件功德，妖精伤了凡人却是罪无可恕。但我就算只有这一条微不足道的性命和浅薄的妖法，我想保护一辈子的，我拼上灰飞烟灭也要保护到底……”

本仙君吸着凉气截住它话头儿：“你的心意，清君一定晓得了。但你也要晓得，两丈开外竖着耳朵听的那位是天上的命格星君。此事若被天庭晓得，可不是你一个人灰飞烟灭就能完事的，不想连累清君就找个日子再说吧。”

狐狸颤了颤耳尖抬头，又低下头道：“那我先走，不耽误几位仙君。”深深地再看了看衡文，方才化股风儿走了。

命格星君捧着天命簿从山崖另一头走来，向狐狸化风而去的方向瞧了瞧：“这头雪狐根基倒好，指不定凡间再过五百年后，就能在天庭上瞧见它了。”

我道：“星君，这也归您的天命簿子管吗？”

命格星君拈须笑了笑：“通玄修道者，已脱出轮回外，论理不归天庭管。不过——”手按了按天命簿的封皮，“也兴许天命簿上就有它一份，此是天机，不可说。”

我道：“最近老不见您老下来，难道也学碧华灵君，拐到西天吃茶去了。说话和他一个调调儿。”

命格干干笑了笑：“宋珧元君，抱歉抱歉，实在抱歉得很，刚巧天庭有些棘手事情要本君去做，延误了些日子。玉帝对元君此行甚为挂念，还用我老儿的观尘镜瞧一瞧，对元君这几天的作为满意得很……”

我的心里却突地一跳，笑道：“哪里，哪里，多是托星君照应。”

命格又向衡文道：“清君近日可好？玉帝垂问，托我代传，论法会将至，问清君何时回天庭。”

衡文道：“蒙玉帝垂问星君代传实在惶恐得紧。此间的事情如果能快些完，就等事毕再回天庭复命，若完不了，日期将近，我便回天庭，请玉帝另派人下界协助宋元君吧。劳烦星君代转呈上。”

命格拱手道：“一定将此言转呈玉帝，清君放心。”

絮絮叨叨完毕，命格星君捧着天命簿开始翻页，本仙君瞧着这本册子总不放心："星君，你册子上的字可否先给我看看，说得总不如写得清楚，待我参详仔细，这几日才能做得让玉帝和你放心。"广云道人的尸首正存在衙门里，本仙君在县衙暴露仙迹，但不知道又让我变成什么去靠近天枢。

命格星君知道本仙君记着前几次的事情，搂着册子不想给又不好说不给，踌躇片刻后捋着须子道："其实元君此次下界，眼看要到头了。"

到头？搅屎棍的事儿我还没做多少件，竟然要到头了吗？

命格道："元君可以潜行匿迹隐在城中，不出两日，此事便有个结果了。"只将册子上的几行字给我看。

单晟凌和慕若言今世毕，天枢星与南明仙再入轮回。

我看得小心肝儿抖了抖，生做一世人，便成一条命，玉帝居然说让死就让死，但不知道要慕若言和单晟凌怎么个死法。

命格老儿却不肯说，长叹道："不是我搪塞，毕竟大家同为仙友几千年，谁知道了这个结果都不好受。若不是我是写天命簿的，我也不想知道。知道了，又眼睁睁瞧着二位恐怕做不到。不过这几日了，等到时候自然就明了了。"命格神色慨然向远处望，云高雾薄。

衡文淡淡道："我方才看天命簿上，'天枢星'三个字似乎被一个金色的圈儿圈着，是怎么回事？"

说得我一怔，金色的圈儿？为什么本仙君没瞧出？

命格星君合上天命簿皱起老脸笑道："可能是我一时怕写错了字，做的标记。"

衡文道："天枢与我同在船上时，我看他左手的小指上似乎也有道细细的金圈，像被一根金线绑着。"

命格星君抬袖擦了擦额头道："清君，您既然都晓得，何必诈我呢，有些事情由因而生果，实在是牵牵扯扯，难办得很。"

衡文道："星君放心，玉帝暂时压封的事情，本君不会多提，但——"眼角瞟了瞟本仙君，笑一笑，"天枢手上的金线牵扯的源头，难道竟就是天庭里所谓的传闻？"

本仙君不识趣地一问："什么传闻？"

命格默声不语，衡文道："仙契之线，你竟没有听说过？"

我确实未曾听过，命格满面叹息道："……其实，也算是天枢星君和南明帝君的前尘旧事吧……"

我道："可以详细些吗？"瞧了瞧满脸莫测的命格和衡文，便识趣地道，"若是天机，当我没问过。"

命格又叹息。衡文道："这个缘由却没什么好做机密的。据说，天枢星和南明帝君初生的时候，就互耀互映，牵连紧密。天枢星本是帝星，佑护凡间的皇气，南明帝君司凡间国运。两仙相辅相助，俨为一体。所以，传说，后来南明帝君与天枢星君之间便生出了仙契之线……"

原来如此。我叹道："难怪这两位会一同下界，难道他二位所犯过错亦与这些有关？"设下劫数，乃至本仙君，都是为此？

命格瞧了瞧我，依然默不作声。衡文摇头："不好说，我看天枢手上，是个死结，且连着的，似乎并非……"

命格向衡文拱手道："天庭中还有些琐碎事要办，先告辞了。"竟是就此将这话题打住。衡文没有再说，我也没有再问。

天边彤云绚绚，已近黄昏。

山坡上有片树林，林外黄草延地，铺着些枯黄的落叶，在此地看远处，越发天境悠远。

我和衡文找了块地方坐着，只当看赏风景，衡文打了呵欠道："真是有些困了。"合目在草上躺倒。我坐着看远远的天，没来由地便生出意境来，那么高而且遥远，我竟然在上面过了无数年。实在是赚了。

天将黑时衡文问我到哪里去打发打发时辰，我道："我想去慕若言那里瞧瞧。"

衡文慢悠悠道："哦——你要去慕若言那里看看山猫怎样了？"

我道："不是，我是想去瞧瞧慕若言。今天下午听了命格的话心里总有些不舒服，幸亏命格没告诉我什么，要不然我真要去和他说了。现在……没什么可说的……但老想去瞧瞧。"

衡文叹道："是了，那你就去看看吧。我想换个模样去卢阳城里逛逛，就不和你一道去了。咱们在住的那家客栈顶上见吧。"

纵云到了卢阳城，本仙君变了个书生模样，在卢阳的大街上问了两三个路人。一刻钟后终于站上了慕若言宅院的屋脊。

单晟凌未让慕若言住在他府中，而是赠了他一所宅院，在城东。宅子不算大，遍种花木，十分精致。我在屋脊上看见后院几间亮灯的厢房。刚刚隐去身形站入院中，忽然看见回廊上一个捧着盘子的丫鬟婀娜走过来，进了一间厢房内，我忍不住跟进去一看，厢房中陈设雅致，灯烛明亮，床上锦褥绣被铺设整齐。山猫十分惬意地睡在被子上，小爪子拨着本仙君的那个竹筒儿玩耍。

它过得倒挺舒坦。看来这间十有八九是慕若言的卧房。

丫鬟将盘子放在桌上，敛身退了出去，合上房门。

我踱到桌前看了看，盘中放着的似乎是一块块的小点心，都用彩纸方方正正地包着，纸上渗出斑驳的油迹，散着一阵阵的甜香。

衡文不大吃甜东西，原来天枢却好这口。

我想着一两日后慕若言尚不可知的凄凉结果，心里有些不是滋味。

床上的山猫坐起身来，鼻子一动一动地，探头探脑看桌上的盘子，跳下地，蹿到桌上，低头看看盘里的点心，叼出一块放在身前，用爪子拨了拨。点心上纸裹得严实，它弄不开。山猫歪头看着点心，舔了舔胡须，四下张望了两遍，终于一跳再跳到地上，瞬间变成那个八九岁男童的人身模样，蹑手蹑脚走到门前上了门闩，再蹑手蹑脚走到桌边，从盘中抓起一块点心剥开纸，塞进嘴中。

房内的屏风后大步走出一个人来，却是慕若言。

山猫似有所觉，回头一看，大惊失色，回身欲逃，被慕若言一把扣住肩头。山猫顿时哀叫一声扭动起来，抬手便狠狠地向慕若言胳膊上抓去，本仙君疾伸出手，不动声色地将它的前爪一抬，山猫的手便顿了顿，力道弱了，饶是这样，仍然刺啦一声，慕若言浅色绸布长衫的袖子被它抓下几缕布条。

我念了缚诀，暗中缚住山猫的两只手，山猫使不上力，只好拼命扭身挣扎，又低头想咬慕若言的手腕，却总差了一分半分咬不到，慕若言蔼声向山猫道："莫怕，我不会伤你的。我只是有两句话想问问你，你如果不想说我也不勉强，然后就放你走，可以吗？"

山猫眼见自己讨不了便宜，眨着泪水汪汪的绿眼睛，迟疑地点了点头，乖乖站住不动。慕若言慢慢松开它肩头，拉它到桌边坐下，从盘中拿起一把点心，放到山猫眼前。山猫瑟缩地看看他，抽了抽鼻子，忽然哇的一声哭起来："你别把我交给那个叫单什么的坏人——"

慕若言抬袖擦它的圆脸，缓声道："放心，我问完了就让你走，对谁也不说，我要是想将你交给什么人，岂不是早就可以交了，何必等到现在？"

山猫抽噎着道："你，你保证……"

慕若言点头："保证。"

山猫这才抹了两把鼻涕，抽抽搭搭地不哭了。

本仙君在桌旁看得都有些无奈，狐狸看上去倒是挺精明的，怎么教出的小妖怪如此之傻。

慕若言摸了摸它头顶，拿起一块点心剥去纸，塞进它手里，缓缓道："你——叫阿明？"

山猫头顶的耳朵动了动，点点头。

慕若言道："这名字很好听，是谁取的？"

山猫小声道："大王给取的。"

慕若言微微笑了笑道："其实我只是想问问你，床上的那只竹筒……你从何处得来的？"

山猫细声讷讷道："是那个姓宋的神仙变的老道士带着的东西，我拿来玩的。"

本仙君隐在一旁，被它这句话砸得金星乱冒，几欲捶胸顿足。数日的苦心经营，被这小崽子的一句话掏个透亮矣！

慕若言的面色稍变了变，眉梢蹙起，语气却没什么变化："是和那位年轻的公子在一起的老道人吗？"

山猫吃了慕若言的一块点心，胆色却大了一点，道："是，是和那位天上的神仙清君变的公子在一起的神仙，大王喜欢那位好看的清君，所以不让我去找清君抱抱。那个姓宋的神仙变的老道士好吓人，他不喜欢大王让清君抱抱，对大王凶巴巴的，所以不变老道士的时候也不和我玩，我就拿他的竹筒玩。"

本仙君此时撞墙的心都有。

慕若言迟疑着道："难道……那只雪狐就是你的大王吗？"

山猫点点头。

慕若言闭了闭眼睛，缓缓向山猫道："好了，没事了，多谢你，你想走的话快点走吧。"拿出一条巾帕包起点心，放到山猫膝盖上，又摸了摸它的头，"放心，现在这院子里没有很厉害的人，那位……姓单的人也不会过来，你悄悄走出去别人不知道的。你还喜欢什么点心，我再叫人给你拿些。"

山猫两只手捧着点心，亮晶晶的绿眼睛看着慕若言，忽然道："你，你是好人。我不要你的点心，那个姓单的坏人和一个蓝衣服的道士把哥哥姊姊们都抓去了，你知不知道它们在哪里？"

慕若言怔了怔，道："我……不知道。"

山猫的两挂傻泪又滴下来。慕若言又抬起袖子替它擦擦脸，温声道："这样吧，我若是知道了，一定想办法将它们放了。"

山猫在慕若言的袖子上蹭鼻涕，呜咽地道："你是个好神仙变的人，不像那个姓单的，是个坏神仙变的人。"

本仙君听得脑子嗡嗡地，眼见着慕若言愣了愣。他瞬间又笑道："你这孩子，怎么管谁都叫神仙。"

山猫好不容易又哭完了，慕若言伸手替它开门，它嗫嚅道："你可知道，我家大王和那两位仙君从客栈走后都到哪里去了吗？"

慕若言道："他们从衙门走后，不知道又到哪里去了。"

山猫捧着那包点心，看向门外，神色有些迷茫。慕若言便道："你如果不知道到哪里去找你们家大王，不如就在此处先住两天，你家大王知道我带走了你，一定会来找你。"

山猫想了想，却有些犹豫，抱着点心看慕若言的脸色，半晌后怯怯地点了点头。

于是它又回到房中，吃了两块点心，再变回原形，居然蹭在慕若言的膝盖上睡着了。

本仙君忍不住拭了拭额头。慕若言把山猫轻轻放到床上，推门出了厢房。大概他晚上一向爱独自在院中站，没有丫鬟小厮过来伺候。我随他走到中庭，在疏落的树影边站住，看他静立在芭蕉边。

本仙君思忖片刻，绕到他对面的树影中，现出身形，走出树影拱手道：“慕公子。”

神怪志异中，孤魂野鬼往往是这样冒出来。而且今晚小风悠悠，月光黯淡，本仙君乍一走出，顿时将慕若言惊退一步。但一瞥之下，大概已知是故人。

我再拱拱手：“慕公子，在下是宋珧。”

慕若言立在庭中凝目看我：“宋珧……广云道人……请教阁下究竟是谁？”

我道：“其实算是和慕公子有缘之人。慕公子之前，曾做过一件大错事，所以才要受这诸多磨难，眼看果报就要到眼前，请慕公子悬崖勒马，此时诚心悔过，可能还有回转的余地。”

玉帝啊，你就算此时在天庭上看着我通风报信，本仙君这样谆谆劝诫，也算是顺着您老的意思吧。

慕若言一言不发，片刻后，慢慢道：“因果，是什么因果一定不可说的。但阁下说的错事我大约知道是什么了。人之性情本该无拘无束，唯一的错处，恐怕就是违背了所谓的道理吧。多谢阁下好意提点，只不过——”

慕若言瞧着我，笑了笑：“我落得今日，必定是当初不愿回头的缘故。既然都已经落得如此了，又何必再回头？”

我一时哑口无言。

慕若言转过身去，慢慢向厢房处走。我追上一步道：“就算你一两日内必不得善终，就算你受数世轮回之苦，每世都没有好结果？不过是认个错而已，你……可考虑清楚？”

慕若言住了脚，侧转回身：“是吗，原来我竟然还有个终了。”

他径直向房中去了。我在原地呆呆地站了片刻，御云而起。

客栈的房顶风很凉，天上的星星很亮。北斗七星悬在空中光芒熠熠，我身后懒洋洋带笑的声音道：“看完了天枢，坐在这里看北斗星发酸？”

我顿时回头起身道：“衡文。”

衡文和我在屋上并肩坐了，我道：“我去向慕若言通风报信，将他一两日的结果隐讳地说了，让他认个错儿，悬崖勒马，他却不愿意。”

衡文道：“天枢的性子宁折不弯，我早料到你如果通风报信的话一定是这个结果。”

我只得叹气，转口问衡文在城中逛得怎样。

衡文道：“不怎么样，单晟凌把城中搞得人心惶惶。我在街上走了走，只听见哭丧声。宣离在衙门说出了隐情，单晟凌为了防止此事泄露，你我走后，他将在堂上的人全杀了。”

我大惊：“太狠了吧？”

衡文叹气：“委实狠，下界一趟，暴戾之气只增不减，连累天枢和他一起遭报应。”向后在瓦上躺倒，悠悠道，“不知道明日会怎样。”

屋上的瓦起伏坑洼，很不平整，我道：“衡文，你躺着恐怕有点硌得慌。不然咱们去别处，要不你靠着我睡吧。你，你这两天都没得休息……”

衡文立时坐起来，墨潭般的双目望着我的眼，低声笑道：“你这两日，怎么都如此之酸？”

我差点把持不住招了实话，幸亏定力够足，只得隐讳道：“你法术也很耗体力，何况……我……”

衡文的双眼越来越近："你什么？"

我咽了咽唾沫，用观尘镜醒了醒脑："衡文，我一向觉得，我能上天庭做神仙，实在是天上掉给的一件大便宜。"

衡文扬眉撤身坐正："有那么好？"

我道："是。"

凉风习习，清月照睡城。我在屋脊上叹了口长气。

衡文你没到过人间，所以不晓得，人间难求百年，但在天庭，却能有永无尽头的长久。

衡文躺在屋瓦上已经睡着了，我躺到他身边，没察觉也睡了过去。

醒过来的时候天已经大明，我却睡在一朵云上，衡文站在云边向下看，道："你总算醒了，看看下边吧，卢阳城估计要大乱了。"

我连忙起身向地面上看，衡文将云压得又低了些，正看见卢阳城的街道上兵卒攒动，向行人挨个儿盘查，将不是城中居民的路人和街头的乞丐统统用绳索套住，串成一串，踢踢打打地押向衙门的大牢。

当日，东郡王和朝廷的大军到了长江，在长江水面上与南郡的水军大战。江上遍是浮尸，战得十分惨烈。

单晟凌在南郡素来居功自傲，所以有人意欲以此战减去他一些锋芒，单晟凌手中只有九千精兵，南郡王命他死守卢阳。

南郡的水军不敌两路大军，几乎全军覆没，朝廷和东郡的大军上了对岸，第二日黄昏杀到卢阳城下，整兵扎寨。

再一日早晨，大军在卢阳城外摆好阵势，单晟凌率领五千兵出城迎战，李思贤从东郡军中拍马而出，大声喊道："南郡的兵卒和百姓们都听着，我们东郡此次发兵南郡，只是来向单晟凌寻仇，并无骚扰百姓之意。单晟凌从东郡王府劫持朝廷钦犯慕若言，杀我三弟东郡王三子李思明。

此仇不报，我东郡李家誓不为人！你们若能交出单晟凌和慕若言，东郡立刻撤兵，绝不再犯南郡！”

朝廷军中一名大将也拍马出阵，喊道：“单晟凌身为朝廷钦犯，窝藏于南郡数年，今又藏匿朝廷重犯慕若言。我等奉圣上旨意，前来南郡捉拿此二人，望尔等速速交出此二人，朝廷自有封赏！”

单晟凌在马上大笑道：“尔等鼠辈，以为用此离间计就可以乱我军心吗！”长刀一挥，兵卒蜂拥而上，与朝廷和东郡的大军杀作一团。

南明帝君自然骁勇无匹，一骑一刀杀进敌中，砍人如割草一般。但他的五千兵终究难敌数万大军，最终只剩三千与单晟凌退回城内。

朝廷和东郡也不追击，依然就地扎营，派人在卢阳城下高声喊那交出单晟凌和慕若言的话。

当天晚上，卢阳城内无数火把从街边冒出，把将军府和慕若言的宅邸团团围住。我站在云上，看众声厉厉，嚷道“杀了两个狗贼”。

一定是天命安排，单晟凌当日将衙役和知府全部杀掉灭口，却漏了一个师爷逃了出去。东郡和朝廷在城下的喊话和师爷的证词一经印证，百姓暴乱，军中顿时也乱成一锅粥。以城中的单薄兵力本就抵挡不住城外的大军，众人惶惶不知所措时，得知此事，便群拥来欲杀掉单晟凌和慕若言两个罪魁。众人先举火把杀向将军府，单晟凌被几位死士护着已经人去府空，人群在将军府内来回搜寻，丢扔翻砸。

片刻后，有人大喊一句：“单晟凌定然已经逃了，快去那姓慕的宅子里拿！”

火把聚集成一堆，拥出将军府去，有几根火把被丢进厢房内，房中顿时熊熊地烧将起来。

耽误了这些时候，单晟凌应该将慕若言带出宅中了吧。

但城内人人欲杀他两人，东郡和朝廷的大军团团围在城外，他二人又怎样逃?

我御风赶到慕府上空，街上的火把火龙一样蜿蜒直游过来。

慕宅的正门大开，单晟凌却和慕若言站在内院中，对面矗立。

本仙君长叹，要紧时候，还矗立个什么?他不愿意走打晕了扛走便是。眼看要砍你们二位的人群快到门前了!

我将云头往下按，听见单晟凌道："……哈哈，好得很，竟连你也当我是个十恶不赦的暴徒，我还有什么话可说。"

慕若言道："其实都是我种下的孽根，与你并没有关系。"

单晟凌大喝："你到此刻，还在后悔杀了李思明?"

慕若言道："你此刻只有将我交出去，才能解一时之围。你隐忍多年，难道想此时功亏一篑?"

火把已到了门前，看大门敞开，却愣了一愣，有人嚷道："他娘的耍空城计?"

顿时有声音接道："管他是不是空城计，咱们杀进去再说!"应和声稀落而起，却没人敢动。

单晟凌突然如电般出掌，慕若言尚来不及反应已被他劈中颈间，松松倒下。

单晟凌拍了拍手，唤过几个黑衣卫："拼了你们的命，也要将慕公子带出城去!"

火把映得半边天通红，单晟凌解下盔甲，俯身瞧着慕若言低声道："你们慕家因我满门抄斩，你还说那样的话，将我看成了什么人?!我单晟凌做得起当得起，无须他人顶罪。"拿起长刀大踏步向门前去。

他走到门前，立刀而站："你们要杀我，谁有胆先上?!"

火把拥动，刀影扬，杀声起。

一个黑衣卫士将慕若言背在背上，其余人将他护在中间，向后院跑去。

衡文轻声道："想救天枢，就趁现在吧。"

我道："你先去城外看，我在这里吧。"

衡文笑道："你我两个分摊着受罚，说不定罚得轻些。"一掌拍在我肩上，本仙君脚下一空，如一个秤砣一般，扑通落地。

衡文飘然落在我身后。一阵清风过，几个黑衣卫还来不及大惊，便像落地茄子一般地倒了。

我和衡文带着天枢又驾起云头，慕府门外，血溅如河，单晟凌满身鲜血，犹在众人中厮杀。衡文一弹指，落了道淡淡的蓝光在单晟凌身上："他既救了天枢，用法界护他一刻钟吧。"

我忽然看见一个小小的影子蜷在慕府的墙头："那不是山猫精吗？！"

衡文凝目望去："果然是。"

我无可奈何道："再去将它抱上来吧。"

云正落时，慕若言忽然动了动，醒了。

兴许是那碗金罗灵芝将慕若言补得与常人有些不同，被单晟凌那么一敲，居然此时便醒了。

他醒了，本仙君看他陡然起身四顾，在云上摇摇晃晃，必要向他解释："莫怕，这是本仙君的驾云术，我带你出城。"

慕若言站在云边："二位，这是要救我吗？"

我默认，慕若言淡淡道："阁下前日已说，这是我该有的结果。我欠下的债，必定要还，前身之事不想得知，如今，我却想要个结果。请阁下成全吧。"

身形一动，竟要投身向下。

我急忙抓住他胳膊，情急之下，不得不道："你没欠什么，其实……其实是我欠了你。"

慕若言凝目看我，我道："我就是李思明。"

慕若言看着我，神色无波无澜。我道："李思明是我变的，广云子也是我变的。你若不信……"我从怀中摸出一块玉佩，递到他面前，"你的这块玉佩，还在我身上。当日在东郡王府中，我哄你做样子像把它丢进了水池，其实是将它藏了起来。我……"

我长叹一口气，索性将什么都说了："我是奉了旨意，下界来为你设劫的。你本是天庭的天枢星君，因犯天条，和南明帝君单晟凌一起被贬下界，我奉命来给你此生设下劫数，许多的缺德事，都是我故意做的。你捅我一剑，也是活该。所以，你本没欠下什么。"

慕若言定定看着玉佩，忽然开口缓缓道："这块玉佩，从我记事的时候就有，据说是位云游的道人所赠，说这块玉佩和我有前世的缘分。前世也罢，此生也罢，谁是什么人，其实又有什么关系。"清透的目光落在我脸上，"既然是天罚，亦会有个结果。"

本仙君心中有数不尽的说不清的滋味。

地上忽然有刺眼的电光一闪，我疾转头俯瞰地上，衡文低声道："有些不对。"

单晟凌在人群中，左砍右杀，像已精疲力竭，衡文加在他身上的法界已散，他身上已被砍出了几道伤，人越围越多，刀斧齐落，眼看单晟凌就快毙命在众人的刃下。

一把长斧，重重砍在单晟凌肩头。鲜血溅起，溅上慕府的围墙。墙头，蜷着山猫小小的黑影。

一瞬间，竟是一道雪亮的电光笼住整个墙头。本仙君站在云上，听见一声直穿云霄的厉啸。

墙头上，似乎是山猫精的身形在越胀越大。电光罩在单晟凌身上，围着单晟凌的人发出几声哀哀的惨叫。几具漆黑的僵尸轰然倒地!

厉啸声将尽时，本仙君看见一只巨大的异兽电光中跳落在单晟凌的身前，扑向众人，顿时鲜血四溅。

本仙君竟被惊得怔在云上，衡文低声道:“雪狻猊……竟是雪狻猊!”

传说中极凶猛的灵兽雪狻猊?!

我握着天枢左臂的手不由得一松，看着衡文还未开口，忽然手中一空。我心中一凉，疾回头，慕若言已纵身跃下云头。

突然狂风大作，慕若言瞬间被卷入云中。本仙君急跳下云去，忽然撞上一道仙障，猛地被向后弹去。

一朵云轻轻托在我脚下，一个身影自我身边掠过:“你的修为恐怕难以应付雪狻猊，我去吧。”身影却随着这句话没入风中。

我吼了一声“衡文”，伸手去拉，没有拉住。

慕若言下坠得很快，衡文的身影也很快。那朵云竟拴住了本仙君的腿，让我动弹不得，只见慕若言将要坠到雪狻猊的眼前，雪狻猊一只巨大的利爪对着慕若言正要落下，衡文挥出仙光挡住，用一条绦带卷住慕若言的身子，挟住天枢。雪狻猊暴怒，数道电光顿时落下，衡文挥袖抵挡，本仙君在半空拼尽全力想往下冲，眼睁睁地看着雪狻猊的利爪向衡文背后猛地抓去。

我大吼了一声“衡文”，一团影子扑过来，撞开了衡文，结结实实挡下雪狻猊的利爪。

鲜血淋漓从雪狻猊的利爪上滴下，雪狻猊忽然定住不动，那团影子摔落到地面。

是毛团儿。

雪狻猊又厉啸一声，突然猛地甩头摆尾，不断用头撞着地面。隐隐约约一个稚嫩的童声哭道："大王，大王，你快跑！"

雪狻猊猛抬起头，仰天长啸，双眼红光灼灼。衡文挟着慕若言，竟要挡住雪狻猊，去救地上的毛团儿。

我用尽力道震碎缚云，疾向地上冲去，雪狻猊鬃毛怒张，扑向衡文。与衡文的法界撞在一起，异光迸起，淹没所有的身影，轰然巨响中，我听到似乎是我的一声全然没调的吼叫："衡文——"

天上突然落下一个巨大的金罩，将异光和地面统统罩住。

一只手蓦地拍到我的肩膀上："宋珧兄，放心，待本君来收了这头雪狻猊。"

碧华灵君飘到我身边，抱臂看着闪闪的金罩叹气道："我早说你们不让我带走那只山猫必定会后悔。唉！幸亏本君早料到今日的状况，借了太上老君的镇灵罩，不然怎么降得住这只雪狻猊。"

镇灵罩在大盛的金光中越收越小，最后金光渐渐的暗淡，只见地面上横七竖八的尸首，断墙残壁，一片萧瑟。

我和碧华灵君落到地面，一块空地上扣着一个金罩，像个倒扣的小碗般大小。我疾声道："衡文呢？"碧华灵君道："莫急，莫急，都在这个罩子里。"伸出手掌，金罩下附着一道银光缓缓飞起，落到碧华的掌中，"此处不易留，到个僻静的地方再说吧。"

碧华灵君和本仙君同踩一朵云头，飞出卢阳城。碧华灵君道："宋珧啊宋珧，你的运气真不错。你泄露天机，违逆玉帝的旨意去救天枢，可巧玉帝正在忙于法道会之事，命格也被叫去办差，都还不知道。更巧的是命格将观尘镜托给我，让我帮着照应照应你，他那边一走，我这边拿起一看，正赶上救你的急。”

我用半只耳朵听着，应和地干笑两声。

碧华灵君叹气道：“不过此次闹得如此天翻地覆，一定有功曹和游神禀报玉帝。”空着的一只手拍我肩头，“你受天罚是迟早的事。”

我道：“最多不过是上诛仙台。”

碧华灵君复长叹。

东天隐隐泛出青蓝，已是拂晓时分。我和碧华灵君到了一处寂寥的山头。

碧华灵君将金罩放到地上，念动口诀，金罩放大了几分，碧华灵君小心翼翼地半揭开罩子，用小指头挑出一团白影来。

碧华灵君将它放到掌心，凑近看了看，道：“雪狻猊，你没见过它，衡文也只见过图画，本君有幸曾瞧见过它一次。所以那天我一眼就瞧出是它了。南明帝君曾救过它一命。南明犯了此事被关押后，它曾潜进天庭去救南明，我当时没擒住它，被它带伤跑了。看来它到了凡间后，为了潜住踪迹，就附在了那只山猫身上。它平时睡着，但南明的血气却能唤它苏醒。它不久前应该还醒过一回，本君才能瞧得出它。”

原来如此，所谓的救了南明的蓝衫人其实从不曾有过，当日是南明身上的血气唤醒了雪狻猊，杀了狐狸一洞老小，放走了南明。山猫醒了后，却不记得，雪狻猊大概编了虚梦在它脑中，让它当原委说。

我道：“碧华兄，能不能别啰唆了。衡文……天枢和南明在何处？”

碧华灵君道：“唉唉，这就看到了。”掀去金罩，地上那一团银光越来越大，最终渐渐消去。

碧华从中托出一团淡金色光团，叹道：“此是南明帝君的仙魄。凡人的肉身禁不住雪狻猊，衡文清君和镇灵罩三股仙力齐发，已经烟消云散了。南明帝君的魂魄暂时被封在这光团内。”

本仙君却没工夫看魂魄，只能目瞪口呆地盯着地上，银光散去后，两个看起来一样十一二岁大小的孩童闭目躺在草地上，其中一个抓着衡文的折扇，另一个脖子上挂着天枢的玉佩。

我听见自己道："这这这……"

碧华灵君道："咳，这个……衡文清君他，法界与雪狻猊的兽气相撞，受了重伤，幸亏被镇灵罩及时罩住，仙气又回到体内，但是这个镇灵罩……咳……它用的时候也会对仙有些小小的影响……所以清君可能暂时要变成这个样子，失去点记忆，大概在凡间待几天就能恢复……"

我的手指微有颤抖。

碧华灵君接着道："天枢星君居然没有像南明帝君一样，倒是有些奇怪。但是现在是他真正的仙身，那个凡身应该也和南明帝君一样烟消云散了。大概是衡文清君用法界护住了他，那个玉佩天枢在天庭时就随身携带，是件灵器，也护住了天枢，才会变得如此吧。应该……也和衡文清君一样，暂时退成孩童的模样和心智，在凡间几天后就好。"

本仙君望着孩童模样的衡文和孩童模样的天枢，只是发怔。

衡文身边的不远处，卧着浑身是血打回原形的毛团儿。但毛团儿的肚皮微有起伏，似乎还有气息。

一团浅绿的微弱的光罩在毛团儿的身上，我走到狐狸身边，那微弱的光渐渐聚起，变成小小的一团，蹭了蹭狐狸的脑袋，舔了一舔，慢慢地淡了、散了。

原来山猫竟从雪狻猊的身体中挣出了魂魄，用魂魄和它微弱的小道行护住了狐狸，才让狐狸存下一口气。

碧华灵君凑过来，替狐狸医了医伤口，叹气道："可惜这头雪狐几千年的道行全被打散了，只能再做一只寻常的狐狸。"

我向狐狸身上传了点仙力。碧华灵君道："本君要带雪狻猊和南明帝君的魂魄回天庭禀告玉帝。你——唉，你受天罚是不能免的——”叹息地又拍了拍我的肩头，“宋珧兄，你我做仙友这么多年，我就再送个人情给你吧。衡文清君和天枢星君暂时也陪你留在人间。等我回天庭禀报完玉帝，凡间也能过得几日，估计衡文清君和天枢也该恢复了。到时候，唉，看玉帝如何裁决了。”

我抱一抱拳头：“多谢！”

碧华灵君道：“客气什么。我和东华、金星几位仙友都会替你求情，也未必就上诛仙台了，到时候你要请我们吃酒。”

我拱手道：“一定一定。”

第陆章

一只小手抓住了我的袍角，挣扎着爬起身，另一只手揉了揉惺忪的睡眼，环顾四周后仰脸看我：“此是何处？你又是谁？”

我露出森森白牙，揉揉他头顶：“此处是凡间，我叫宋珧。”

“哦，”他偏头看了看我，“我在天庭并没有见过你，你是仙君还是散仙？我为什么醒过来会在凡间？”

我龇着牙齿，口气和蔼：“本仙君虚衔广虚元君。奉玉帝之命，带你到凡间历练数日。你长大了要司世间文命，必须体察体察人间凡情。”

他一双黑亮的眼睛一瞬不瞬地盯着我：“你……是玉帝派来监督我历练的吗？”

我说：“不是监督，是照顾，你有什么想吃的、想玩的、想要的，都和我说。不必喊虚号，你就喊我宋……”话到此处，忽然想到，此时不讨点便宜更待何时？蔼声道，“你喊我宋珧叔或宋仙叔皆可。”

他的小脸上渐渐漾起笑来，孩童模样的天枢恰在此时揉着眼，茫然地爬起，本仙君分神去看，他仰脸望着我道：“我没到过凡间，也不知道什么好吃、什么好玩。你可以带我四处去看看吗，宋珧？”

我在心中干笑一声，衡文啊衡文，原来你小时候就是个吃不了亏的。

天枢站在地上，一双清清亮亮的眼睛盯住了我：“这是何处？你们又是谁？”

你们？我恍然记起，天枢比衡文早生了不知道多少年，天枢是十一二岁少年模样的时候，衡文还不知道在哪里。

衡文也眨了眨眼，指着天枢，抬头问我："他是谁？"

本仙君正在踌躇字句，天枢稚声道："我是北斗星宫的天枢。我在天庭不曾见过你们，你们是仙者还是仙君？"

我心中暗呼一声不好，果然，小衡文皱了皱脸，道："天枢？天枢星君明明是位……"

我急忙一把捂住小衡文的嘴，将他提到身边，转过身弯腰贴着他耳朵道："天上的天枢星君出了些事情，他和你有些相似，玉帝封他叫天枢，让我带你们到凡间历练，几日后你就知道为什么了。现在别多话，好吗？"

小衡文眨眨眼，皱着鼻子悄声道："好，但是你这几日看我要比看着他松些。"

我郑重道："一定。"

放开衡文，他果然乖乖站在我身边不说话了，我向天枢道："我叫宋珧，玉帝封虚号广虚元君，奉玉帝之命带你与这位衡文小仙一起来凡间历练，缘故数日后你们回天庭便知道。这几日且先与我在凡间。"

天枢虽然清冷，孩童模样的时候却只是个眉目异常清秀的少年，一脸天真稚气，而且比年幼的衡文更加好哄，只是乖乖地点头，说什么他信什么。衡文三百岁时才被赐冠封做清君，天枢却生下来就是天枢星君，在北斗宫中位次最尊。没想到天枢小时候这么好哄，更想不出如此和顺的孩子怎么长大了就变成清冷的天枢。

小天枢清清亮亮的双眼望着我道："这几日在凡间，请您多指引教诲。”本仙君和蔼地笑到脸将抽搐。

衡文笑嘻嘻地跑到天枢眼前，拉住他的胳膊：“我叫衡文，我能叫你天枢吗？你也是第一次来凡间？”

天枢点头。

衡文道：“你住在北斗宫吗？回天庭后我去找你玩。”

天枢甚开心地道：“好。”

本仙君这个老壳子蹲在一旁，看着青春年少的衡文和青春年少的天枢手拉手站着，颇有种东华帝君在我眼前跳水袖舞的滋味。

半晌后，我向衡文和天枢交代好不能在凡人面前露出仙迹，预备带他们去找个城镇住住，等天庭的仙使过来，天枢入他的轮回，衡文继续做他的清君，我上我的诛仙台。

正要起云时，衡文忽然转头，看向旁边的野草丛：“那是什么？”

我顺着他视线看去，野草丛中，卧着白色的一团，却是狐狸。

我只顾着衡文和天枢，没留神儿狐狸，他在碧华替它治伤时就醒了，只是当时动弹不得，大概是趁我顾着天枢、衡文时挣扎着想走，身上有伤挪不了几步，就在草丛中趴着了。

衡文跑到草丛边，蹲下身，拨开长草：“是只白狐狸，它怎的受伤了？”伸手摸摸狐狸的脊背，狐狸将头埋在皮毛里，双眼紧紧地闭着。天枢走到旁边看了看，也蹲下身：“它伤得很重。”衡文从草丛中抱起狐狸，毛团儿吃得圆润，现在的衡文抱它有些吃力。衡文一边抱一边道：“你乖，你乖，我带你治伤。”狐狸的脑袋抵着衡文的小肩膀，闭着的眼中慢慢渗出了些水珠来。

我瞧着毛团儿，叹了口长气。

“宋公子，这两位小少爷难道是您的……”隔壁的黄三婆站在本仙君的小院门口，两眼直勾勾地看我身后的衡文和天枢。

我干干地笑着没接腔，黄三婆是本仙君新买的小院隔壁老郎中黄三公的老婆。我刚带着天枢和衡文到此城内，带着两个孩童，恐怕住客栈不大稳便，便买了一个小院住。大把的银子一撒，卖小院的奸商腿脚分外灵便，招呼了数十人进进出出，半日的工夫，小院上下打扫得干干净净，崭新的桌、椅、床一应俱全，厢房的床上铺着簇新、洁净的被褥，桌上摆着崭新的茶具，茶壶里还泡好了一壶茉莉香茶。众人功成身退，只留下一个厨娘、一个小厮和两个丫鬟暂时服侍。我正要去关院门，一个老太太从门外探了半个身子进来，和我搭话，互通姓名。黄三婆的一双雪亮老眼瞧见了衡文和天枢，顿时精神抖擞。

我干干地笑，不接腔，黄三婆却即刻接着大大诧异地道：“宋公子，你年纪轻轻的，怎么有两个这么大的儿子？”

我说：“在下成亲早。”

黄三婆啧啧地道：“宋公子，你夫人真会生，两位小少爷长得，真是……老身竟打不出比方来。尊夫人一定是个赛过西施、貂蝉的美人。老身方才一直没看见尊夫人，夫人她……”

我慢吞吞道：“殁了。”

黄三婆顿惊，然后唏嘘不已，傍晚送来十几个新蒸的包子，还有一盆蒸菜。

年幼的天枢和年幼的衡文都没有见过包子。

所以吃晚饭的时候，丫鬟将包子端上桌，天枢和衡文坐在桌前，四只惊奇的眼睛都盯着包子瞧，等丫鬟退下后，天枢做思索状不动，衡文拿起筷子，伸长胳膊，在包子上戳了戳，满脸稀奇地道：“软的。”将筷子放到嘴里咂了咂，皱着眉头道，“嗯？没有味道。”

天枢端详了包子，又观察了衡文，也举起了筷子，小心翼翼地戳了戳包子。衡文咬了咬筷子向我道："嗳，此物是什么？"

我正色道："这种物什叫包子。"衡文眨眨眼，天枢恍然道："啊，原来这就是包子。太阴星君曾经告诉过我，凡间有一种食物叫包子，有大的也有小的。还有一种比包子更小的，叫作饺子，原来它就是包子。"

我本来想说包子和饺子其实差了很远，一种是蒸的一种是煮的，还有一种在蒸笼里蒸熟的饺子，叫蒸饺。但是那仰着看我的两张小脸一脸傻气，我恐怕他们会在这个问题上纠结住，一直纠结到明天。于是，我只是泛泛地道："不错，不错，这种就是大包子，小包子是做早点吃的，还有饺子，他日你们会见到。"

我拿起一个包子咬了一口，嚼嚼咽下，道："就是这样吃。外面的皮儿没有味道，里面有馅儿。"

衡文立刻伸手拿了个包子，天枢也轻轻取了一个，放在盘中。衡文拿着包子捏了捏左右看："但像你方才那样吃，不会不文雅吗？"

我只得道："不会，入乡随俗，在凡间，此物就是这样吃法。"

衡文把包子举到眼前反复看，点了点头，咬了一口，再拿到眼前去看，咽下嘴里的包子道："果然是有馅儿的。"索性将包子掰开，用筷子挑着皮儿细细看了看，才挑有馅的地方咬了一口，笑道，"好吃。"

天枢拿起包子，细细地一口一口吃，他和衡文从小长在天庭，就算举着包子，也咬得文雅。

天枢吃了一个，夹了几筷蒸菜，喝了一小碗粥，便不吃了。衡文吃完一个，眨了眨眼，又拿了一个。他吃得虽文雅，却挺快，第二个吃完，又拿了第三个。等啃到第四个的时候，本仙君十分担心胀坏了他，挡住他向第五个包子伸出的小手："吃多了胀食，明天再说。"衡文满脸恋恋地缩回手，道：“好。”

我命人来撤碗筷，衡文道：“我拿一个包子去给白狐狸吃。”

我道：“狐狸不吃包子。”

衡文问：“为什么？”

我道：“狐狸只吃肉，最爱吃鸡，不吃包子。等我去让厨房做它吃的东西，你先去洗澡？”

衡文想了一想，点头道：“好。”小厮和丫鬟都很伶俐，房中已经备下洗澡的热水。衡文和天枢站在厢房门前，两个小小的孩童，却都很懂得互相谦让。衡文大方地道：“我不急的，你累了吧，你先洗。”天枢摇头道：“我不累，你今天抱了狐狸，它挺重的，你一定染了不少灰尘，你先洗。”

丫鬟站在门前掩嘴笑：“老爷，两位小少爷真是比大人还懂得礼数。”

这个自然，你当他们两个是哪里养出来的。本仙君见他们两个让成一团，只得想了个折中的法儿，做了两个签抓阄儿，衡文抓到了先，钻进去洗了。我下午已让小厮叫衣铺的人过来，量了量天枢和衡文的尺寸，先拿了几套差不多能穿的衣服。衡文和天枢身上的都是原本依仙术所化的衣服随着缩小了，如今衡文换了凡间孩童的衣裳出来，袖口有些长卷了些上去，越发有童趣。由丫鬟陪着颠颠地回房去睡觉，本仙君看得心里甚乐。

少顷，天枢洗完出来，也是一样童趣烂漫。我想到天枢，再想到慕若言，最后看眼前的天枢，越发觉得，虽然过几天就要上诛仙台，能看到这个模样，也值了。

洗刷的时候我还在想，不晓得南明也变成这么大小的孩子，是个什么模样，不知道我上诛仙台时是不是在南明和天枢再入轮回之后，来不来得及向命格讨个情面，借他的观尘镜看看南明吃奶时的小样儿。

夜深时本仙君飘进天枢的房中看了一看，小天枢盖着被子睡得很熟，衣服整整齐齐叠放在椅子上。他在此时，正是无忧无虑一派天真吧，天枢做慕若言的时候，恐怕只在孩童时才睡过好觉。

我进得房内，衡文睡得甚是香甜，我小心翼翼放轻脚步，不料还是惊醒了他，他揉着睡眼，半撑起身，讶然地瞧了瞧我，我将他扶回枕头上，盖好被子。

夜色深深，寒风料峭。我出门爬上房顶，在屋脊上抬头望天，今夜天上乌云沉沉，什么也看不见。

不晓得碧华已经到天庭了没有。

算起来，现在已经将要入冬了吧，怪不得风如此的凉。前几天坐在屋脊上时，风比此时暖些。

我打了呵欠，在屋脊上躺倒，听见细碎的踩着屋瓦的脚步声。

我睁开眼，看见小衡文站在瓦上，低头看我，身上只穿着件单薄的内袍："你没有屋子睡？我可以和你挤一挤。在这里睡着不舒服吧？"

我一骨碌爬起来，拿外袍将他一裹："你怎么跑出来了，快回去睡吧，外面风凉。"

如果此时，下房中走出一个丫鬟或小厮，看见宋老爷我和小少爷站在屋脊上，一准吓个跟头。

衡文扯住我的袖子："嗯，我的床带你睡，走吧。"

本仙君随着衡文回了厢房，衡文钻进被子，还将被子向我这里让了让："你盖得比我多，让给你些。"

我将被子又让回去，替他掖紧了："我这边够盖的，你睡吧。"

衡文一本正经地对我道："你不用和我客气。等再过些年，我长大后，加冠封职，在天庭和宋珧你同为仙僚，互相照应是应该的。"

我道：“是，是，说得极是。”

衡文向我这里凑了凑：“但是，帝父告诉我，我他日要做衡文清君，所以我便叫衡文。为什么你是广虚元君，却叫宋珧。”

我道：“因为我本是个凡人，无意中飞升做了神仙。我在凡间的名字叫作宋珧。”

衡文道：“宋珧比广虚元君好听。”

我本想说其实我一向也觉得是。但想了想，作罢了。已经要上诛仙台了，在这要命的当口再诽谤玉帝恩赐的封号，万一被他老人家听见，火上浇油，一怒之下，说不定连一缕投胎用的小魂魄也不让我剩下。

衡文轻声道：“我若也有个与封号不同的名字就好了。”

许多年前，在天庭上，衡文也曾对我说过这句话。

那时候我刚认识他不久，老君炼了一炉好丹，请开炉客，赏脸捎带上了我这个才入天庭的小神仙。我和众仙都还不甚熟悉，但那一顿酒喝得极痛快。我与众仙都吃得半醉。出了兜率宫，东倒西歪地各自寻地方躺躺解酒。

衡文枕着青石半躺在天河边。天河的水波和着云雾，浩浩而流，似无尽头。

衡文忽然向我道：“我倒也想取个凡间人用的名字，却不知可有什么讲究吗？”

我滔滔不绝道，讲究大了，生而定名，及冠后还要表字，因典择名，由名思典而定字，规矩甚多。末了讪笑道，当然，引经据典这类事情难不倒衡文清君。

衡文笑道：“不用那烦琐的，和你似的，两个字的名字，上口好念就成。”

其实我这个名字起的时候亦不容易，据说老头子当日召集了数十名门客，延请翰林院的几位大儒共商共议，议了数日后才定下。但我素来谦逊，这种事情自然不会拿出来吹嘘。我只慢吞吞地道："先有姓然后有名，我是跟着我老子姓宋，清君你……要姓什么？"

衡文清君望着天河水沉默了片刻道："咳，你便从人间的姓氏中随便帮我挑一个吧。"

我略思索后道："玉帝的凡姓好像姓李，老君的凡姓也姓李，看来李是个神仙姓，不然你也姓李吧。"

衡文晃着扇子道："都是一个就没意思了，不好不好。"

我只好道："那你想要个寻常点的姓，还是冷僻点的？"

衡文道："寻常点的就成。"

我便道："王、张、李、赵、吴，这几个都是凡间的大姓。李你不要，王、张、赵、吴……"

衡文忽然道："你那日和我自报家门，说你的姓是齐、楚、燕、赵、韩、魏、宋中的宋，这几个国名中，似乎也有个赵。"

衡文清君便啪嗒敲一下扇子，定下乾坤道："那便姓赵吧。"

我当时酒意正浓，被风一吹，澎湃上涌，脱口道："赵衡，你看这个名字怎样？"

衡文笑着点头："好，好，就是赵衡。"

数千年前的事情似乎就在眼前，我在床上侧过身，低声问小衡文："你想要个什么样的名字？"

衡文片刻间没有出声，像是想了一想，然后道："和你的名字差不多，好念的。"

本仙君装作想了一想，然后道："赵衡，这个名字你喜不喜欢？"

衡文在枕头上用力点了点头，将被子点得抖了抖，我听见他十分欢喜地道：“好，就要这个名字。”

我听着他欢喜，心中却说不上来什么滋味。

衡文犹在喜滋滋地念：“赵衡，赵衡……”

我再替他拢了拢被子：“睡吧，刚到凡间，要养足精神。”衡文又点了点头，翻身向内。

第二天清晨，本仙君醒来时，衡文正靠在我肩膀上，睡得十分香甜。我想起身，怕他醒，便没有动。

说不定今天我就要被押回天庭了，以前那一道喝酒游荡的日子，恐怕再也不会有了。想及此，我不禁伤感。正悲秋时，衡文就醒了，揉着眼睛打着呵欠起身，我服侍他穿了衣裳。下床后，他扯了扯我的袍子角：“昨天晚上的名字，多谢了。”

我正色道：“没什么，只当你让我在这里睡的谢礼。”

衡文眨着眼看了看我，笑道：“唔。”

吃早饭时，衡文又塞进肚三个包子。天枢却像被衡文勾得有了食欲，居然吃了两个包子，我甚是喜悦。早饭后，我起身正要踱去哪里逛逛，天枢忽然道：“元君说玉帝让我们在凡间历练，今日可有什么历练的题目？”

我被问得一堵，是了，这个谎不好圆。一时无策，只得道：“因为昨日刚到此城内，星君与小仙对凡间还不甚熟悉，这两日且先熟悉一下，待三日后再说。”

天枢与衡文都神色郑重地点头。暂且糊弄过去了。

上午，我带着天枢和衡文到市集上去转了一转。见识了店铺货郎小摊儿，还有来来往往的行人。衡文道：“凡间好，比天庭热闹得多。”天枢道：“但是我听说凡间的人各个都想做神仙，凡间这么好，为什么还想做神仙呢？”本仙君只得一本正经地答道：“此乃玄机，须自己参详。”天枢敬重地看了我一眼，大概觉得本仙君这句话讲得十分有仙性。

天枢和衡文都生得扎眼，我一手牵着一个在市集上，越发扎眼。今天可能是个什么日子，市集上颇多荆钗布裙的贫家妇人与小家碧玉，都闪在路边不住地瞧天枢和衡文，天枢被看得有些不自在，抓着我手的小手攥得更紧了些。衡文却毫不在意，到处乱看。

本仙君拖着两个孩子，却被看得有点尴尬，街边粉阁翠纱，颇有几间乐坊勾栏，亦有佳人倚栏而立，若此时本仙君只身徐徐漫步，唯有一把折扇随身，信手便能拈得一两点风流。但现在本仙君恰似一个拖着两只油瓶的油桶，横行于市，只能想着风流，徒然羡慕。

我正叹息，忽然看天枢一面走，一面望着路边，我停下步子，也向路边望，却看见一个小摊儿上摆着刚出笼的热糕，腾腾地冒着热气。天枢见我停下来看，似有些不好意思说，转头不再看那个摊子。

看样子天枢那个想什么却不开口说的脾气打小就有，我道：“这个摊子卖的糕你们没吃过吧，想尝尝吗？”天枢抬头瞧瞧我，点了点头。

我到了摊前，买了两块热糕。这糕是用米粉做的，顶上撒了些桂花芝麻粉，小贩拿粗纸将两块糕各自包好，捧在手里依然挺热，我递一块给天枢，将裹糕的纸扒下来些，道：“小心吃，别烫着。”另一块递给衡文，他捧着咬了一口道：“有些甜。”抬头向我道，“我不爱吃甜的，我尝个尖儿，剩下的你吃好不好？”

旁边干果摊儿上一个称核桃的老太太顿时正在暗中瞄衡文和天枢，听了这句话，顿时怜爱地笑了，向我道：“多孝顺的孩子，这位相公你真有福气。”

本仙君十分忧郁，想我从飞升至今，样貌应该不曾变过，天枢和衡文此时看起来都十一二岁，我顶多算他们的兄长罢了，为什么人人都当我是他们的爹？

都说神仙长生不老，如今看来，几千年的风霜还是在本仙君身上留下了些许痕迹，令我略有沧桑。

我向老太太笑了笑，衡文将咬了两口的热糕递到我手里，老太太赞道：“这孩子真懂事。”从篮子里捧了一捧核桃，颤巍巍地递给衡文，衡文立刻伸手去接，道：“多谢您老。”老太太一叠声地不谢，衡文手小，却捧不下这许多，都笼在了袖子里，只拿一个在手里，左右看了看，张口欲咬。老太太急忙道：“唉哟，咬不得。”我也道：“咬不得，壳儿硬，硌牙。”衡文拿着核桃鼓了鼓嘴，我蔼声道：“等回家我给你砸开壳儿吃。”衡文眨着眼点头。

老太太向我道：“倒是少见做爹的一个人带两个孩子上集市，公子你衣饰不俗，怎么不坐轿子，连个下人也没跟着？”

我道：“刚搬来这里，带孩子来集市看看。”

老太太道：“尊夫人在家中？”

我干笑道：“早已不在人世了。”

周遭围着一群人竖着耳朵听，听了这句话，都叹息。老太太叹得最厉害，又给天枢装了满满一袖子花生。天枢甚有礼地道了谢。本仙君拖着他和衡文从人堆中走出，数步外尚能听见老太太怜爱的叹息。

衡文向我道：“尊夫人是什么东西。为什么你一说没有我们就有人送东西吃。”

本仙君面色木然道：“尊夫人就是问我的夫人。在凡间，男人都要娶一个女人做夫人。”

衡文恍然大悟：“哦，所以你说你没有夫人，他们很同情你。但是同情你，为什么给我们东西吃。”

我咳了一声：“这个嘛……”

天枢咬着热糕道："是不是他们觉得你没有夫人还要照顾我们更可怜，所以帮你照顾我们一下。"

不愧是幼年的天枢，多么体贴人意的孩子！我点头道："正是！"

天枢的热糕已经吃完，开始研究花生的诀窍，我替他剥了一个，天枢一本正经道："仁儿我吃过，但是不晓得原来还是带壳的。"从袖子中抓了一把给衡文，"你先吃这个，很好剥。"衡文接了道："多谢，回去咱们再吃核桃。"

前方数步远，绸纱飘荡，又是一处温柔多情地。一位银红衫子的玉人正倚在二楼栏边，似在闲眺。惹得附近的青壮男子都在不住地向她看。我带着衡文和天枢，目不斜视地向那楼下走去，街边的胭脂铺前，有几个荆钗布裙的少女正在挑胭脂，其中一个少女从摊前退出来，忽然脚下一绊，"哎哟"一声。本仙君下意识伸手要去扶，但一只手牵着天枢，另一只手拿着衡文的剩糕，衣襟还被衡文揪着，一时竟分不出手来，只转过了身，那少女恰恰好好、不偏不斜地跌进了本仙君怀中。

"哎呀"一声惊叫，我也一愣，一样轻飘飘的物什也恰好落到了我头顶。

鼻前飘来一阵淡淡的馨香。本仙君几千年不曾再风流过，没想到上诛仙台前，竟还遇见软玉温香抱满怀的好处。少女慌忙从我怀中挣出，连粉颈都变得通红，福了一福身，慌忙低着头提着裙子跑走。我从天枢手中抽出手，拿下头上的东西，竟是一条粉色的纱帕，香气扑鼻。我握在手中，直了直眼。

忽然有一人在我眼前站定，打着千儿道："这位爷，真是巧。我们晴仙姑娘的帕子竟落在了您身上，可见正是缘分，爷要不要到我们楼子里坐坐？”

这帕子不是方才撞我的姑娘的吗？

飘纱挂绸的楼中一个老鸨模样的妇人挥着帕子颤颤地行过来：“这位爷，您捡了晴仙的帕子，她特意让老身出来迎着您，请您进去喝杯茶，道声谢。请爷千万赏这个脸。”

我在天上耗了几千年，果然耗得沧桑了。一条香帕欲将我引入红粉局，我乍听之下，竟首先低头看了看身边。

衡文牵着我的袍子，正一脸好奇地瞧着。我咳了一声，再看天枢，也是一脸迷茫地张望。我抬头干笑道：“在下带着幼子，今日实在不便，承蒙姑娘好意，请妈妈将这条帕子奉还姑娘，他日有空，再来拜访。”

老鸨掩口笑道：“爷真是个谨慎人，正好今日有缘，只是一杯茶而已。老身的女儿里，正有和小少爷年纪相仿的，可以陪伴玩耍。爷便进去，喝杯茶，听个曲儿，赏脸圆了老身那女儿的一片答谢之心。”

衡文脸上的好奇越发重了，本仙君的冷汗潸潸而下，带着幼齿的衡文清君和天枢星君逛窑子，被玉帝晓得，我恐怕连诛仙台也用不着上，直接就一道巨闪劈至灰飞烟灭了账干净。

我正色道：“多谢姑娘与妈妈的好意，实在是不得空，望可见谅。”

老鸨痛惜道：“爷执意相拒，难道是嫌……”

“难道是嫌奴家粗鄙，侍奉不得爷称心吗？”一袭银红的衣衫，婷婷立在我眼前，正是倚栏闲望的佳人。妩媚远山的眉，含情秋波的眼，皎洁如月的面，盈盈可握的腰，如晨露，更胜过满园的春花。

我含笑道：“有佳人相邀，本是一件幸事，奈何在下今日委实有事，他日得闲，一定请姑娘赠在下一杯香茶，若能再闻琴音，更是三生有幸。”

佳人便一笑，如醉人的飞霞：“公子看来今日确实不便，奴家不敢强留，望公子记得今日之约，奴在窗下，日日盼望。这条帕子，既然与公子有缘，公子若不嫌弃，便请收下，权当相约的信物。”

我只好拿着纱帕，向怀中揣去，身边的衡文忽然打了个喷嚏。我忙低头道：“怎么了？”衡文揉了揉鼻子道：“没什么。”抬头看着晴仙笑了笑，晴仙被他这一看不由自主也嫣然一笑，敛身福了一福，与龟奴和老鸨同回楼中去。我禁不住想，若是我同平时的衡文一起站在此处，这条帕子一定不会落在我头上。

衡文扯了扯我的袍子：“几时回去？”

我道：“现在就回去。”

回到小院后，便要吃午饭，衡文与天枢都对黄三婆的包子念念不忘，伸着脖子等到菜上完，便问：“怎么没有包子？”

我道：“包子吃完了，晚上让人买些回来吃。”

衡文与天枢这才伸筷子吃饭。

本仙君特意让厨娘炒了一盘鸡蛋喂狐狸，午饭过后，衡文便颠颠地拿了盘子亲自去喂。

毛团儿暂时被安置在小厅的一条软榻上，本仙君虽用仙术帮它治伤，它的伤口仍没有好，恹恹地十分颓废。衡文喂它鸡蛋，它一筷筷地吃，天枢在旁边饶有兴趣地瞧着。鸡蛋喂完后，毛团儿吧嗒吧嗒舔了舔衡文的手。

衡文抚摸它的脊背道：“我听宋珧叫你毛团儿，你是不是名字就叫毛团儿？”

毛团儿撑开眼皮，怨恨地盯了我一眼。本仙君道：“其实它的名字叫宣离。”

衡文立刻摸着它唤了两声“宣离，宣离”，天枢也道：“宣离这个名字好听。”狐狸在衡文的手心蹭了蹭，眼角又渗出些水珠来。

我早上便吩咐了丫鬟和小厮将另一间厢房收拾出来，午睡时便各自回厢房去睡。我将天枢送进他房中，再将衡文送回他房中，正要从衡文房中出来时，衡文在我身后道："嗳，你不睡吗，为什么出去？"

我道："我有厢房，你不用再带着我挤，好生睡吧。"

衡文道："哦，你的厢房在哪里？"

我道："就在回廊尽头。"

衡文道："什么模样？"

我只好道："不然我带你去瞧瞧？"

衡文道："好。"

我带着衡文进了新收拾出的厢房，这间厢房在回廊尽头，不如衡文和天枢的房间亮堂，可以看见后院的水池，如果是夏天，景色应该不错，但此时将要入冬，水池里只偶尔荡着一两片残叶，没什么看头。

衡文在屋子里转了一圈，扒着窗子向外看了一看，又坐到床上摸了摸被子。

我小心翼翼地问他："你要是想在这里多待一会儿，中午和我一起睡？"

衡文想了想，点头道："好。"

晴仙赠的帕子竟从怀中飘了出来。我捡起看了看，临了交了次桃花运，我永世孤鸾的命竟能改一改。

下午时分，我在院中踱步看风景，巷子里孩童们都知道有两个新来的孩子住在这里，扒着围墙探头探脑向院中打探。我觉得天枢和衡文长在天庭，幼年老成，难得又幼齿一回，正要彻底地童趣，便撺掇他们去和孩童们玩耍。衡文和天枢极开心地随着孩童们出去，到了天将黑才回来，进了小厅，神色却有些不对。

没想到这一玩，竟玩出了些纠结。

衡文向我道：“那些孩子问我叫什么，我说我叫赵衡，他们就问我，为什么你姓宋我却姓赵。我应该和你一样姓宋。为什么？”

天枢轻声道：“他们也问我叫什么，我说我叫天枢，但是没有姓，他们就说我也应该姓宋。”

我揉了揉额角道：“这个嘛，为了方便，我在那些凡人面前都自称是你们的爹，在凡间，子要从父姓。”

衡文似懂非懂地眨眼。天枢欲止又言道：“我和衡文下午与他们下棋，他们下不过，就拍桌子说再和我们下棋就给我们做儿子、做孙子。在凡间，给人做儿子是不是一件很丢脸的事情。那你为什么……”

我面不改色地道：“哦，那是因为他们当你们和他们差不多大，在凡间，说给和自己差不多大的人做儿子是件很丢脸的事情。我比你们大很多，这样就可以权且当作一下，不会在凡人面前暴露身份。”

天枢一向很好哄，果然听了这几句话后就若有所思，笑道：“其实我们的岁数比他们大很多的，所以他们不该说那种话，说了也不会吃亏的是不是？”

我说：“是，但是不能告诉他们，不然咱们就露馅了。”

天枢点头：“嗯。”

纠结就这样解决了，顺顺利利摆上晚饭。

衡文和天枢没怎么看得上买回来的包子，对黄三婆的包子念念不忘。衡文只吃了两个，天枢吃了一个。我道：“不然明天再换一家买，再不然做饺子吃。”衡文和天枢才提了些兴致。

衡文喂完了毛团儿，本仙君便和昨日一样让他们抽洗澡签。今天是天枢抽到先，洗完后回厢房，衡文再洗。我洗完后先去天枢房中看了看，他又沉沉地睡了。我再到衡文房中，却没看到人。

丫鬟道："小少爷到您的房中去了。"

我回到房中，果然看见衡文坐在床上，拿着一张纸折，抬头看着我笑。那么一瞬间，我在灯下眼花，竟看成是平时的衡文坐在床前，对我微微地笑。

我走进屋内道："你怎么不回房睡？时辰不早了。"

衡文道："今天中午睡过，晚上不想睡，天枢睡了不和我玩，我就过来找你。"

我在桌前坐下道："但晚上也没什么好玩，你还是去睡吧。"

衡文道："宋珧，我们在凡间历练完后，你和我们一起回天庭吗？"

回，当然一起回，诛仙台可能正等着我呢。我含混地道："玉帝如果让我回去我便回。"

衡文立刻笑道："那就好，我回天庭后，还去找你玩。"

我点头道："好。"

衡文坐在床上，把折着玩儿的纸在手中摇，和平时衡文摇扇子的模样竟有一两分像。

我再灌了一口凉茶，瞧了瞧窗纸透来的凄然的夜色。

我在桌边坐了一夜。

天微微亮时我出门到院子里站了一站，在井里拎了桶凉水，擦了一把脸，再遛了个圈儿，小厮和丫鬟们起床，出门瞧见我戳在院中，十分惶恐，又服侍我洗漱一遍，小丫鬟沏好茶我吃了两口，天大亮了，天枢和衡文才起床。

我预先让小厮到街上去买了两笼小包子，早饭时摆上来，衡文与天枢的眼睛顿时亮了，衡文伸过筷子，夹起一个，咬了一口，含糊地笑道：

“好吃。”天枢也夹了一个在盘中。衡文向我道：“是你让他们去买的吧，比昨天的好吃。”我道：“你若爱吃明天早上再买。”衡文立刻很欢喜地笑。天枢瞧了瞧桌上放的辣酱碟儿，试着夹着包子在酱里蘸了蘸，咬了一小口，悦然道：“原来还可以加调料。”衡文立刻又夹了一个，依样学样地试了试，睁大眼道：“唔，味儿又不同了些。”

两位童仙一派天真，我瞧着禁不住想乐，忽然又想起昨夜事，如一块石头压上心头。

衡文皱着眉头看我道：“你哪里不舒服吗？”

我皱着脸皮笑道：“没有。”天枢夹着一个包子，也眨了眨眼看我。

早饭后，衡文道：“小包子很好吃，但是大的包子还是前天的好。”依然念念不忘黄三婆。

本仙君对于此事没有办法，一家的包子一个味儿。可惜黄三婆不卖包子。衡文念念地说了一说之后，也不再提了，跑去给狐狸喂食。

我在院中晒晒太阳，天枢不知从哪里找了一卷书，在廊下看。衡文喂完狐狸，从小厅里出来，顺着回廊向本仙君的方向走来，转到往后院去的月门边时，忽然住了脚，向门内看了看，走进后院去。

本仙君不由自主地挪过去瞧，只见黄三婆正倚在后门边，和厨娘聊天。衡文仿佛无意似的向附近走，到了黄三婆眼前时，停住脚，笑嘻嘻问了声好。

黄三婆自然大喜，颤着手道真是位懂事又没架子的小少爷。

衡文笑嘻嘻地道：“您老过奖了，还当向您老道谢才是，晚辈吃过的包子都不如您老给的好吃，家父与兄长亦都十分喜欢。”说话时，脸上露出无限的渴慕。

黄三婆欢喜得几乎说不出话，半晌后才颤巍巍地道：“小少爷爱吃，老身这就回去再蒸些送过来。”

衡文道：“真的吗？实在太感激了。”

本仙君在一旁看得汗颜。

我现在若露头，黄三婆一定会扯住我连赞带夸地絮叨上半日，我在月门边看了看，很明智地踱开了。

刚回到廊上，小厮说前门外来了客人要见见我，是个老妇。

老妇？本仙君这几天，难道走老太太运？

本仙君到厅内迎客，小厮引着老太太过来，我定睛一看，有些眼熟，依稀是集市上给衡文和天枢核桃、花生吃的老妇。

老太太进厅，福一福身，报上家门：“老身吕胡氏，请宋公子安。”

我惶恐地让座，昨天只在集市上打个照面，今天将本仙君姓名打听清楚，一定有目的而来，一个安将我请得疑云大起。

吕胡氏在椅子上坐了，上下将厅中的陈设看了一遍，向我笑道：“宋公子家中布置得真精致，刚刚搬过来，竟就收拾得这么好。”

我道：“哪里，都是他人的功劳，其实在下半分心都没费。”这句是实话。

老太太就着话尾接道：“公子真是过谦了。不知公子是哪里人氏？”

我只好诌道：“老家江浙。”老太太道：“哎哟，江南可是好地方。不知公子此番到城内，打算长住还是短住？”

我含混道：“只看住不住得惯了，住得好便住久些。”

吕胡氏道：“其实这城虽不大，却算繁华，最要紧是安定。现下天下都不太平，东郡、南郡那地方常年的打，听说最近朝廷还派兵与东郡一起攻打南郡，将南郡的几座城都灭了，南郡的那位什么大将军竟被自己的兵造反打死了。世道不稳，居则难安。能像我们这里这样安安稳稳过好日子的城天下也不多了。所以依老身的愚见，公子既然来了，房子也置办了，何不就住得长久些？”

我和着点头：“您老说得极是。”

老太太兜了如此的一个圈，意在何处？

老太太端起几上的茶碗，抿了口茶润润喉，放下茶杯，一双老眼望着本仙君道：“老身唐突，请教公子尊齿几何？”

她问此做甚？本仙君飞升时二十有三，此时张嘴便欲答二十三，幸亏想起，院子里还有两位十一二岁模样的上君对外权被当作我儿子，便答道：“虚度三十三载。”

吕胡氏绽起老脸，摇头道：“不像，若不是老身见过公子的两位小少爷，公子您说您是两旬出头的人，老身一准相信。”

废话，本仙君这张脸，本就是两旬出头的脸！

吕胡氏掩口一笑：“公子正是年富力强时，两位小少爷尚年幼，就未曾想过……再续一房？”

原来，老太太此番，是来替本仙君做媒的。

本仙君到凡间一住，立刻有姻缘上门，难道我永世孤鸾的命竟然可以改了？

老太太见我直着双眼不语，便接着说：“老身这里，现有一桩绝好的姻缘说与公子。城北有个布庄，门面不大，生意却好得很。这城里的大户人家穿的布料都是从他们家订的。布庄的冯掌柜有个女儿，今年一十七岁，虽不算富贵人家的女儿，嫁妆也颇丰厚，相貌人品正与公子匹配。并不是老身乱提，说起来，这位小姐与公子却已有了两回的缘分。”

屏风后一阵窸窸窣窣的响声，想是衡文和天枢正蹲在后面偷听。吕胡氏在此时接着道：“第一回的缘分，两位小公子身上穿的衣裳，正是冯家布庄做的。还有几件衣裳正在赶着。至于第二回的缘分，公子应该还记着呢。昨日在街上的胭脂铺前，那撞着您的姑娘，正是冯家小姐。

这可不是天赐的姻缘吗！”

我干笑了两声，这事果然挺奇的，但一定不是天赐的。

我清了清喉咙，道我刚来此地不久，尚不熟悉，况且续弦此等大事，须认真考虑。冯家小姐青春年少，进得门来做晚娘，恐怕委屈了她，待慎重思索之后再说，如此云云说了一堆搪塞。待等到思索好了，本仙君也该早被拿上天庭上诛仙台了。

吕胡氏满脸堆笑道：“不急，不急，此事不急，待公子考虑几日，老身再看如何。”又费了些口舌，老太太才告辞出门去，临走时道，“冯掌柜还让老身给公子捎个话儿，两位小少爷的衣裳已做好了，中午就着人送过来。”

我又道了多劳，老太太才总算走了。

我折回厅内端茶润了润喉咙，昨天的那个少女竟对我一撞生情，今天家里就托人来提亲，可见本仙君的翩翩风采并不减于当年。

衡文和天枢从屏风后转了出来。

衡文黑亮亮的眼睛瞅着我道：“刚才那位老妇人过来，是说有人想做你的夫人吗？”

我道：“是。”

天枢小声说：“是不是昨天扔手绢的那个？”

衡文皱着鼻子道：“不是，我听那位老妇人说，是撞你的那人。是昨天撞到你的那个吧？”

我承认道：“是。”

衡文说：“神仙不能和凡人在一起。”

我道：“我晓得，所以我敷衍说过些日子，等过些日子，咱们就该回去了。”

衡文展颜笑道：“咱们一起回天庭吗？”

本仙君脸上笑了笑道：“是。”

衡文才不再问了，跑到小厅去看毛团儿。

中午时，冯家布庄果然派伙计送了衡文和天枢的衣裳。伙计领赏钱时像买肉挑肥瘦一般觑眼将我看个不住，又瞧了瞧衡文和天枢，大约是那位想做本仙君老丈人的冯掌柜派他来相我一相。不知他回去后会如何描述我的风采。

中午吃过了饭，小丫鬟正收拾桌子时，小厮又来通报说，后门外有客人，执意要见我。

我今日倒吃香。

小厮领了人进来，是位做书童打扮的清秀小鬟，脆生生向我道：“我家姑娘命我来送品茗帖。”双手捧上一张红粉香笺。我伸手接过，小鬟接着道：“可否请公子移步到后门，门外的车中人想请公子一叙。”

我随手将香笺放在几上，跟着小鬟出了后门，一辆垂着缎帘的马车停在门边，另有一位小鬟在车前站着，对我敛身道：“宋公子请到车前来站，我家姑娘有句话想对公子说。”

本仙君便站到车帘边，帘中婉转飘出娇声道：“奴家亲自相请，望宋公子今日黄昏来醉月楼品茶，不知可能请得公子尊驾？”

小风悠悠而过，竟不像是入冬的寒风，却像是三月暖人的春风。

我道：“既有佳人相请，在下岂敢不从。”

两个小鬟掩嘴而笑，帘内妩媚的声音道：“那奴家回醉月楼燃香调琴，静候公子了。”

马车掉转头，缓缓而去，我道了声相送。

回到厅内，衡文和天枢正凑在一处，看那张香笺。衡文抬头向我道：

“这个上面说，请你傍晚去醉月楼喝茶。香味好浓，是昨天扔手帕的那个吧？”

本仙君默认地点头，从他两位的手中抽过粉笺，放入怀中。

衡文和天枢都瞧着我，衡文道：“你要去吗？”我打个呵欠道：“去睡午觉吧。”

天枢便回房去睡午觉了。衡文却跟着我，我走一步他走一步，走到他厢房门前时，我替他推开门道：“睡觉吧。”衡文“嗯”了一声进屋，我转身回房，瞧着空荡荡的床铺叹了口气，刚要去关门，衡文却从外面跨了进来。

我蔼声道：“怎么不去睡？”

衡文眨了眨眼，跑到床边，坐到床上露齿笑道：“我觉得这间房比我的卧房舒服。”

我道：“你喜欢这间房，我便和你换一换，从今天中午起你就在这间房中住吧。”

衡文侧头看了看我：“这两天你好像不开心，为什么？”

我揉了揉额头：“太久未到凡间，可能一时不能适应。”

衡文眨了眨眼：“我和天枢没有烦到你吧。”

我立刻道：“怎么会，别乱想。”

衡再看了看我：“知道了，那我不吵你了，我回房睡觉了。”转身出去。

我瞧着他的背影，长长叹了一口气。关上门坐在桌边，喝了两杯茶，将晴仙姑娘的纱帕拿出来反复地瞧。难道本仙君这棵数千年的老干树，真的能开出山桃花？

天近黄昏时，我换了一件簇新的长衫，熏得两袖清香。衡文领了一群孩子进院玩，赌棋子儿论输赢，天枢守着一块砚台和一支笔做监军，往输的人脸上画墨，一堆孩子除了天枢和衡文，差不多都顶着一张花脸。我吩咐了小厮和丫鬟，我晚上不在家吃饭，可能回来得晚，好生照顾小少爷们，举步出门，天枢和衡文正玩得开心，天枢放下笔跑过来说："你要出去吗？"我道："是，有些事情。"天枢"唔"了一声，没再问什么。衡文侧头瞧我，眼睛闪了闪，又埋头下子儿去了。

本仙君此番上街，总算是个缓缓踱步的寻芳客，不是昨日带着油瓶的油桶。可惜，天色近晚，街上收摊的收摊，关店的关店，行人匆匆，良家少女们更不会在这个时辰走动，让我有些寂寞。

走到醉月楼前时，那家胭脂摊儿还未收摊，摆摊儿的小哥缩手看了看本仙君，再望了望醉月楼。

醉月楼，锦绣阁，相思曲，畅情酒。

"奴家这支曲子，宋公子听着可还入耳？"晴仙推开瑶琴向我含情一笑，艳光满阁。

我道："弹得好，比广寒宫的嫦娥弹得还好。"

晴仙掩嘴笑道："公子真会哄人，夸得奴家都不知道如何是好了。"莲步轻移走到我身边，绛袖微卷，擎着酒壶，又替我添了一杯酒。

月上中天时，我才拖着半醉的残步，回到小院中。临走时晴仙唤了我一声宋郎，将一个香囊放入我手中，幽然道："明日可得良人至？"本仙君长叹一声，握住她的手道："既念有佳人，焉能不重来。"

那个香囊甚香，我走动时带的风儿都似乎有它的香气。本仙君抱着两坛酒拖着步子回房，惊动小厮，小厮忙去备下热水，我洗了澡出来，酒略醒了些，衣裳虽换过，依然留着香囊的味儿。

我本想回房中去，再喝两杯酒解闷儿，坐到床前先把香囊和纱帕一齐拿出来看了看，不知不觉就歪在床上睡着了。

第二天早上，我睁开眼，身上盖着被子，手里还抓着香囊和纱帕放在胸前，昨天晚上的衣裳也都穿在身上。

我起身，喊小厮过来服侍洗漱，却看见桌上的酒坛旁放着一个小碟，上面摆着两个包子。

小厮道："老爷您昨天晚上睡着了，小人没敢惊动您，只拿被子帮老爷盖上了。这两个包子是衡小少爷吃饭时给您留的，他非要等着您回来拿给您吃，怎么也不睡，等到您沐浴完小的伺候他端过来时，爷已经睡了，小少爷就把包子放在桌上，自己也去睡了。"

我瞧着那两个包子，心中又开始被滚油滋啦啦地煎，还只能道："晓得了。"

早饭时，衡文才从房中出来，看了看我，什么话也没说，在桌边坐下。这一顿早饭，衡文和天枢都吃得不少。

上午，黄三婆又来找厨娘聊天，恰巧我正在后院踱步。我看见黄三婆，又向她道了包子的谢。黄三婆一叠声地道莫客气，然后向我道："宋相公，听说你有意与冯掌柜结亲娶他家千金？真是件好姻缘，冯家姑娘是我们城里出名的美人，贤良淑德，与宋相公正是天造地设的一对儿！"

我大奇，不禁道："此事只不过略有提过些影儿，其余都不是真的，您老从何处听得这谣言？"

黄三婆上下打量我笑道："此事全城都知道，难道宋相公还未给冯家姑娘下聘吗？"

我冷汗顿流，下聘？本仙君到这城内才几日，可能有下聘的工夫吗？！

中午饭后，天枢乖乖去睡午觉了，我正要回房，却看见衡文抱着狐狸从小厅向他房中去，衡文现在的身形抱着狐狸颇吃力，我走上前去，衡文抬头看我，笑了笑："它一个在小厅里睡觉怪可怜的，我带它回房里睡。"

我叹了口气，摸了一把毛团儿的毛道："放在床上，倒也挺暖和的。"衡文点头"嗯"了一声，颠颠地抱着狐狸进屋去了。我在他合拢的房门外站了一站。毛团儿是为了救衡文才落得这个地步，反正也没几天，睡睡也算安慰安慰它吧。

夜色初降，我又在醉月楼的绣阁内，听晴仙弹小曲儿。

一曲清歌罢，晴仙软语侬侬，坐在身边替我添酒。蜡烛芯结了朵花噼剥地响，晴仙拔下金钗，挑了挑烛花，我把盅看灯，忍不住一叹。

晴仙听见我叹，慢慢起身，再到琴台边坐下，调了调弦，拨出婉转的曲子，似秋愁的少女，幽怨缠绵。

袅袅尾音尽时，晴仙在灯下向我一笑，又行过来替我添酒，走到灯影下，不经意般地侧身，举了举袖子，像在拭泪，回转身来后，却仍含着笑颜。她弯腰添酒时，我瞧着她的脸道："佳人何故生秋怨？"

晴仙立刻笑道："公子说笑呢，刚才奴家从灯下过，被烛烟迷了眼。倒是公子，本是春风得意客，缘何月下叹清秋？"

我道："无缘却相见，相见又无缘。"

晴仙掩口道："这可是情愁断肠了。不知道公子相思成苦的是哪位玉人。奴家可听说宋公子新来城内，就立刻红线上门，与冯家小姐将成好事呢。怎么还闹相思苦？"

敢情这城中的人们，消息都灵便。

我道："晴仙姑娘艳冠群芳，风流少年豪门客一掷千金只为了求得与你巫山一夜相逢，怎么还黯然垂泪？”

晴仙垂首轻轻叹道：“公子何必打趣奴家呢。奴家做的是倚栏卖笑的营生，什么身价台面，只是白装罢了。就像那摊上的一件货，谁出得起钱就是谁的，管他是何人呢。”

话尾处，轻轻地颤。晴仙抬起头，强向我笑道：“奴家一时感慨，扫了公子的兴了，公子莫怪。奴家再去，再去给公子弹一支曲……”

我长叹道：“你若有什么苦处，就说出来吧，比憋着强些，兴许我还能帮你些。”

晴仙怔怔地看我，咬住嘴唇，忽然用袖子半掩住脸，两行泪挂了下来，呜咽道：“公子，你便让奴家替你弹一支曲吧……过了这几日，可能奴家再也不能为公子弹曲了……城、城里张员外的侄儿已经向妈妈说好替奴赎身……过几日是他叔叔六十六大寿，到时候他就把奴家送给张员外……奴家……奴家……”话到此处，泣不成声。

本仙君怜惜之心顿起，世间多是无奈事，本不分天上人间。

我叹息地站到她身侧，和声道：“莫哭了，我替你想想办法吧。”

晴仙颤身抬头看我，忽然扑进我怀中，大声哭起来。

我带着半襟湿泪出醉月楼时，街上已空空一片，倒是那位卖胭脂的小摊儿还在，看摊的小哥坐在路边，袖着手正在发愣。想来是等着有没有去醉月楼的寻芳客经过，顺手买一盒他的脂粉送给里面的姐儿。这世间什么容易？挣口饭吃亦不容易。

又是夜半，我再回到小院。洗刷完毕后，小厮打着呵欠去睡觉。本仙君在灯下，却全无睡意。我瞧了瞧桌上的两个酒坛，拿起一坛到院中，灌了几口。

四处寂寂，寒风彻骨，过了今夜，又少了一天。

我听见身后有声音道："你怎么不睡？"

我回头，看见一个小小的身影站在眼前，竟是天枢。

我愣了愣，才道："睡不着，出来站一站。"天枢清亮的双眼望着我手中，我低头看了看酒坛子，干笑道，"啊，这是人间的好酒，我回天庭后怕喝不到，所以有空就想多喝些。"

天枢静静地看着我，似乎是信了。本仙君将酒坛放在假山边，脱下外袍，裹在他身上道："风凉得很，你快回房睡吧。"

天枢忽然道："我……是不是曾受过什么伤？"

我一惊，难道天枢竟有些要恢复了？信口道："你现在在凡间，这是一时的不适应，等几日后回到天庭，自然一切都明白了。"

天枢却很和顺地"嗯"了一声，乖乖地回房去睡，临走前又看了看我道："你也早些睡。"我瞧着他向屋内去的背景，这几日我看着小天枢，都是与衡文在一处，未曾觉得过什么。今晚单单只见他，再看他的身影，总觉得似曾相识，仿佛……许多年前曾见过似的……大约是他与长大后的天枢，仍有许多相似处，让我觉得熟悉。

我再拎起酒坛子，一口口地灌，灌到见底，四处依然寂寂，夜风依然很凉。我轻轻走到衡文门前，闪了进去。

狐狸果然睡在衡文的床上，察觉到我进门，立刻从被窝儿中钻出来跳到地上。我一弹指将它封睡过去，拎到椅子上。

我坐到床边，低头看衡文的睡脸，替他拉了拉被子，闪出房去。

回到房内，孤灯荧荧，无限寂寥。我扇熄了灯，到床上躺了躺。

第二日，我没留神儿多睡了睡，日上三竿时才起。小厮道小少爷们已先吃过饭了，都在院里。我应了一声晓得了，匆匆吃完饭，踱到院中去。

衡文与一堆孩子正在玩掷骰子，像是玩真的，输铜子儿的，衡文的面前已经赢了一堆，一群孩子输得抓耳挠腮。天枢却在一边的石桌上，守着笔砚纸张，在埋头写什么。

我走近去看，天枢面前摊着一本册子，手边放了一叠写得密密的纸张，似乎是在抄书。

我拿起一张看了看，诧异道："抄论语？这像是先生布置的功课。"

天枢抬起头来点头道："嗯，我不会玩骰子，方才输了。他们说不要我的钱，但是让我帮他们做私塾先生留的功课，他们先生前几天生病停了几天学，后天开课他们就要交。要把功课做完了才能和我们玩。"

那你就帮他们抄吗？我心道，这群孩子将他们的先生看得太傻了，一摞功课交上去，全是一个人的笔迹，一群都没有好果子吃。

我随手将那一摞纸全拿了起来，翻了翻，却大惊。这几张纸，字迹有的东倒西歪，有的张牙舞爪，有的小巧局促，全然不是一个人的笔迹。再看天枢正在写的那一张，方方正正，有棱有角，又是一种字迹。

我愕然道："都是你写的？"

天枢停笔点头道："嗯，我让他们每人写了几个字给我看，不知道学得像不像。"说完提笔继续写，那页纸又抄满了，天枢搁下笔，将纸递给我，让我摞在那一叠纸上。我接过纸，莫名地又觉着熟悉，似乎此情此景，也在何处见过似的。难道是天枢在天庭题字题画的时候曾与这时的情景相似？天枢可能是看出本仙君有些许走神，疑惑地瞧了瞧我。我将那叠纸放回去，信步踱开。

和衡文玩骰子的毛孩子们许是见我在天枢桌前站了许久，有些心虚，一面玩一面偷偷地瞧我，神色都有些怯怯的。衡文刚赢了几个铜钱，丢在自己面前的钱堆上，道："莫怕，他不会与你们先生说的。"

几个孩子都骨碌着眼睛看我，我和蔼笑道："我不说。"毛孩子们顿时如蒙大赦一般欢喜起来，嘴上涂了蜜似的喊“多谢伯父”。“伯父”这个词令本仙君心中五味陈杂。

几轮下来，几个孩童被衡文赢得脸色惨绿。衡文面前的铜钱有颇大的一堆，这些孩子买零嘴儿的私房钱应该都到了这里。一个孩子低头将骰子慢慢放下道：“不玩了。”

衡文伸个懒腰：“不玩了是吗？那就收摊儿吧。”捡起骰子放回碗中，将面前的铜钱一推，笑嘻嘻道，“你们的钱赶快拿回去吧，仔细着些别被旁人多拿了。”

孩童们都傻了眼，反应过来后，倒都有些骨气，站着没动，其中一个涨红了脸吞吞吐吐道：“愿赌服输是大丈夫，我们输给你就是输给你的。”

衡文笑道：“玩的时候没说是赢钱，只算铜钱计数，原本就该还。你们要想论输赢，这样吧，等我进了学堂，我再赢了，你们也帮我抄功课，好不好？”

几个孩童眨了眨眼，点头，立刻欢欢喜喜地一拥而上，把各自的铜子儿装回荷包。装完之后却磨磨蹭蹭，不肯离去，支支吾吾地问：“要不要再玩别的？”

衡文道：“咦？你们方才不是说不玩了吗？”

说话的孩子便红着脸道：“方才是说不玩骰子，咱们杀棋局好不好？”

衡文颔首道：“好吧。”

于是摆开棋局，又杀成一团。

我索性到回廊下摆了张椅子，坐着远远地看，当个乐儿。

想当年我小的时候，也成天价不做功课与同窗或表兄弟们一处玩乐，挨过老头子不少棍子。隔了这些年遥遥想起，十分有趣。

一帮孩子玩到午饭时，各家的大人都伸头进院门来喊吃饭，方才恋恋不舍地散了。天枢也将功课抄得差不多，几个孩童将各自的功课揣在怀里，欢天喜地地走了。小厮向我道："老爷，厨房里的饭早好了，要开饭吗？"我点头道："开午饭吧。"

午饭时衡文吃得挺多，尤其中意一道炸茄子，我伸手欲将这碟菜换到他面前，衡文用筷压住碟子道："不必了，能夹得到。再不然你替我夹些放在我盘子里也成。"我便替他夹了些放在盘子里，衡文道了声"谢了"。

天枢却比前几天吃得少了些。我看他只吃了小半碗饭，和声道："再多吃些吧，今天厨房做的这道清炒笋尖你还没尝过，尝尝看是什么味道吧。"

天枢便又抬起筷子，尝了些菜，居然将那一碗饭吃完了，又喝了半碗汤，我甚是欣喜。

饭后，丫鬟上来收拾桌子，我晓得衡文一定记挂着喂狐狸，便道将炒鸡蛋端过来吧。衡文插进来道："我上午告诉厨房将炒鸡蛋改成炖鸡块了，这几天总给它吃炒鸡蛋，该吃腻了，今天换换口味。"

我摸了摸他的头，道："就这样吧。"

炖鸡块连汤带水一大碗，我恐怕衡文手不稳，泼出汤来烫到手，于是接过碗替他端到房里。狐狸眯眼躺在椅子上正等着衡文喂食。我将汤碗放下，道："等它吃完你就乖乖睡吧。"衡文道："晓得了。"

我回到房中去，盘算今天下午去醉月楼之事，盘算了一番后，不由得又拿出晴仙的纱帕与香囊，瞧了一瞧，我方才忘了关房门，一阵风吹入房中，我抬头看时，见衡文跨进房中，看了看我手中的纱帕与香囊。

我忙将这两样物什放下道："你怎么不去睡？"

衡文道："我想过来看看，等下就回去睡。"走到床边，拿起床上的香囊，在手里掂了掂，道，“好香。”

我抬手将香囊从他手中取回道：“快回去睡吧。”

衡文侧头笑着看我：“你下午还要去看她？”

本仙君自觉在年幼的衡文面前不宜多提这种事情，含混道：“有些急等着办的事情。”

衡文再看了我一看，道：“哦。”跟着打了呵欠道，“那你睡吧，我困了，也回房去睡了。”回身出门。我跟着到了门前，看着他走到自己房中，嘎吱一声关门响，方才叹口气，合上房门。

傍晚时，本仙君又到了醉月楼。

此次却不是向晴仙房中去。

我昨日已和老鸨立了张字据，趁着那位什么员外的侄儿还未来得及和老鸨谈晴仙的价钱，我昨日先他一步，向老鸨说我要赎出晴仙，出价五千两，老鸨欢天喜地地答应了。

我将五千两的银票放在老鸨面前，老鸨笑如春花地道：“多谢公子，晴仙从今日起就是您的人了。”

醉月楼的姑娘们簇拥着晴仙出来，晴仙含着泪光向我深深一福，本仙君在人间的这几日，也算做了一件善事。

老鸨还特意派了一顶粉色小轿送晴仙。于是，本仙君在半城百姓的众目睽睽下，踏着夜色，领着晴仙的小轿到了小院前。

晴仙下了轿，与我同进了院门，院子里丫鬟、小厮和厨娘都木头桩子一样地戳着，小厮手里的铜盆咣当掉到了地上。

晴仙站在我身侧，像含着露珠的海棠花，怯怯低着头。

我看见衡文和天枢一前一后从正厅的门内走出来，在回廊上，上上下下将我和晴仙看个不住。

本仙君向众人道："这位晴仙姑娘最近要在院中暂时住两日，先收拾出一间客房来吧。"

丫鬟、小厮和厨娘都十分伶俐，小厮捡起地上的铜盆，立刻道："好，好，小的即刻就去。"一个丫鬟过来搀扶晴仙道："姑娘请厅里先歇着。"另一个丫鬟向衡文和天枢道："时辰不早，奴婢先服侍小少爷们回房歇着吧。"衡文和天枢便和她一起回房去了。

丫鬟扶着晴仙进小厅，又端上茶来，道热水已经预备好。晴仙喝了两口茶，便随着丫鬟去沐浴了。

我吩咐丫鬟们好生服侍，踱到厢房外，踌躇了一下，先推开天枢的房门瞧了瞧。天枢正在灯下捧着一册书看。见我踱进去就扣下书本，我道："还没睡呢？早些睡吧。"天枢道："嗯。"又道，"那位晴仙……"

我道："她被一家富户逼亲，我看她十分可怜，就先替她赎了身。等明天我再问问她，是否还有什么可以依靠的亲戚。可能咱们不日就要回天庭，在回去之前，将她安顿妥当，我来人间一趟，做了一件功德。"

天枢像是似懂非懂地点头。

天枢合上书乖乖去睡觉，我从他房中出来，进了衡文房中。

衡文正坐在床上给毛团儿拆裹伤口的布条。我凑过去瞧，这几天我用仙术帮它治伤，衡文也施了些小小的仙法，毛团儿的伤口已经全好了，只是伤口上的毛还没长全，秃得一块一块的。

我道："它这几天倒是一天比一天精神了。"

衡文笑道："是，伤已大好了。"伸手抚摸狐狸的脊背，狐狸吧嗒吧嗒舔着衡文的另一只手。

我将狐狸拎开，在床沿上坐下道："时辰不早了，早些睡吧。"

衡文打了个呵欠道："这么说倒真有些困了。"

我只好道："那你先睡吧，我走了。"

衡文笑着道："嗯。"

本仙君从衡文房中出来，走到厢房尽头，推开房门。

晴仙坐在灯下，穿着薄如蝉翼的纱衣，含羞带怯，情意脉脉地瞧着我。

我立刻在门前温文一笑："晴仙姑娘，你先好生安歇，若有什么不习惯的地方明日来与我说。"转身向门外去。晴仙在我身后幽幽道："公子既然已经赎出了奴家，奴家从今日起就是公子的人。公子嫌晴仙已是残花败柳，难以匹配公子这般的君子吗？"

我只得回身道："晴仙姑娘此话怎说，在下替你赎身，本是举手之劳。你不必太承我人情。你权且在鄙宅中住一两日。你可还有什么可以投靠的亲友，或是心仪之人，只管与我说。我来替你安顿妥当。"

晴仙怔怔地望我，忽然掩面泣道："公子这样说，可是怀疑奴家吗？公子可知道，你那日从楼前过，奴家就心仪于你的风采，才厚着面皮以帕为媒，望能与公子结缘。公子替奴家赎身，奴家欢喜不已，以为是上天开眼佛祖保佑。谁知道……公子……公子……却这样和奴家说……奴家……奴家……"

我长叹道："晴仙姑娘，你不是不知道，在下早有心仪之人，但我注定是永世孤鸾之命，姻缘之类的事情，我却想不得。你擦擦眼泪好生睡吧，明日我再替你想想出路。"

我走出屋子，合上房门，信步再来到院中。今天晚上又无房可睡。今夜的风越发寒凉，坐在屋瓦上颇清冷。我记着小书房里还有张硬榻，便摸进去，念了个诀化成一张柔软的大床铺。插紧房门，翻身睡下。

带回晴仙，果然是招了个棘手的麻烦。本仙君带着两个油瓶，竟然还能让她一眼望来就对我生情，可见本仙君的风采总是埋没不了的。

我合目凝神，正要入眠。忽然一阵哀怨的小曲远远传来，钻过门缝，幽幽钻进本仙君的耳朵。

想来是晴仙方才在本仙君处失意，于是在房中拿笛子吹一两支小曲散心。调子如泣如诉，悲悲切切，我听着听着，就睡着了。

第二天，小院里的下人们一个个面目虚浮，双眼涣散，呵欠连天。我只装作没看见，晴仙在房中闭门不出，我也不过问。

早上衡文和天枢吃饭时，也忍不住打了两个呵欠。

天枢向我道："昨日的那位——"我咳了一声道："喊晴仙姑娘吧。"天枢道："嗯，晴仙姑娘，她怎么不来吃饭？"我随口道："可能还没起床吧，等下让人送到房中给她吃。"天枢点点头，丫鬟正将小菜端上桌，低头掩口一笑。

上午时，厨娘瞧瞧向我道："老爷，论理主子的事情，奴才们不该多嘴。但老爷让两位小少爷喊晴仙夫人'晴仙姑娘'是否不大妥当。毕竟……辈分在这里。就算只是老爷的房里人，也……"

本仙君本欲解释解释，但男女之间事，难分辨更难扯清。我只道："晴仙姑娘只是在院中住一两日，你们也一般喊她晴仙姑娘，按客人般礼待便可。"

厨娘偷眼瞧了瞧我，应声去了。

我抬腿去晴仙房中，问她可还有什么亲人好投奔，晴仙咬唇垂头不语，半晌道："公子，奴家晓得，您要与冯家小姐成亲，奴家在这院中只是徒生尴尬。奴家已是公子的人，公子或将奴家发落到乡间，或再改卖，奴家都无怨言。"

本仙君鼓动唇舌半日，未得结果，只得出门。

晴仙在房中，又将琴摆出来，边弹边唱，唱了数支幽怨小曲。唱得厨娘和丫鬟、小厮们远远避到后院，来找衡文和天枢玩耍的一群毛孩子两眼发直，玩了不到一刻钟，作鸟兽散。

我眼睁睁看着衡文百无聊赖，从房中抱出狐狸抚摩，狐狸抖着耳朵打了个喷嚏，紧闭双眼，将头深深插进衡文怀中。

我瞧着却很不像个样子，狐狸总归还是一只妖，衡文虽然只是孩童模样，被它这么蹭来蹭去的也不成体统。

我走到衡文身边去，道："没事就把它放到一边让它睡觉吧，老这么抱着，怪沉得慌。"

衡文道："那我带它回房吧。"转身回屋。我在房檐下被厨娘和小厮截住。

小厮躬身咧嘴向我道："老爷，晴仙姑娘那里，您不去宽慰宽慰吗？"

本仙君道了一声且先让她静静罢，漫步向前。

厨娘急忙跨一步也躬身道："老爷，您可别嫌奴才们多嘴。从昨天夜里到今天，奴才都被晴仙姑娘的小曲给……给弄得……心酸啊！老爷您就去宽慰宽慰她吧。"

我只好惆怅叹气道："其实上午刚宽慰过，无用。弹便让她弹吧。"厨娘和小厮愁眉苦脸地走了。

晴仙中午午饭时歇了一歇，未有动静。

下午，吕胡氏在晴仙悲悲戚戚的小曲中，再上门来。坐下寒暄了两句就道："宋公子，老身今天只是捎个话儿来，您别介意。上回老身于公子说的那件事情，只当我未提过。"

我顿时领悟是因为晴仙，倒是正好，便道："多谢妈妈传话。烦劳妈妈再转传一句，在下已晓得，甚憾之。此事一定不再提了。"

吕胡氏却转了口风道："其实，不是老身多嘴，宋公子，你在正要结姻缘的当口弄下这么一出子，冯家那里实在觉得无颜面。却恐怕公子你这位贵人看不上他们家小姐，倒是他家巴巴地硬把小姐送来贴似的。若是公子送走这位青楼女子，此事倒也不是没得回转……”

我也懒得在这种事上再多费功夫，随口应付道：“妈妈提点得是，在下一定慎重考虑，过几日再说。”左右应付走了吕胡氏。

正要回房喝一口水，晴仙却在门外要见见我。进得屋内，第一句话便是：“奴家听说下午吕媒婆过来，想是来说公子亲事。公子不必顾及奴家，有什么想打发的便……”

我叹了一口气。晴仙用帕子捂着嘴哭泣道：“但……奴家心里，只爱慕公子。公子……只一天，一晚上也好。您让晴仙好好服侍您一回，任您怎么发落，奴家都……”

我瞧着她，心道她不过是世间一个痴心女子罢了。却不想我在上诛仙台之前，也能有个人为我痴心一回。连那永世孤鸾一说也破了。我赚得甚多。

本仙君伸手扶起她，温声道：“我不娶冯家小姐。你我也一定安排妥当，你先起来回房中去吧。”

晴仙拭了拭泪，起身福了一福，回房去了。

我被风车似的轮着折腾了一圈，十分疲倦。晚饭时都忍不住打了两个呵欠。

本指望晚上睡个好觉。结果，两更十分，缠绵的小曲又哀哀地吹起来，曲声像杜鹃悲啼，又像小寡妇哭坟，一声声还带着颤音。将我也吹得颤颤地抖。但我竖起耳朵听着，这声儿不像在我之前的厢房里，倒像从后院飘过来的。我索性翻身起来，隐去身形，飘出小书房探探究竟。却听笛声乍住，夜色中一个影影绰绰的人影闪进了后院的月门。

我跟上前去，到了后院。只见星光下，院墙上跳下一个人影，与方才进后院的人影在花丛旁对面相望。

闪进后院的那个人影玲珑婀娜，是晴仙，从院墙上跳下的，是那位吹笛兄吧。我瞧着形影儿，老觉得有些眼熟。

本仙君站在他两人身边，吹笛兄正握住晴仙的手疾声道："晴仙，和我一起走吧。咱们远走高飞。"

晴仙幽然道："走，要到何处去？你为何又来找我呢？"

吹笛兄刚道一声："我……"

墙上忽然又有人道："是啊，何敬轩，你要带她到何处去？"

吹笛兄和晴仙乍一惊，疾抬起头，院墙上一个人影立在夜色中，轻轻跳了下来，走到吹笛兄的身边，仰头道："何敬轩，你要带她到何处去？"

那人穿着一身男装，但声音婉转娇嫩，身形纤纤袅娜，也是名少女。

梁祝会蓦然变成了双雌会单英。我又向旁边站了站，看吹笛兄嗫嗫嚅嚅，手足无措地道："月盈小姐，你、你怎么……"

晴仙轻声道："敬轩，你快走吧。月盈小姐，你放心，敬轩他再也不会来找我了。宋公子已买了我，他下午也已亲口说，他不会向你爹娘提亲。月盈小姐你……你可以安心嫁给敬轩了。我……宋公子将我赎出风尘，我便用今生报答他。敬轩，我，我祝你和月盈小姐白头到老……"

她转身欲走，吹笛兄一把扯住她的衣袖："晴仙，你哄着那姓宋的替你赎身，就是为了撮合我和月盈小姐？你怎么如此糊涂！我何敬轩心中从头到尾就只有……"

"只有晴仙？"那位月盈小姐忽然冷冷截下话头儿，向吹笛兄处又走了一步，"好啊何敬轩，你今日总算痛快将实话说了。"苦笑了一声，接着道，"是，从你情愿为了她不顾秀才的颜面，在青楼下卖胭脂起，我就该晓得，你的眼中只有晴仙了。只是……只是从小时候起，你就说要娶我做新娘子，我傻傻当了真，却不愿意信你喜欢了别人。”说罢，将一件物什丢在地上，转头向墙边去。

原来吹笛兄就是醉月楼下卖胭脂的小哥，怪不得本仙君看他眼熟。

月盈小姐走到墙前，又转身道：“晴仙姑娘，你为了敬轩哥居然用自己来拖住那姓宋的，不让他向我爹娘提亲，实在有些傻气。我爹娘逼我嫁他时，我已说了，死也不嫁，逼得狠了，大不了我一走了之。你不问问敬轩哥喜欢谁，先把自己赔进去，不晓得这样很伤他的心吗？”

本仙君忽然发现，我这后院的墙头实在是矮得很，冯月盈小姐不费什么功夫就攀了上去，再跳到院外。晴仙与何敬轩依然两两相望。

何敬轩说：“晴仙，和我走吧。”

晴仙摇头道：“晚了，我骗了宋公子，他有钱一定也有势，我若和你走，只能害了你。轩郎，你走吧。”

我飘到月门边，现出身形，咳了一声。

何敬轩正一把紧抓住了晴仙的手，一对苦鸳鸯听见我这一声咳，立刻风中落叶一般地抖起来。

我和蔼微笑道：“莫怕，方才在下在暗处，已经都看见了。”从袖中摸出一张纸，撕成一片片，向晴仙道，“这是你的卖身契。”

晴仙定定地看着我，忽然和何敬轩一起，扑通跪了下来。我诚恳道：“二位之情，感天动地，让我这俗人亦感动不已。在下虽非君子，也愿玉成二位。何兄，你带晴仙姑娘走吧。”

夜半风寒时，我站在空旷的后院中笑了一声。看来本仙君就是这个命了，本以为临上诛仙台前捞了两段尘缘，原来我依然是根搭路的材。

身后一个声音悠然道：“你近日的这一阵春风桃花乱，滋味可好？”

我回过头去，看他站在近处，向我一笑。

我心中像被一把提了起来，竟一时当自己眼花，却管不住自己的脚，疾步到他面前，听见自己话里都打着战。

他就那么站着，微微地笑，听我的颤声。

“衡、衡文……”

我一把握住他的袖子，一时疑心是做梦。他凑近了些，低声道：“其实前天晚上，不知怎么的，我就好了。但我看你正春风得意看桃花，于是就想瞧瞧你这段运走得如何。”故作唏嘘地叹了口气，“看来你成天价叹来叹去的倒不是叹假了，你的桃花运确实可叹。”

我只瞧着他，不知道说哪句话好。

衡文道：“夜深风冷的，在院中站着被人看见可不好了，先回房去吧。”

我讪讪松开他的袖子道：“好。”

到回廊上时，衡文轻声笑道：“你这两天晚上睡书房，这书房能让我进吗？”

我又讪讪笑了一声，推开书房的门。

小书房十分小，我上午又让人将硬榻换走，塞进一张大床，剩下四方一块小空隙，推开门，刚好月色照到桌前。我合上房门，衡文一挥袖子，在房内加了道仙障。

我道：“你刚好，新近还是莫要动仙术，万一……”

衡文道：“无妨，我这两天变成童子，不也使了仙术？”

我伸手握住他袖子道：“还是少用些好。你……”

衡文站着瞧我，他已好了，在凡间的这几日，终于也到尽头了。

不论什么日子，最终都有到头的一天。

天快亮时。我闭目小憩，却又做了一个梦。

梦里我坐在一间屋子的灯下，面前摆着一盘棋，我眼前像蒙了一层雾，看不清棋局，看不清对面与我下棋的人，我心里却知道，是我输了。我脱口而出道："我又输了，不晓得这辈子能不能赢你一回。"灯花噼剥地响，身侧的窗纸却已隐约透进晨光。对面那人挥手扇熄了灯，推开窗扇，晨光乍入。我却眨眼间站到一方院落中。雾气蒙蒙，什么也看不清楚，院落的一切我却似乎了然于胸。我前方该是一方水池，池中的睡莲刚刚长出圆叶，池岸边有几块太湖石，两株芭蕉。池对岸有一个亭子，亭中的石桌上刻着棋盘。这时候应该是春天，木香花的香气在晨雾中沁人心脾，院墙上蜿蜒堆砌的木香花丛一定花满枝头。

他就在我身侧站着，我身后，是方才的那扇窗。

我向他道："晨露薄时，东风正好。"依然瞧不清那人的脸，却知道他定会欣然一笑。花香郁郁，晨风清凉，那雾气却愈来愈浓，我着急看那人的脸，想知道他是谁，他的身影竟完全隐进了雾中，无形可辨，我伸手想拉住他询问，触手握住一角微凉的衣料，猛一凛，醒了。

我手中抓着衡文的袖子，衡文正靠在床头，侧首看我。

衡文看向我的手道："你左手怎么了，好像不大灵便。"我正在揉左手的小指，应道："兴许是什么时候伤着了，小指有些不适。"从清晨起小指根就像被刀割一样，阵阵地刺痛。

衡文抬起我的左手看了看，忽而道："我想先回天庭去。"瞧了瞧我的脸色，笑道，"你莫要发慌，我并不是回去认罪。我只觉得你下天庭这一趟，许多理由都十分牵强，事情也有些蹊跷。我想去玉帝御前将这些疑惑都问问清楚。"

衡文想回天庭，我决计拦不住他，只好道："好吧。"

我随着他披衣下床，替他顺了顺衣襟。衡文走到门前，侧身向我道：

“宋珧，你说若你我犯下天条，入凡历劫，下来设障的会是哪个？”

我干笑道：“还真未想过。”

衡文在晨光中拂袖转身，化光而去。

我在房中的那块空地上空站了片刻，叹了口气。从衣袖中翻出一折白纸，铺到书桌上，再拿出一支笔，那笔不用蘸墨，自然就在纸上写出字迹来。

我将写满字迹的纸折了几折，念了个诀，那纸就化成一道金光，转瞬无影无踪。

这是我下凡间时，玉帝秘密赐给我的，叫作“上言折”，无论在何处，此折都能在瞬息之间摆上玉帝的御案。

我出了小书房，揉了揉太阳穴，衡文不晓得凡间世情，依然瞻前不顾后，他走得倒利索。今天一大早，院子里少了晴仙，又少了位小少爷，要本仙君怎么对下人和小天枢编圆了这件事？

衡文再快，绝对快不过那本折子。

我在那张折子上向玉帝道，罪仙宋珧辜负玉帝法旨，私通消息与天枢星君，且妄动私情，自念无可恕，自请其罪。

折子递上去，本仙君自家也觉得自家十分苦情，但天枢之事，我绝对逃不了责罚，既然已经要上诛仙台，还不如主动认错来得利索点，还不会连累到旁人。

我走到回廊上，迎面先碰见一个小丫鬟，小丫鬟福身向我问了安，我正琢磨要不要说晴仙姑娘和小少爷还在睡，莫要惊扰，暂时先挡一挡。远远地就看见小厮忽然急急惶惶地跑过来道：“老、老爷，正厅、正厅中……你快去看看吧……”

我大步流星赶到正厅。一男一女在厅室正中央向本仙君扑通跪下。

晴仙和吹笛兄怎么又回来了？

晴仙和吹笛兄跪在地上，对着我痛哭流涕。

吹笛兄拉着晴仙的小手向我哭道：“宋公子，你是晚生和晴儿的大恩人，晚生和晴儿完婚后，一定在家中供奉恩公的长生牌位，日日上香……”

他哭，晴仙也跟着哭。但这二位昨天夜里怎么不在后院哭完，今天特意再跑来哭一场。

我无奈弯腰扶起晴仙和吹笛兄道：“当不起，当不起，有情人终成眷属是天下最圆满之事。在下不过是顺天而行。”

送走了晴仙和吹笛兄后，我回到正厅，看见屏风边站着小天枢。

天枢亮晶晶的眼睛看着我道：“方才晴仙和那个人，为什么哭成那样？这是不是凡人的情？”

我摸摸他的头，坐下来道：“不错。”

天枢道：“情不是一件让凡人很快活的东西吗？那应该笑才是，为什么哭？”

我道：“惹上了这种东西，哭的和笑的都不少。”

天枢“哦”了一声。

我向丫鬟道小少爷今天贪睡，先莫喊他，能哄一时是一时吧。吃完早饭后，天枢在僻静处小声问我：“衡文呢？”

我实话实说地道：“他先回天庭了。”

天枢皱起额头，我正要详细解释，忽然室内大放光明，半空中现出北岳帝君，引着五六个天兵，朗声道：“宋珧元君，本王奉玉帝旨意，引你和天枢星君速返天庭。”

天枢尚未恢复，依然懵懂无知，伸手牢牢抓住了我的衣襟。

北岳帝君落下地面，客客气气地向我道：“宋珧元君，请吧。”

五六个天兵向天枢去，我跨一步到天枢身前道：“和帝君打个商量，天枢星君先随在本君身边吧。”

北岳帝君看了看天枢，道：“也可。”向天兵们使了个眼色。天兵们便收手，穿墙出去转了一圈。片刻后回来，其中一个手里拎着狐狸，向北岳帝君道：“禀报帝座，已将那些凡人送入幻梦，待醒来后，只当此户人家已搬迁。”

北岳帝君略颔首，道：“走吧。”

第柒章

天庭里景致依旧，云霞依旧，守南天门的那几张脸也依旧。

玉帝的案前仙使鹤云站在南天门前，向北岳帝君行礼道：“小仙奉玉帝之命，在此守候已久矣。玉帝特意嘱咐帝君带回来的，帝君可已带回？”

小天枢挨着我站着，挟着狐狸的天兵站在我另一侧。北岳帝君道：“劳烦鹤仙使转禀玉帝，已顺利带回来了。”鹤云便向我这里一望，点头道：“小仙已知。”又道，“玉帝口谕，请帝君将天枢星君送至爻光殿内。”

北岳帝君领了口谕，转身向天枢道：“随本座走吧。”神色中却有些不忍。小天枢不明就里，用清朗朗的童音道了声：“好，有劳帝君了。”从我身侧举步向前，又回过头来道，“对了，你住在天庭何处？这几日在人间受你诸多照应，改日再登门道谢。”

我强装微笑：“我住在广虚府。你若能过来，请北岳帝君帮你指路吧。”

天枢笑着点了点头：“我大概久不出北斗宫，惭愧未曾听说过。不过下界这几日，天庭的景致倒改了一些。暂时别过，闲时再回吧。”

我应道：“好。”眼看着天枢走到北岳帝君的身边。

鹤云走到我身前道：“请随我来吧。”

我举步向前，鹤云伸袖拦住我道：“宋珧元君，小仙并非在说你。玉帝口谕，让元君暂时回府休息。”看向拎着毛团儿的天兵，“你随我来。”

我惶恐了，鹤云对我说话，依然十分客气，称呼也依然是宋珧元君，可见玉帝还没下令将我削号销籍。玉帝还没将我削号销籍，就是说他老人家后头给我预备着大惩处。

本仙君眼睁睁看着北岳引着天枢，鹤云引着拎毛团儿的天兵渐行渐远。其余的天兵躬身向我道：“我等奉命，护送元君回府。”

我抬头看时，天枢小小的身影已经在云雾中模糊不见。玉帝为什么不拎我上殿审问，他老人家的葫芦里在卖哪门子药？

衡文他——怎样了……

我在众天兵的簇拥中回了我的广虚元君府。话说我在天庭这么多年，虽然混了个劳什子的元君当当，却连随从都没几个，成天看几位帝君和衡文上殿应卯之时排场无限，颇眼热。今天夹在一群天兵中间，总算排场了一回。

我第一次认真地从远处端详了一下我的广虚元君府，忽然发现它白墙墨瓦、大门红彤彤的其实挺气派。怪不得衡文总爱往这里逛，说我的元君府比他的微垣宫舒服。可叹我这些年没有好好又细致地待过它。

走到大门前，我更加惶恐了，“广虚元君府”几个大字依然在门头的匾额上熠熠生辉。我颓然唏嘘，看来玉帝他老人家怒得不轻，打算将削削封号，摘摘匾额，收收宅邸，销销仙籍这种事情当成重罚大刑中的小小调剂，暂时压后。

一个天兵打开大门，将我推进府内，合上大门。我听见门上哗啦啦缠铁链的声音，然后“咔嗒”一声合锁。锁敲到门板上咣的一响，听声音这把锁不小。

府中上空，被仙障罩着，密密严严，像一只倒扣的大碗，将我严严实实扣在广虚府内。

我也头一次发现，我的广虚元君府原来如此之大。

我在各个房内来回都踱了一遍，府内空荡荡的，只有我自己。后院的石榻衡文第一次来找我时喝醉了我和他曾一起睡过。玉兰树下的棋盘上还散着上次和衡文未下完的残局。左厢的屋子角里藏着两瓶没被他敲去喝的玉酿。书房的桌上，笔架上放的笔还是上次陆景拿着据说十万火急的文函追到本仙君府中让衡文批时，衡文随手从桌上摸来用的。卧房的墙上挂的是他第一次过来时送我的墨荷图。厅中摆的是衡文与东华帝君赌法赢来的玄玉琉璃扇屏风，我说与他微垣宫内的摆设不搭，老着脸皮讨来的。回廊的廊柱上还有他与我讲联句中取巧的方法时，随手题的句子。未下凡间前我和他在院中切磋仙法，没留神儿轰破了凉亭的一道栏杆，现在还未修好。

我正从房内又转到后院时，头顶上的仙障外有声音道：“宋珧元君，玉帝命小仙带你到蟠桃园中见驾。”

我很想不通，玉帝提审本仙君为什么要在蟠桃园内而不是灵霄殿上。当然，玉帝的圣意若是轻轻易易被我等猜到，他老人家就不是玉帝了。

我无奈抬头道：“鹤云兄，你不将仙障打开，难道要我连着一座元君府一起见玉帝？”

蟠桃园内桃花灼灼，云霞烂漫。

玉帝在亭中端坐，我最识时务，走上前去扑通跪倒：“罪仙宋珧叩见玉帝。”

玉帝缓声道：“你认罪倒干脆。”

我低头道：“罪仙在凡间屡逆天条而行，自知一定瞒不过玉帝法眼，因此……”

玉帝截住我的话头儿道：“罢了，你以为这样啰唆啰唆再写个折子就能蒙混过去？！你的那道认罪折子已给衡文清君看过，他已什么都说了。”

我大惊抬头，玉帝寒着面孔一掌重重拍上石桌：“宋珧，你在凡间做的好事！”

我的脑中混成一片，急忙向玉帝道：“玉帝，这些都是罪仙的错，千万莫听衡文清君的说辞。清君他是受了我的……”

玉帝骤然起身，重重一摔袖子，冷笑道：“朕自然知道是你的错，你想卸与别个也卸不了。宋珧啊宋珧，朕让你下界一趟，你真做了不少好事！”

我默不吭声。玉帝道：“你本是变数，当日竟上了天庭。朕顺应天道，将你留在天庭内，此下界一次，果然又生出了别的事情来。”

我伏在地面上道：“罪仙这个神仙本就是捡来做的，那一次天枢星君在灵霄殿上说得很是，我虽然成了神仙，仍然时时眷恋凡间事。罪仙自知罪无可赦，无论是上诛仙台还是灰飞烟灭都是我罪有应得。”

玉帝未再发话，一双蜜蜂顺着清风飞到亭内，在我眼皮下互追互逐。

玉帝负手站在凉亭的台阶边，那一双蜜蜂追逐飞到他身边，玉帝道：“道本自然，随心而至，交汇圆融。天庭不像西方如来处，要无情无爱，无欲无求。但天地万物，因果循环。仙者随性而至，亦不能违逆因果。天庭的天规，实则为了匡正行径。譬如南明和天枢。”

玉帝踱回石桌边坐下，道："南明于朕与如来谈法时主审青童与兰芝一事，严苛狠辣。己本不正，苛待其他，因此其他因果暂且不论，他和天枢同打下凡界后，就必要受些劫数。"

我疑心玉帝气得糊涂了，这几句话怎么听怎么与正题不搭。正不明所以着，便听见玉帝问我道："宋珧，你可知道你此次最重的罪是哪一桩？"

我立刻答道："罪仙知道，罪仙又生凡间情欲，此罪无可恕。"

玉帝又起身，走到凉亭边："你去命格星君处，让他告知你因果吧。"

我疑惑抬头，玉帝已走下凉亭，桃花林里顿时冒出数位仙使，随着玉帝出蟠桃园去了。

玉帝走后，桃林里并没有冒出七八十来个天兵将我围紧押住。蟠桃园里寂静一片，半丝儿其他仙的气息也察觉不到。不过想想倒是，满天庭都是神仙，天庭四周被把守得密不透风，玉帝不怕我跑了。而且我也十分想知道，所谓的因果究竟是什么。

我慢吞吞在蟠桃园里踱了踱，回想我没上天庭之前，能有什么可以当成因，在天庭结出果来。左想右想，没有想到。

出了蟠桃园的另一边门，再走一条小径，就可以到命格星君天命府的后门口。我走到那边门前，门外不远处，是我遇见衡文时的莲池，此情此景，十分摧残我的小心肝儿。

清风掠过，我恍恍惚惚听见衡文在喊我："宋珧，宋珧！"我愈发伤感，衡文的声音就在我耳边，问道，"玉帝命你去命格星君府，你怎的在门前戳着不动。"

我叹气道："看见莲池，忍不住停下来瞧瞧。"话出口，觉出不对来，猛回头，衡文就站在我身后。

我定住瞧了瞧，伸手摸了摸，是真的。

衡文道："你脸色怎的如此惊恐？"

我老实道："以为你正被玉帝关着，乍一看见有些惊了。"

衡文敲着扇子道："罪过都被宋珧元君你大义凛然地自己扛了，玉帝怎么还会关我。"眉梢儿扬了扬，又道，"宋珧元君磨蹭着不去命格星君府，不知道有没有时间先与我在莲池边坐坐，听我说说因果。"

衡文的口气十分不善，我顺着他道："好。"还要再说一句别的，衡文已经大步向莲池边去，我只好跟上。

莲池边，衡文当年画荷时铺纸的大石头还在。衡文随便找了个地方坐下，我略踌躇了一下，不晓得是坐近些好，还是坐远些好，就掂量了一个不算远也不算近的地方坐下了。衡文道："本君说话懒得大声，你往近处来些。"

我向他身边挪了一寸。

衡文皱眉："再近些。"

我又挪了一寸。

衡文道："你现在去披香殿里，随便找个仙娥借一套裙子穿穿，回来后你就能坐在这个地方不动。要么就再近些。"

我挪到最近处，衡文清君总算满意了。

我望着莲池，低声道："衡文……我其实……"

衡文伸扇子截住我话头儿道："你开口如此艰难，就别再劳心费力地往下说了。你怎样暂且不论。天枢已经回转过来，眼下行尸走肉似的在爻光殿里关着。我先说一段旧事给你听。"

衡文的头发梢儿里都冒着寒气，我不敢逆他的话茬儿，竖着耳朵听。

衡文道："天枢星君和南明帝君一位是帝星，一位司国运，打出生起就注定互辉互应，紧密牵连。牵连了数百年后，两君之间终于生出了仙契之线。仙契之线初生时，两人的手指上都是一个活结。在天庭，如果两仙中生出了仙契之线，必定要下界历劫。所以玉帝将他们送到凡界，历经世间劫数。这些劫数过后，仙契之线是断还是变成死结，都是因天道而行。”

天枢和南明竟然在之前就到世间历劫过一次？我真是第一次听说。

衡文接着道：“天枢星君和南明帝君转生凡间后不多久，仙契之线就断了。天枢投胎的那一世和这一世的慕若言差不多，也是个官宦家子弟，生性羸弱。南明是武将家的少爷，和天枢从小一起长大，还有同窗之谊，众仙都猜测，天枢和南明的仙契线定然断不了，一定变成死结。没想到……”

衡文顿了顿，道：“没想到半路插进了一个凡人，断了仙契线，本应拴着南明的仙契线，硬生生拴上了那个凡人。”

啊？是哪位凡间的仁兄如此英伟！竟然能把南明手上的仙绳儿拔下来，拴在自己指头上！

衡文道：“那个凡人和天枢亦是同窗，十一二岁时在一次南明与天枢的误解中护住了天枢，那根仙契线便从此断了。起初另一头只是粘在那个凡人手上，但两人从小到大整日在一处，临风吟诗联床夜话，仙契线就在那个凡人手上从粘着变成拴着。起初是活结，但天枢那一世注定受劫，和慕若言一样，满门抄斩。天枢本该在那时回归天庭，没想到那凡人竟能破了天命，将天枢救出，与他同在一座小院内，双宿双栖。命格星君没办法，只好让天枢重病，那人在天枢床前，衣不解带，悉心照料。天枢终归天庭时，那人手上的活结已便成了死结。天枢身上的玉佩，也是当日那人赠送给他的，过了数千年，仍然随身佩戴。”

原来天枢背后还有这样一段原委，着实让听者如我不禁动容，唏嘘感叹。

衡文侧首看我，我赞叹道：“真是一段动人的过往。”

衡文冷冷道：“你听这段往事，有没有觉得耳熟？”

耳熟？怎么忽然用上了这个词儿。

衡文冷笑一声：“你向莲池中看吧。”他一拂袖，莲池内的荷花与荷叶两边分开，露出一片水面，蓦地铺上一层银亮，像镜子一样，映出一段景象。

镜中有一间屋子，堂上悬挂着孔夫子画像，堂中排着矮桌矮椅，像是个学塾。有两个孩子对面站着，两人的手上清清晰晰地连着一条金线。这两个孩子一个眉目清秀，一个横眉竖眼，一定是幼年的天枢和幼年的南明。不过怎么看怎么觉得另有些眼熟。在这两个孩子中间，还站着一个看起来更加眼熟的，一脸聪明相一看就讨人喜欢的孩子，这孩子正挺着胸挡在天枢身前。南明满面怒气地喝道：“这里没你的事！识相就快让开！”那孩子大模大样道：“让我让开，你有那能耐吗？我告诉你，从今后他就由我罩着。过不了我这关谁也别想欺负他！”南明怒目站了一会儿，恨恨转头走了，走时一砸桌子，手上的那根金线却滑开沾在了桌边。

那孩子回身去拍天枢的肩：“你放心，在这个学塾里，有我宋珧罩着，谁也不敢欺负你！”

我张口结舌，五雷轰顶。

镜中的孩子扯住了天枢，拉他向外：“走，出去玩。”手无意中一按刚才的桌面，那根金线粘在手上，闪闪发亮地连在他和天枢中间——

衡文抓起我的左手，屈指一弹。小指根部一根耀眼的金线绕了一个圈儿，末尾处，是一个死结——

怎、怎会这样！

镜中的小儿在院中扯着天枢笑嘻嘻地道：“杜宛铭，今天的功课你替我写好些。”

杜宛铭，我恍然记起，眼前金光闪烁。

天枢，天枢竟是杜宛铭……那个、那个、杜宛铭——

但，但，但为什么我和杜宛铭会生出凡间的情。分明，分明……

衡文似笑非笑道：“绳儿都拴着，分明什么？”

我一把扣住他肩头，不晓得是该拿头撞地，还是该捶胸顿足。

老天在上，这是冤案！

天枢是杜宛铭，南明我也记起来了，叫作姜宗铎。难怪我上天庭后，他一直目光深沉地看我。我在凡间时，其实和他并无过节。他爹是从二品的武将，比我爹的官阶差了些，逢年过节，还时常孝敬我家些东西。但这小子从小就很有骨气，从来没和他爹一起到我家来拜会过。

“杜宛铭”三个字，小时候却曾是我的噩梦。他爹与我家老头儿当年是同榜的进士，但升迁不如我爹顺畅，后来当了个出力不讨好的御史大夫。杜宛铭和我同年，从小被封为神童，我爹时常拿我和他比较。杜宛铭三岁能倒背《孟子》，我三岁连《论语》前两句都念得结巴；杜宛铭五岁临二王帖，我五岁字还写得东倒西歪；杜宛铭七岁时一篇《兰草赋》满京传诵，我七岁连对仗是什么都不清楚。老头子日日夜夜羡慕杜家的儿子，横看竖看他儿子我都恨其不争，痛心疾首。痛得狠了，就赏我一顿棍子。我爹时常叹息说：“吾虽宦途侥幸，官居人上。但数年之后，小竖子成人时，宋家一定难及杜家。”

我爹那一朝为官者，同凑钱修了个学塾，都将自己的儿子送去读书。实则是为了子弟能在幼年时就互有同窗情谊，他日入朝为官时可以相互照应，路面顺畅。我十岁时，杜宛铭入学塾读书，老头子立刻将我一脚踢进学塾。

我进了学塾后，顿时发现，学塾中与我同病相怜者众多。大家从小被爹娘老子拿自己和杜宛铭比来比去，吃尽无数苦头。看见祸根，牙齿都痒痒的，时不时地寻些事情拿捏拿捏杜宛铭出气。

杜宛铭长得孱弱，十分好拿捏，而且欺负了他，他就默默地忍着，怎么都不吭声，让人禁不住再想欺负欺负他。一而再，再而三，他一天比一天受的气多。杜家和宏威大将军姜家是邻居，杜宛铭和姜宗铎从小一起长大，姜宗铎在学塾里护着他，帮他出头，原本他两人关系不错。

但有一日，我记得我偶尔从学塾的廊下过，看见一个本儿在院中泥洼里，沾满泥水。我当是别人掉的，就随手捡了起来，拿袖子将封皮上泥水擦了擦，正擦着，一抬头，看见杜宛铭站在我面前默默地瞧我，我才晓得这个本儿原来是他的，看来是被其他的孩子扔在泥洼里。我觉得，本少爷既然已经把它捡起来擦过了，看杜宛铭的样子可怜兮兮的，索性就做个人情还给他吧。于是就把本子递还给他。他轻声道了句谢，我大度地说声“不必”，就回屋里去了。

当天下午，夫子讲学时我闪了个神儿睡着了，被当堂逮着。因为我屡犯，夫子大怒，罚我独自到院中，跪地抄《谨行篇》十遍。我心不在焉地抄，到黄昏散学时才抄到第四遍。看旁人都走了，有些心急。这时有人走到我身旁，像是无意似的，碰散了我抄好摞起的纸。我抬头，原来是杜宛铭。刚要骂，他蹲下身帮我整理好纸张，我眼看他袖中滑出一卷纸，不动声色地展开，摞在我抄好的纸上，起身走了。我斜眼一看，竟是抄着《谨行篇》的纸，纸上的字迹竟和我的一模一样。我数了数，那一摞已经抄完了五遍。我满心欢喜，再抄完一遍书凑够了十遍，向夫子交了差。

第二天，我将杜宛铭拉到一个僻静角落，问他怎么会仿我的笔迹，杜宛铭道："我在家时常替兄长们抄书，会仿人笔迹。昨日你帮了我，那几篇字就当答谢。"我没想到他还挺知恩图报。这样本事实在是好得不得了！我郑重问他："那我下次再帮你，你还这样不这样谢我？"杜宛铭道："你曾帮过我，有什么我能帮得上忙的地方，你就说吧。"

我决定罩着他了。

因为我家老头儿的官比别人都高些，所以这学塾里的孩子大部分都听我的。我说我罩了杜宛铭，别人就不怎么再欺负他。我又把他这样本事和几个与我要好的说了，一传二传，学塾里的同窗们都知道他有这项本事，顿时再也没人欺负杜宛铭。为了求他代写功课，都还时常地巴结他。但是我恐怕杜宛铭要替人写的功课太多，写不好我的，就替他挡着。每天除我的之外，只准他最多再替两个人写功课，其余的同窗们都眼巴巴地按日期排序，今天轮到这个，明天轮到那个。大家其乐融融时，偏偏那个姜宗铎开始生事。见到杜宛铭和我一处玩，就横鼻子竖眼地斥责他。我既然罩着杜宛铭，当然不能让他被姜宗铎欺负，每次都帮他挡着。

杜宛铭天天帮我写功课，我自然不会亏待他。我带他玩蛐蛐儿、抓蝈蝈儿、放风筝。猜子儿、玩骰子、去郊野的农田里偷麦子都有他的份儿，还送过他装蛐蛐儿的葫芦，装蝈蝈儿的笼子，老头子的门生送我的从江南带过来最新式的风筝。一起玩了后，觉得杜宛铭其实不错，挺仗义又和顺。有一回我带他去京郊的废宅里抓蛐蛐儿，连累他险些掉进一口深井里，他脖子上的一块玉脱了绳子掉进井中咕咚一声没影了。我偷了我娘的一块宝贝玉赔给他。我娘得知玉被我拿了后倒没什么，我爹大怒，请了一根大棍子抽了我一顿，抽得我五六天都一瘸一拐的。

我们一道在学塾里待了五年。五年后我从学塾中出来，正是春风得意好冶游的时光。与学塾中结识的三五同道催马踏遍京城路，喝酒寻乐看看花娘。与杜宛铭却走得有些远了。他是身负厚望之人，在家关门读书，十六岁时被皇上御笔钦点，中了状元。赐四品官职，入翰林。我和旧同窗们同去贺他，他穿着翰林院的官服，态度还是谦谨又和顺。

我爹被这件事情刺激得很深，看见我这张脸就长吁短叹。幸亏我娘想得开："儿子考不考得上科举有什么关系，他想做官还不是一句话的事情。他还年少，进官场只会徒然吃亏，索性让他自在几年。先把终身大事定下来，等成了亲，人自然稳重了，再做官不迟。"

老头子被我娘这一席话劝得想开了。哪知道天不遂人愿。他儿子我功名无能，还是个永世孤鸾的命。订的亲订一次散一次，看上的人看上一个跑一个。我在万花丛中穿梭了数年，愣是半点花粉都没沾到。

我这个永世孤鸾的名声传遍京城，成了一桩笑话。连皇上见了我，提起我的姻缘事，都忍不住要笑。我十分惆怅，伤情一次、两次时，那些狐朋狗党们还陪我喝酒消消愁，宽慰宽慰我。次数多了后，我找他们喝解愁酒，他们宽慰的话还没说出口，就先笑了。我就寂寞地独自去消愁，某天在小酒楼喝伤情酒，碰见了下朝的杜宛铭。他不怎么说宽慰的话，却肯听我倒苦水，陪我喝酒。没想到这几年不怎么走动，他还是把我当个朋友。于是我再伤情时，惆怅得狠了，就拉他出来喝两杯。他倒是没一次取笑过我。

就在皇帝的妹妹让我做便宜爹爹未遂，挺着大肚子和她的小侍郎终成眷属的时候，朝中出了件大事。杜宛铭的御史爹牵扯进一件皇上登基前的旧案，竟被查出他与谋逆的皇子旧党有牵连。于是一家人被定谋逆罪，满门抄斩。

也就是那一天，姜宗铎破天荒来我家拜望我。他倒痛快，开门见山道："看在你和杜宛铭数年的交情分儿上，你该救他一救。"我道："此事不用你提点，不瞒你说，已经救了。"

皇帝抢了我没过门的老婆，他妹妹又差点给我戴顶绿帽子，让我做便宜爹爹。情理上亏欠我两回。皇帝也曾说过，杜御史的罪其实只是个罪名而已，但是关系皇位，不能不办，有意无意地感叹过杜宛铭可惜。于是我顶了个尸首从死囚牢里将杜宛铭换出来，只说是他暴毙了，皇帝没说什么。

我将杜宛铭安置在京郊的一座小院中，时常去看看他，陪他下下棋。但其实诗书之类的我看得不多，不能和他谈。下棋我也总赢不了他。他身体不好，又时常睡不着，我有时就陪他下棋下到天亮。小院的围墙上爬满了花藤，春天时木香花开得十分繁华，有时候下了一夜棋，清晨出房门，木香花在晨雾中香气特别浓郁怡人。大夫说这香气能让杜宛铭胸闷好些。

杜宛铭没有痛哭流涕地感激我救他，他家人被砍光，他也丢了大半条魂，只曾淡淡地问过我我救他风险甚多不怕牵连吗？

我心说我会干这种没把握的事情吗？自然早明白了皇帝不追究。而且大家相交一场，能帮的地方肯定要帮帮他。

可能是做了好事一定有好报，安置下杜宛铭没多久，我在街头蓦然回首间，看见了瑶湘。

现在想起这个名字来我心中还有些酸楚。我对瑶湘一见倾心，真心实意，动了真情。我每天想尽办法讨她欢心，甚至向杜宛铭讨教些情意绵绵的诗，风流缠绵的赋与她相应相和。她那时为了供养秀才，假意对我很好。我每天春风得意。

但杜宛铭的身子却一天差似一天。他在牢里受了刑，大夫说伤到了脾脏，能再过这些日子已经是不容易了。万幸他临到末了时也没受多大的苦，疼晕了两次睡过去，最后醒时还和我道了声谢，谢我这些日的照顾，闭眼的时候挺安详。

他还留了一摞抄的诗给我，让我能念给瑶湘听。

我把他埋在郊外的翠坡旁，专门吩咐找人看管坟头。

之后瑶湘终于还是和她的穷秀才好了，我又落了空。伤情买醉，府里还有两本杜宛铭留下的诗本。苦诗惨句正对应了我当时的心情。我从旧年重阳伤情到来年端午。瑶湘在庙中一席话又将我砸得眼冒金星。

然后我就走到街头要了一碗馄饨面，随后我飞升成了宋珧仙。

衡文一言不发地听我说。我握住他的衣袖："天庭里怎么会说成这样的我不晓得，但事实就是如此。"

衡文缓缓道："其实你的说法与天庭的说法本无什么区别。"我瞧了瞧左手的小指，心中冰凉一片。"衡文，你和我说句实话，我一直以为我能上天庭是凑巧，实际上是不是和我与天枢连着这根绳儿有关？"

天枢，杜宛铭。既然天枢是杜宛铭，他还留着我赔给他的玉，我上天庭后大家是熟人，他为什么一向端着一副冷然的态度，当作不认识我。

衡文道："那还不至于。你和天枢手上的线都变成了死结，但是你是凡人，只要你在凡间轮回五世之后，与天枢没有见面，这根仙契线自然会消断。但——"衡文无奈看了我一眼，"你倒好命，可巧太上老君的仙丹掉下了界。可巧就被你吃了，你飞升成了仙。"

成了仙，又如何。

衡文叹道："可能这就是神仙也管不到的命吧。只要你成了仙，无论之后是不是仙，这根仙契之线据说除非你和天枢有其一灰飞烟灭，否则再解不开了。"

我瞧着那根金光油亮的线，用手弹了弹。

没有觉着碰到了它，它却轻轻颤动。

我道："再不能解开，我就只能拴着它，拴着它有什么下场？"说是什么仙契线，我拴了它许多年，没觉得它有什么用处。

衡文道："正是因为有下场，当初天枢星君才假意装作不认得你，在天庭一向与你疏远，想将你打下凡界那次也是为了保你。我记得我与你说过，我和天枢这样生在天庭的仙，未化形之前就定下了司职。所以我只有封衔，连一个像凡人一样的名字都没有。天枢也一样，他生来就注定要执掌北斗宫，身为帝星，也注定要和南明帝君互辉互应。"

我顿时了悟："我晓得了，但我在天枢和南明之间横插进一杠子，断了天枢和南明的仙契线，自己挂上了天枢，乱了这两君的互辉互应。"但我从头到尾半分插进一杠子的心都没有，为什么这根什么绳儿一定要算我搅和了，非拴上我不可？

衡文苦笑道："偏偏你还挺有运道，凭白掉了一粒仙丹就被你捡了。你飞升成仙，仙契线不是灰飞烟灭再不能断。天枢星君虽然有意远着你，但他和你被仙契线连着，天枢与南明渐渐疏远，人间频生灾祸战事，朝代瞬起瞬灭，不能稳固……于天庭来说，这根仙契线不能留着。但要断它，只能你和天枢其一灰飞烟灭。你若是玉帝，你和天枢两个之间，你留哪个？"

我立刻道："天枢。"

衡文侧首瞧我。我叹气道："底下的不用说了，我能猜着。玉帝他想将我灰飞烟灭的时候就是那回法道会之前吧。天枢才借故想让我去凡界。那为什么又设计这么一出，说什么南明和天枢因过下界，让我去设劫？"

衡文道："方才命格星君向我说前后原委的时候，唯独在这件事情上吞吞吐吐，我问得紧了他才说实话，这主意原本是他出的。"

命格老儿！我就知道他什么事情都爱掺和！

衡文无奈道："命格这次是一番好意救你，你反而该谢他。你在天庭这些年，众仙与你都有些交情，不忍心见你就这么着灰飞烟灭了。因此命格才向玉帝说，虽然据说仙契线死结不是灰飞烟灭再不能解，但你这个神仙算是意外飞升，说不定还有别的解决的法子。在凡间造孽，会自消善缘作为报应。于是命格就想了这么一出，天枢他向玉帝说愿意一试。南明对青童和芝兰太过狠辣，正有一笔债要还。于是，便有了你下界一场。"

我明白了，那么下界的种种疑问都有因可解。单晟凌一介凡夫居然知道盗仙草救慕若言，恐怕也是命格星君告诉他的吧。

我看向荷叶绿如翡翠的莲池，衡文道："你欠天枢，欠了不少。"

杜宛铭，天枢星君。

我现在回顾当初，仍然觉得我当时对杜宛铭其实说不上好，换了旁人，一样如此。但我确实断了他的仙契线，那根仙契线确实连上了我，末尾还是死结。

杜宛铭淡泊和顺，相貌与天枢星君也不相同。我无论如何想不到，他竟是清冷的天枢。

此番下界一场，我对慕若言缺德事做尽。天枢为了保我甘愿下界历劫，我却如此对他。他现在心中怎么想？我欠了他许多又该怎么还？

衡文再没说什么，和我并肩坐在莲池边。我又瞧了瞧手上道："不知道把这根指头剁了，仙契线是不是就没了。"

衡文笑道："你想得倒轻巧，我也想你剁。能剁天庭早剁了。没小指头，照样拴在别的地方。除非……"

除非灰飞烟灭，让它没地方可拴。

我嘿然干笑了两声。和衡文都又不再说什么，干坐着。

片刻后我道："玉帝命我去命格星君处，我还是去一趟吧。"从莲池边站起身。

衡文道："也罢，我听说宣离也被带到天庭来了。我去瞧瞧他。"

他起身后，我瞧着他，却不知道说什么好。

衡文道："就此别过吧。"

我道："就此别过。"

我看着衡文转身离开，背影渐行渐远，一瞬间觉得像我刚上天庭时，也是遥遥看着他的背影，渐行渐远。

我叹了口唏嘘的凉气，从后门进了命格星君府。

刚进后门，小仙童就向我道："宋珧元君，您可来了！星君已经等了您半日了！"引我过了几重屋脊几重门，到了一个雾气腾腾的大水池子边。

命格星君盘腿坐在池边，做闭目养神状。池中的水腾腾向上冒雾气。难道天庭里也有温泉？命格老儿真是会享福，自家里守着一个温泉时不时地泡泡。

小仙童引我到池边后就行了一礼退出去。

我向命格星君身边走走。命格星君仍双目紧闭，忽然长叹一口气，吟道："唉！一啄一饮皆前定，由因生果循而行——"

叹得阴风惨惨，我身上寒毛林立。

最近要开法道会，难道命格星君也去西边喝茶了？

我拎了拎袍角，坐下道："星君，你老就别学西边打禅机了。玉帝命我来找星君听原委。还请星君直言吧。"

命格星君睁开眼，看着我，又长叹了一口气。我道："这温泉瞧着倒不错。"

命格星君道："什么温泉，那是瞻命池。可以看见未来事。"

我正想伸手去搅水，立刻讪讪地缩回来。命格星君道："衡文清君回天庭后就到我这里来过，我已将你与天枢的原委说给他听。清君应该都已经告诉你了吧？"

我道："不错。"方才在另一个池子边坐了半天，已经都说了。

命格星君悲天悯人地看我："宋珧元君，你可知道，你此次下界最大的过错是什么吗？"

这句话玉帝在蟠桃园里就已经问过我。他老人家似乎也已将答案说了。我当时一头雾水，现在已经彻底明了。

我道："我不该又生凡心。"

命格星君仍悲天悯人地瞧着我，半闭双目道："错也。你是不该让衡文清君通晓凡情后，又扯上那头狐狸。"

在荷花池边，衡文告诉我仙契线与天枢就是杜宛铭时，我如五雷轰顶。此时，我却全然混沌，就是五雷轰顶我也不晓得了。

我踉踉跄跄，出了命格星君的府邸。

瞻命池边，命格将手伸进池水中，升腾的缭绕雾气，便幻化出一幅景象。

那是衡文睡在榻上，一头雪白的狐狸凝望着他。

烟雾变幻，又生出一幅景象，衡文站在天河边，一个人影站在他身边，只能看见衣衫飘飘，却看不清面容。

命格星君道："当年衡文清君初生时，玉帝就命我替他卜算天命。算出衡文清君命中当有一段劫数，就是这只雪狐精。"

命格星君道："宋珧元君，当日你千不该万不该，不该让衡文清君通晓凡情，又让这只狐狸近了衡文清君的身侧。"

命格星君道："你千不该万不该，不该让这只狐狸拼尽修为，救了衡文清君。衡文清君欠它千年的修为与相救的恩情。须知欠的债，就必定要还。"

命格星君道："玉帝本以为，你只是乱了天枢星君和南明帝君天命的变数，没想到你还是衡文清君与那只狐狸之间的引线。"

欠的债，就必定要还。我和天枢拴在仙契线上。命格星君说，他是杜宛铭时，那一世欠了我的债。于是他在天庭护着我吃尽苦头。狐狸对衡文一片痴心，拼了自己的性命与千年的修为。衡文欠了狐狸，而今我又欠着天枢。

原来一概的缘分，不过是一场要还的债。

原来衡文注定的命数是狐狸。

我晃在僻静的小道上，禁不住苦笑。

在天庭做了神仙，见到了无数的神仙。其实当年给我算命的那位，才是真的神仙。

我果然还是个永世孤鸾的命。

天枢星君和南明帝君本该互辉互应，是我凭空插了一杠子乱了天数。

衡文清君注定的劫数是一只狐狸，于是由我牵桥搭线，终让他们得成因果。

各有各的缘分，只是都与我无缘。

我注定只能在佳话中唱这种搭戏的角儿，做个过河用的桥。

我走到爻光殿前，把守的天兵举戟挡住。我道："列位可否行个方便，我并无他意，只是想进去看看天枢星君。"

天兵面无表情地瞧我，旁边转出鹤云道："玉帝并未禁止宋珧元君探视天枢星君，放他进去吧。"

我承情对鹤云抱了抱拳，鹤云略略颔首。我大步进了爻光殿。

爻光殿内空旷旷的，我看见天枢站在窗前。

我走上前去。天枢转过身来，忽然向我道："那一城的人都死了吧？"

我怔了怔。

天枢道："雪狻猊发狂时，卢阳城一城的人都死了吧。"

我才恍然明白他是说那件事情。按照天枢的脾气，一定要将此事归罪到自己身上。我于是说："雪狻猊狂性大发，真要算起来，责任却在写命数的命格。这一城的人到了地府，让阎王给他们来生安排个好胎也就是了。"

天枢却笑了笑。

他现在恢复真身，因为待罪，只穿着一件素白的袍子，看起来依然清寒淡然。我踌躇了一下，道："我一直没认出你是杜宛铭，对不住。"

天枢道："没什么。当是我对你说'对不住'才是。本是凡间一世泛泛一场相交，却连累你连上了仙契线。我在凡间时多承你照顾，所以想见一见你。本以为见不到了，没想到你现在过来，见着了。"

我低头道："你莫提凡间了，提起来我更愧不敢当。在凡间时我百般缺德地待你。我在天上这些年你一直帮着我。我欠了你许多。这些是我的责任，连累你到如此地步。玉帝本知原委，他定然会放了你。"

天枢又笑了笑："你来这一趟，却像是请罪。"我讷讷地干笑一声。我和天枢之间连着仙契线，却不知为何，我和他说话依然局促得很。

天枢道："你觉得连累了我，我也觉得连累了你，我其实欠南明帝君也欠了许多。此处的债、他处的债，谁又说得清……"

天枢侧身看窗外："其实我经历杜宛铭一世回到天庭之后就在想，

做神仙还不如做个凡人。只在小院中看木香花开花败，四季轮换，已经足矣。好过身在天庭，依然有无数的牵扯。”

我听着话语，觉得有些不对。究竟我在凡间对付慕若言还是有些经验的。天枢这几句话十分像遗言。

我大步向前，一把抓住天枢的衣袖，他果然像一片纸一样，飘飘地倒了。他身上的仙气极微弱，仙辉隐隐欲息，大惊：“你做了什么？”

天枢笑道：“牵扯了这些年，实在是累了。谁欠谁的都罢了，我再不想管了。”

我略动法术一探，一片冰凉。

天枢竟碎了自己的仙元，他竟比做慕若言时更狠些，只想灰飞烟灭，半丝转圜的机会都不留。

天枢伸手将一块玉塞进我手中：“我得了你诸多照顾，其实你并没欠过我什么。凡间……做童子那几日……多谢……”眼睑溘然垂上。

我左手小指根部似乎有些刺痛又渐渐松弛。

天枢星君，你真当使了这一招自己就没得救？！

我觉得天枢和我之间那根仙契线还是中了用的，他无论何时想寻死我总能让他未遂。

我叹了口气，灌了股仙气进他后背，从胸中取出一样东西，塞进天枢口中。

天枢的周身顿时被光芒裹住，不是他天枢星的银光，而是我宋珧元君的蓝光。

我向那光芒中的天枢道：“星君，对不住。你做杜宛铭的时候与我相交一场，总该知道我宋珧平生最怕的就是欠债。这笔债你不让我还我也一定要还。从今后……你再化仙身，前尘尽去，打此时起，你我两清了。”

我瞧了瞧手中的那块玉佩，轻轻一握，尽成烟粉。

我出了爻光殿。鹤云正站在殿门前。我道："我方才和天枢星君谈了谈，他已经想开了些，请鹤使向玉帝求情，这两日先让他静静，以后再说吧。"

鹤云道："玉帝本就下令让天枢星君静思两日，元君放心。"

我道了声谢，做不经意地问："不晓得那只狐狸关哪里了？"

鹤云道："玉帝命碧华灵君暂时看管。"

我一路到了碧华灵君府前。小仙童道，灵君被衡文清君请去喝茶了，不在府上。

不消说，衡文一定是托碧华多照拂狐狸。碧华灵君不在府上正好，少了一场惜别的悲伤戏。我道："能否让我瞧瞧那只玉帝命灵君看守的狐狸？"

小仙童为难地皱起脸孔。

我道："玉帝只是下令不许衡文清君瞧它吧，我瞧瞧它没什么吧？"

小仙童仔细想了想，勉勉强强道："好。"

小仙童引我走到后院的一间石室门前，打开房门："那只狐狸就在里面。"

我道："我想单独瞧瞧它，你先出去锁上门。"小仙童道："好，不过你快些。"

我进了石室，听见门"咔嗒"锁上。狐狸就卧在石室里玉床的一块蒲团上，皮毛干枯凌乱，头搁在前爪上，看见我半抬了抬眼皮。

我在床边坐下："毛团儿，你还好吗？"

狐狸闭着眼睛，不动。

我道："玉帝如果逼迫你，让你不能追随衡文清君，你会怎么样？"

狐狸的耳朵抖了一下。

我道："要是玉帝将你剥皮挫骨，化成飞灰，让你不能追随衡文清君呢？"

狐狸满脸无畏，耳朵又抖了一下。

好得很。

我道："那你记得今天我说的话。衡文他喜欢喝淡茶，写字时常把笔搁在笔洗里忘了收，喝酒不醉不算完，不能由着他喝。睡觉倒是没什么毛病，但记着他起床一定要喝雀舌沏的头遍茶。一看公文就忘了时辰，要时常拖他出来散心，他案前有个叫陆景的，时时刻刻都能拿出一堆公文让他看，无须理会此仙。要是东华帝君、碧华灵君、太白星君他们找他吃酒时，留神小心着，他有些丢三落四的毛病，离席起身后看看他桌子上有没有忘记拿的扇子之类的。他不怎么吃甜食，果仁只吃盐培的不吃蜜渍的。枕头要矮，褥子要软，茶水注意温热合宜。"

狐狸坐了起来，困惑地斜眼看我。

我和蔼地摸了摸它的头："以后你要好生地跟在衡文身边。"

狐狸在我掌下打了个寒战。

我又叹了口气，念了个诀，掌中化出蓝光来，将狐狸团团裹住，蓝光由弱到盛，又在我掌中渐渐减弱，最终尽数没入狐狸体内。

狐狸蹲在蒲团上，惊诧地瞧我。我道："毛团儿，我一半的修为已经在你身上，你可以再化成人形，稍加修炼就能成仙了。"

毛团儿跳下地，打了个滚儿，化出人形来。它得了我的修为，样子似乎比之前顺眼了些。狐狸闷头看着我，道："你为什么要这样做？"

我道："我和你说实话，我的仙元与另一半的修为已经给了别人还债。现在靠着法术撑着，过不了几日就会灰飞烟灭。这一半修为跟着我化灰也是化灰，还不如给了你，但也不能白给。衡文清君欠的相救之情，我已替他还了，从今后他不欠你什么。”

狐狸懵懂地瞧着我，渐渐露出一丝悲哀的神色来。

本仙君也觉得自己挺伤情的，眼看着就这么要没了。我道：“你现在帮我个忙吧。我想见见衡文，又不想这个样儿去见他。想借你的样子用用。你现在变成我的模样先从这里出去，你身上有我的仙气，小仙童辨不出你。等我见完衡文后你再回来。你和衡文有注定的仙缘，玉帝不会为难你。你大概能留在他身边修行，稍后成了仙，记着我交代你的话。”

这段话比方才天枢的遗言我觉得更动情些，狐狸的眼圈儿都隐约有些红了。它低声道：“好。”转身变成本仙君的模样，又对我道，“我来帮你变成我的样子吧。你少用些仙术，能……多撑着些……”

我变成了狐狸，觉得天地宽阔了许多。连那个小蒲团也蓦然大了。毛团儿走了出去，我在蒲团上盘着卧下。果然片刻后又有仙气靠近过来，石室门打开，进来的是碧华。

碧华走到石床前道：“唉，你这只狐狸。衡文清君非要瞧瞧你，他又不能来我府上，你安分些，本君带你去见衡文清君吧。”

我还没来得及点头，兜头一只口袋套过来，本仙君被套进袋中满眼漆黑。听见碧华灵君道：“你在袋中莫要动弹。本君带你去见衡文清君。”

我待在袋中，鼻端嗅着布缝里透进来的气味，隐约判断，此刻到了哪里，此刻又到了哪里。

过了约一刻钟后，碧华灵君似乎越过了一道围墙，我晓得大概是到了微垣宫了。

果然，碧华灵君跨进一道门槛后，轻声道：“清君，我把那狐狸给你带来了。玉帝今日不会审它，但你明天一定要还我。”连口袋带本仙君被搁上似乎是桌子面的一块板上。

衡文轻声道：“多谢，多谢。”

碧华灵君告辞出门。我头顶的袋口露出光明，我抬头，看见了衡文。

这样仰头看着，衡文面容比平时大，也能比平时看得更仔细。我仰着脖子瞧。衡文却皱了皱眉头：“你好像不是宣离。”

我出了一身冷汗，衡文的眼神真毒。我厚颜无耻地仰着颈子，甩了甩尾巴。

衡文禁不住笑了笑：“你不是宣离，倒真像它。难道是天兵拿错了？你是谁呢？”

他摸了摸我头顶，我转头舔了舔他的手。

我身上的仙力已所剩无几，衡文决计探不出我是谁。他伸手到我的两个前爪后，将我拎了起来。

“好吧，你这只狐狸既然被抓到天庭上，又到了我府里，也算是缘分。我招待你住一日，明天带你去和玉帝说放你回人间吧。”

我继续厚颜无耻地点头，又甩了甩尾巴。

我卧在衡文身边的椅子上，陪他批了段时间的公文，又在他膝盖上，卧了两杯闲茶的工夫。衡文拍了拍我脊背道：“可惜府里没你爱吃的东西。我拿些琼露，你喝吗？”将一碟琼露放在我爪子前，我低头喝了，再厚颜无耻地甩尾巴。衡文笑得挺高兴。就寝时，衡文在床边的椅子上给我搁了个垫子。我蹲在垫子上看他上床躺下，跳到床前，纵身一跃跃到床上。

衡文道：“你竟要在床上睡吗？”

我讨好地瞧他。

衡文轻叹道：“也罢。”拍了拍身边的空闲，我在他身边卧下。

我盘起身子，隔着被子贴着衡文合上眼。我觉得挺圆满，怪道狐狸每每想爬上衡文的床。其实就算做一头畜生，那么陪着他，我也愿意。

衡文像是睡得沉了，我爬起身，抖了抖毛，蹲在枕头边看他。

我觉得，能到天庭做一回神仙，我已赚得足了。这几千年，十分够本。就算我只是根搭路的桥，这桥我也做得很划算。

我一心想做个本分的神仙，一心想待在天庭，因为神仙的日子长远没有尽头，能这么长久地过下去，我便知足了。

身为凡人时，我十分糊涂，抬头看天，但感遥不可及，环望四周，只觉一无所有。误打误撞做了神仙后，我亦一直浑浑噩噩。而直到此刻，我才明白，什么是有，什么无，什么是念，什么是缘。

我低头又瞧了衡文一眼，跳下地，穿出房去。

天庭中一片寂寂，不晓得狐狸扮成本仙君逛去了哪里。随他吧，反正已交代过它明日钻回碧华灵君府。我换回原形，路上遭遇几个天兵，但可能玉帝已吩咐过我在天庭可以随意走动，天兵见我也没怎么样。

我到了太白星君府前，已经没能耐翻墙过，老老实实让仙使通报。

金星已经睡了，胡子凌乱睡眼惺忪地迎出来："宋珧元君，你来找我何事？"

我连连作揖："我想偷偷出天庭避避风头，求您老想办法让我混出天庭去。"

金星的胡子顿时蓬起来："你想逃到凡间？"

我干笑。

金星瞅着我，用手捋了捋须子："也罢，看我今天能不能带你混出天庭吧。”

我大喜：“多谢星君。”

太白星君道：“别客套了，但你到凡间去藏得不好又被拿上来可不能怪本君。”

我拱手道：“那个自然。”

太白星君拿金罩将我罩在袖内，整衣出府。我在袖口缝隙处看着隐约到了南天门，把门的天兵道：“星君何处去？”

太白金星道：“奉玉帝旨意，到地上看看世间现情。”

交了门符，天兵放行。太白金星带着我降到世间，把我从金罩内放出。我看四周，却是个山头。

太白金星道：“你潜逃下界，潜藏到世间何处，本君都不晓得。”

我道当然，当然。

太白星君纵起云头，回天庭去了。

我从山顶挣扎到了半山坡，我的仙力已尽，方才为了不让太白星君瞧出来又多耗损了些仙法，现在已快支持不住。

我在山腰处的灌木丛中寻到了一个山洞，钻了进去。

洞里倒挺干净，地面的土很松软，也很平整。洞口向东，这么躺着正好能看见晨曦的薄雾与一抹日光。

天庭的众仙看到天枢后，应该能明白个七七八八，再瞧见狐狸，就能明白十成了。如此结果最好。我本是个凡人，灰飞烟灭也该回到凡间。我先时固然觉得自己挺伤情的，更想着，要是能留下一缕魂儿就算做个草虫也好。但被一抹晨光照着，忽然就想通了。

永世孤鸾也罢，打鸳鸯的棒也罢，过河的桥也罢，都是一种看法罢了。如果反过来想一想，我在天上这许多年，乃是凡人们求几世都求不来的。

此时要灰飞烟灭，我于世间全无，世间于我全无，便是永久。

我豁然释怀，全身的仙气已殆尽，觉得空空无物，看东西也开始不分明。原来灰飞烟灭就是这样。其实也没什么。

浑浑噩噩中，似乎看见衡文站在我身边。凡人死的时候似乎会有幻觉，原来灰飞烟灭前也有幻觉。

就算是幻觉，也不错。

第捌章

我很忧郁地趴在一间屋子的正中央的地面上，晃动我的触须。

这间屋子门窗四壁，一片空空，像被什么无形的罩儿罩着，任我左冲右撞，也找不到一个缝隙可钻，一个小洞可藏。

罩儿中央只有一张桌子，桌上放着一碟糕饼，隐隐冒着香气。

桌旁站着一个人，在笑眯眯地等我爬上桌子面，爬进那个盘子。

这是做套儿等着拿我，我要是爬进去，就是傻子。

我原本住在另一个院子里，但那家的厨房的渣滓我吃得腻味了，就千里迢迢爬进了这个院子，想看看有没有什么新鲜东西吃。哪知道顺着香味刚翻过一座门槛小山，就被挡在这屋子里头，横竖爬不出去。

我看见屋子里除了张桌子什么都没有，又看见那个人的时候，我就知道，我的大限到了。

我一动不动地在地面上趴着，那个人瞧着我，我也瞧着他。

他现在来摁死我、踩死我，我绝对跑不了。但是就算跑不了，也别指望我自己钻进套子。

他看着我，很和蔼地说："你上来吃吧。我不会伤你，这送给你吃。"

我听得懂他的话，我绝对不信他的话。

我继续趴着，你要杀、要抓都痛快些，别婆婆妈妈地搞这么多花样。

我见他的袍子下的脚轻轻移动，走得离我近了些，我无所谓地抖了抖触须。

他没抬脚踩我，反倒蹲下身来，将那一碟巨大的糕饼放到离我很近的地面上。油香确实很诱人，但我不会轻易地动摇。

他缓缓地说："我若是想伤你，很容易，何必还要给你东西吃。再一说，如若我真的想伤你，你怎么样今天都逃不掉，还不如吃得饱些。"

我又抖抖触须，想想，也是。

反正也跑不了，还不如捞顿好的。

我迅速爬上盘子沿，爬上诱人的糕饼山，一头扎进它松软的表皮里。

我吃到肚子发胀，才十分满足地停下来。我觉得我的外壳上现在肯定冒着油光。我在糕饼山上寻了块平整的地方，趴下舒舒服服睡了一觉。

醒来时，他还在桌前。

我守着糕饼山，吃了又睡，睡了又吃。过了一天一夜，他还在旁边站着。到了又一天早晨，我舒坦睡了一觉刚渐渐要醒过来，听见嘎吱一声门响，他出去了。

我迅速爬下桌子，想找个缝隙钻出去。但是那瞧不见的壁障始终严丝合缝，我找不到半丝出路。

正寻觅着，他回来了，我立刻藏到桌子脚的阴影处。那壁障却对他没什么用，他一走，就走了进来。

我听见桌面上嗒的一声响。他俯下身，像知道我在何处似的，还是很和蔼地道："我拿了碟新的点心过来，你吃新的吧。"

我慢吞吞地顺着桌腿爬到桌面上，爬上白而凉的瓷碟边缘，钻进糕饼的缝隙。瓷碟旁边还有个大盘子，盛着清水。

等到换上第五碟新点心的时候，我趴在桌面上看了看他，人不都是要睡觉的吗？他这些天没怎么动过也没睡，他比我还结实些。

我埋头趴在点心山上啃一块硕大的酥皮，他说：“我给你的点心好吃吗？”

我晃了一下触须。

他又说：“你自己找吃的，能不能寻见这样好的东西？”

我啃了口酥皮，迟疑地想了一下，没有动触须。

他说：“那么我不关着你，你愿不愿意让我给你吃的，你不到别处去，就在此处住着？”

我抱着酥皮的一个角想，这个我不能保证，谁知道我吃这些东西不会吃腻？但这个人真有些怪癖，想养只蟑螂。这些东西便宜别的蟑螂不如便宜我。所以我可以姑且先答应。

于是我晃了晃触角。

没想到他真的很欢喜，立刻笑了。我抱着酥皮愣了愣，他笑得还挺好看。在人里面，他算比较好看的吧，竟像酥皮似的让我满意。

他果然信守诺言，那屏障没了，我可以自由出入，我在屋角的一个缝隙里给自己做了个窝，住了下来。每天到桌面上去吃他放的点心和清水。吃饱了翻过门槛千里迢迢到院子里去看看风景消个食儿。这屋子里多了张床，他晚上就睡在这张床上。

院子里只有他一个住着。但有个穿杏色长袍的经常到院子里来，手里总拎着硕大的包袱。还有几个墨蓝袍子、晃眼衫子的人也常过来。那晃眼长衫第一回过来的时候我正在点心山上啃豆沙馅儿。他给我东西吃总给得很周道，将点心都掰开，让我既能啃到皮，又能啃到馅儿，我很满意。

我正心满意足地啃着，晃眼袍子的一张硕大的脸凑近了过来，立刻叹了口气，我抱着点心壁一个没抓紧，被吹得掉到碟子边沿，跌了个跟头。

晃眼袍子摇头晃脑地说：“呔，看他此时的境况，着实可叹啊！”

吹了我个跟头，还假惺惺地叹气，我不喜此人。

墨蓝袍子第一回来时也叹了口气，没说什么，摇头走了。

这些人来来去去的，他却一直在小院里面。我从没有见他出去过。我觉得他挺奇怪。他有时候坐在桌边看书，有一回他将书放在了桌上，我爬到他的书面上去溜达了一下，他将我连着书平着举起来，近处地瞧着我又笑了笑。我觉得他笑得确实很好看，短时期内我可能都吃不腻他给我的点心。

我不知道和他在这个院子里住了多久。总之庭院里的草都枯黄了，到处都是碍事的树叶。

那天我又到院子里去消食，爬到了池塘边。哪料到一阵风吹来，竟将我吹到了池塘内。我一边划水一边向池沿挣扎，水中冒出一只鱼的血盆大口，将我忽地包住。

一片漆黑。

以后他桌子上的点心，不知道要便宜哪个。

我蹲在一根老树杈上，抖了抖我漆黑的毛。

树下的那个书生还没有走，他掌心托着几块吃食的碎屑，想引我去他手上啄。我扑扇了一下我的翅膀，伸长脖子哑哑啼了一声。

老子这么壮硕的身子骨，又不是家雀，怎么会吃人手里的东西。

那书生却依然站着。

树下扫落叶的小和尚说：“施主，你别再站了。这只老鸹在这棵树上住了几年，从来没人喂过，不吃人手里的东西。屋檐下那几只家雀倒听话，跟人很熟。”

那书生终于收回手道："是吗？"将手下的碎屑撒到树下。

我并不是不给他面子，不吃他的东西，只是他的手掌估计承受不住我的身子骨。我扑扇翅膀飞落地面，蹲到他身旁，啄了一口碎屑。

抬头看见他含笑瞅着我。

我在这个小庙后门前的老树上已经住了很久。

我本来是在另一个山头上住着，但那一天刮风打雷雨，我住的树被吹倒，我的爹娘兄弟各飞东西。我起初搬到一户人家门前的树上住着，每天早上还到他们屋脊上叫一叫，提点他们时辰。但那家的婆娘非说我不吉利，用竹竿捣掉了我的窝，还用石头招呼我。我陆续又换了几个地儿，总不被人待见。最后不得已飞到这个小庙后的树上，连夜搭了个窝，第二天小和尚来门外扫地，看着我喊："师父，树上来了个老鸹。"

老和尚从后门里探出半个身子仰头看了看我，道："阿弥陀佛，有禽鸟来栖乃是一件好事，让它住着吧。"

和尚庙里清汤寡水的常年吃素，我爱荤。不过这个山头上野味很多，很容易抓。我每天蹲在树上，小和尚被老和尚罚抄经文，小和尚抱怨大和尚欺负他，我全知道。

我啄完地上的碎屑，又飞回树杈上。从这天起，他每天都来瞧我，都撒满地的吃食给我。

我听见小和尚问老和尚："师父，师父，那位施主每天来无影去无踪的，也不知道住在哪里，不会是鬼吧。"

老和尚说："阿弥陀佛，那位施主气度非凡，绝不是鬼魅。出家人切记莫要乱猜疑。"

我又听见小和尚问老和尚："师父，师父，那位施主每天都来看老鸹，这是为什么？"

老和尚说：“阿弥陀佛，世间事本来都是一场尘缘，因果恐怕只有自己晓得。”

我也想知道，那书生每天来看我是为什么。

他每天都来，晴天来，阴天来，刮风来，下雨来，下雪也来。后来我见他来就蹲在矮树杈上，他有时候帮小和尚扫落叶，有时候教小和尚写字，有时候拿着书看。但他大多都在树下站着、坐着，时常和我说说话。他说这山上景色挺好，山下的集市很热闹，集市里今天出了这件事，集市里明天出了那件事，他说的都是人的事情，但我都能听得懂，我就听着。

小和尚渐渐和他很熟，专门给他备了个凳儿，他一来就拿出来给他坐。

老和尚也常常在树下和他拿圆圆的黑白石子儿摆着玩。我就蹲在树杈上，有时候叫两声。

那一天天气异常闷，他傍晚才走。晚上立刻刮风打雷下起了大雨。我正要进小庙的屋檐下躲躲，天上一道电光落下，恰恰好落到我头上。

轰的一响的刹那，我想，从明日后，再也没有这棵树，他还会不会来？

我半浮在水中，露出脑袋。池沿上一个袍子特别晃眼的人瞧着我，叹息道：“实在可叹啊，怎么就生成了个王八！”

这话我不爱听。老子分明是乌龟，为什么说我是王八。

王八我知道是什么，人都管鳖叫王八。鳖的壳是塌的，没有纹路，乌龟的壳是圆又光滑的，一块块很分明，花色清晰。

我又向水面上浮了浮，露出壳来给他看。

晃眼袍子继续叹道：“此物的命长得很。你守他这辈子要守到何年去！”

池子边的另一个人道：“说起此事我正要问你，我托灵君你走走情面，让他得以托生得像样些，他怎么还是如此模样。”

晃眼袍子立刻道：“清君，你不是不晓得，他再入轮回都是夹缝儿塞进去的，轮回簿上本没有他的位置，只能每一回有什么空缺补上什么。唉！可叹……”

另一个人不说话。我抬着头看他的长衫随风而动，对他点了点头。原来他叫清君。是他救了我的性命，我很感激。

我本来在一个大湖里住得还挺舒坦，结果今年雨水大，湖水漫堤，我被冲进了一条河，又顺河被冲进了一个小池塘。结果有人来撒网，将我和一群鱼、虾、螃蟹一起捞了，拎到集市上卖。我蹲在一个没有水的木盆里，左右爬了几回，最后认命地趴下。

据说我们这样的被抓了会被放进滚热的水里慢慢烫死，不知道是不是真的。我趴在盆里看人来人往，那些鱼、虾、螃蟹被一个个人拎走。我缩着脑袋等，一角蓝色的衣衫站到了木盆前。

我听见他说：“这只乌龟，我要了。”

我由着他将我拎回家，他没有把我放进滚热的水，他把我放进这方池子里，让我住着。

他每天来池子边，撒些食屑，和我说说话。

我有时候也从池子里爬出来，在池边的石头旁晒太阳，听他说今天天好，外面的集市很热闹，他明年想在池子里种荷花。

我以前在湖里过得挺快活，但在此处也不错。

天一天天地冷了，我一天比一天懒，我在池塘底的淤泥里挖了个洞，等睡完一个长觉，又是春暖花开。

他说春天桃花最好，我爱看，但我不知道桃花是什么。睡完爬出来，兴许能看到。

我钻进洞里，开始睡觉。隐隐约约总觉得他还在池边说话，我从深深的梦里醒来。我忽然，很想爬去看看他。

池水很冰冷，顶上都被冰封住了。我用头撞了半天才撞开冰面，费力爬出去。正是夜里，天很黑，有凉冰冰一片片的玩意儿落在我身上，是雪吧。我爬过一块石头时没留神儿，一个打滑，很倒霉地四脚朝天了。

我怎么翻，也翻不过来，雪不断地落在我的四爪和头上，我挣着挣着，就睁不动了。僵僵倒着看，前面有亮亮的地方，他在那里吧。

我没见过桃花，但是桃花肯定比雪花暖和。

我迷迷糊糊地想，其实我能被冲出湖来，挺好的。

一袭晃眼的袍子立在我眼前，叹息道："实在可叹，越发不像样了！"

我撑起眼皮看他，城里人没有见识，整个山头的野猪里，数我最英俊！那些母野猪见了老子，骨头都酥半边儿。

另一个人站在晃眼袍子身后，默不作声地看我。

我本来在山头上过我的快活日子，今天清晨奔跑在树林中时，一个没留神儿，中了陷阱。这两个人立刻从天而降，将我放了出来，我心里颇不痛快，喷了喷鼻子，身子却一动不能动，由着这两个人将我上看下看。我越发不痛快。

另一个人道："先放了吧，回去后再说。"

晃眼袍子道："咳，不然让我带回去养吧，这一世、两世的总不像样也没办法。他在我府中，几千年大概也能成仙了。"

我大惊，老子怎么可能像头家猪似的被养起来，此乃奇耻大辱。身子一能动，我立刻撒开蹄子，拔腿便跑。

跑着跑着，跑红了眼，没留神儿跑到断崖边，又没留神儿刹住蹄子。我蹄下一空，嗖地坠下去了。

我站在京城的街头，看花市上满眼的牡丹花。

据说深红色的牡丹最名贵，我活了二十几年，见过艳红的、白的、绿的，却真是没见过深红的。前日牡丹徐派人送了一张帖子给我，说他家有一株深红的牡丹，本是弘法寺内珍藏的珍品，住持圆寂前转赠予他，今日开花，特在自家的国色楼前开赏花会，邀我来赏。

本少爷本不爱这些花花草草的，管它红的、绿的，不就是朵花。不过我最近常到翠侬阁一坐，萦月说她爱牡丹，我索性就到这赏花会上走一趟，再买盆牡丹去引她一笑。

赏花会辰时开，我到得有些早，就到别处去走了走。等折回来，辰时将到，花台前已经吹了一曲笛子、弹了一段琴。花台边挂了一串鞭炮，牡丹徐亲手点着了引线，噼里啪啦放完后，又致了一段辞。牡丹徐掀开纱罩，请出了他那盆牡丹。

花色深红，娇艳中带着华贵，果然是好花。

我在心中赞叹，听见人群中也有人赞了一声："好花。"

像鬼使着一样，此时叫好的人不计其数，我偏偏就听见了这一声。

这个声音竟让我隐隐觉得有些熟悉，好像曾听过无数回一样。我向人群中望，看见一袭青色长衫，立在人群中。

他侧身瞧过来，我愣了愣，却像这满市集的人与牡丹都化作了全无。

一刹那，又觉得他有些似曾相识。

我走到人堆中，对他拱了拱手："在下秦应牧，请教兄台名讳。"

他爽快一笑："鄙姓赵，单名衡。"

客套两句后，他像要走。我赶上前去道："在下与赵兄一见如故，想请赵兄去酒楼一饮。不知赵兄可否答应。"

他没有推辞，欣然道："好。"

此时还是辰时，酒楼小伙计说他们还不到卖酒的时辰。本公子一锭银子搁上桌面，立刻变成“有现成的好酒、好菜”。小伙计一团殷勤引本公子和赵衡进了最精致的雅间，几碟精致凉菜，一壶上好的花雕，顷刻间端上桌面。

我端起酒杯，向对面举了举，道：“赵兄。”

他道：“我表字衡文，你只叫我衡文便好。说话太客套有些拘束。”

衡文，衡文，这两个字念起来也有些熟悉。我道：“那我也不与你客气了，我表字南山，你也喊我南山罢了。”

他笑笑。

这顿酒没留神儿就喝到傍晚。

我像几百辈子没喝到酒一样，只想不停地喝。在酒楼喝到下午，他说他住在另一条街的客栈，我摇摇晃晃随他到了客栈，进了他房内，又喊了酒菜来喝。

我记得我向他背光了我老秦家的家谱。我说我小时候我爹曾给我算过命，算命的说我今生命犯桃花，是个风流命。

他端着酒杯瞧了瞧我道：“哦，准吗？”

我立刻道：“我本也不信，却是准得很。不是我在你面前自吹，京城的秦楼楚馆中，不知道有多少姐儿哭着等我去替她们赎身。”

他似笑非笑地道：“却不是已经和什么穷书生卖胭脂的好上了，拿你做过河的筏子吧？”

我皱眉道：“我怎可能是那种做垫背乌龟的冤大头。”

他不明所以地笑了一声，没说什么。

我不晓得究竟喝到了几时，总之酒喝完了一整坛，桌上的蜡烛将燃尽。我喝得迷迷糊糊，他也喝得东倒西歪，就随便歪到床上睡了。

我在床上翻了个身，向他道：“我这些年，到今天才喝到痛快的酒。”

他“嗯”了一声，继续睡了。

第二日我醒来，客房中空空如也，他踪影不见。

楼下掌柜的说，并没有看到那位公子出去，连房钱也还没结。

但他却就这么寻不见了，一天两天的，我再没有寻见过他。我把各处能找的地方都找了，客栈的那间房，我按天给钱，一直替他留着。掌柜的说，这位公子也没说过他从何处来，别处也没人认得他。

我鬼使神差地，就是停不了寻他。明明只是萍水相逢一场，却总忘不了。

我从这年端午寻到了来年中秋。这一年多里，和哪个喝酒都觉得没有味道。睡觉时做梦，混混沌沌的，今天梦见我是头野猪，明天梦见我是只乌龟。有一天，我梦见我在个雾气腾腾的地方，他在前面站着，我喊了声“衡文”，他转过身来，似乎正要开口，我醒了。

这一天，我颓废地踱进一座小庙，求了一根寻人签。

解签的说，我这根是下下签，要再见想找的人，难如猴子摘月。

解签的看着本公子颓然的脸，宽慰道，其实此签尚有一线生机，猴子摘月比猴子捞月好。

我问，怎讲?

解签的道，猴子捞月，捞的是水里的月亮，怎么捞都是个影子，变不了真的。猴子摘月，月亮总算是个真月亮。

我道，只是猴子上不了天。

我颓废地掏出银子，放在解签的桌上，走出了小庙。

街上来者熙熙去者攘攘，我踱到街边，听见人招呼:“这位爷，坐吗? ”

我就坐了，又听见招呼道:“爷想吃什么。”

我随口道:“随便吧。”

没多大工夫，一个雾气腾腾的大碗啪地落在我身旁的桌面上。端碗的人殷勤地笑道:“我看公子您像饿慌了神儿的模样，自作主张给您下了大碗的馄饨面。”

馄饨面？我匀出一丝神儿来瞧了瞧，这种吃食我还从来未吃过。随手摸起筷子捞起一筷面条送进口，味道却也别致。

我身边的一个吃面的老者瞧着我，含着半口面的嘴张了张。

我咽下面问：“老丈有何事？”

老者踌躇了一下，才开口道：“方才我看公子你夹起的面里粘着好大一颗老鼠屎，还未来得及提醒……公子你已经咽了……”

夜晚，我回到自家院中，那颗老鼠屎在我腹中翻江倒海，汇透我四肢百骸。

这种景况，倒像似曾相识。

就像他似曾相识，“衡文”这两个字我似曾相识。

我足踩祥云，顶聚三花，又飞升了。

我站在南天门外接引新飞升散仙的仙使面前。

那仙使没怎么将我这个白捡来的飞升新仙放在眼里，爱答不理的，摊着名册，将毛笔蘸了蘸墨问我：“在凡间姓甚名何？”

我道：“我这辈子叫秦应牧。”

仙使提笔记上，道：“你先等着，我上灵霄殿通报，你才能进南天门。”合上册子，又道，“你真有运道，今天太上老君的仙丹开炉，西天的迦叶尊者正在老君府上拜会，老君与他以道论佛法，装丹的时候一个没留神儿掉了一颗下界，竟被你捡着了。”

我道：“运道好没办法，其实这不是头一回了。”

仙使抬脚转身，我道：“且等一等，劳烦兄台再替我捎句话吧。就说宋珧又捡了颗仙丹，又爬上天庭来了。”

小仙使猛地转过身来，愕然半张着嘴，傻了。

第玖章

我在灵霄殿的玉阶下站着。

玉帝端坐在宝座上，王母坐在玉帝身侧。

玉帝道：“魔障！简直是魔障！”

王母道：“何必如此说呢，宋珧亦很不容易。他那时险些灰飞烟灭，却居然断了仙契，他又重回天庭。如若神仙也有天命，这大概就是天命。既然天命如此，何苦再为难他。”

玉帝端详着我的脸，片刻叹气道：“罢了，既然王母都如此说，可能这就是你的天命。你当年险些灰飞烟灭，此时轮回再生，之前的一切就不再追究。只是在天庭中，你只能做个散仙，天庭也只当没你这个散仙。极东的海上有个岛，你自去那里过活吧！”

我躬身道：“多谢玉帝。”退出了灵霄殿。

引我进殿的小仙使还在门外，我向他道：“向你打听个事儿，衡文清君现在何处？”

小仙使木然抬头道：“什么衡文清君？”

我道：“微垣宫的衡文清君。”

小仙使道：“微垣宫里住的是天君陆景，天庭没有衡文清君。”

寒雪压顶。

身边有个声儿喊我："宋珧，宋珧！"

我一转头，看见碧华灵君。我顿时扑将过去，扣住他膀子问："衡文呢？！"

碧华灵君扬眉看着我："你倒好意思问。"

碧华灵君的毛病是，你越急他越慢。你越急火攻心，他越悠闲自在。

他慢吞吞地将我引到个僻静的地方，慢吞吞地捡了块石头坐下，才慢吞吞地道："你那天感天动地地爬去凡间灰飞烟灭，其实你刚出南天门衡文便已知道了，赶去凡间时你眼看没救了，他也开始犯傻，拿自己的仙元去救你，他没做过凡人，仙元一无就会顷刻灰飞烟灭，幸亏凡间承受不住他的仙术，他刚要取仙元那山头就塌了。我和东华赶下来，先各分了点仙元给你，又向老君那里讨了丹药，又去西天那里求了些舍利，好容易才保住你一绺小魂魄。我向阎王那里讨人情，把你塞进轮回道，轮回几世养全魂魄。衡文他私下凡界，去凡间看你轮回，玉帝将他拿回天庭，着陆景执掌文宗，天庭再没有衡文清君了。"

我问："衡文他现在何处？"

天庭里景致依旧，仿佛我在凡间轮回的几世也不过是大梦一场。我远远地站着望了望当年我的宋珧元君府与衡文的微垣宫，正转身要走，一行仙者自云霭上行来，我退到道旁站着，北斗七星的其余几宿环绕着一个素袍淡然的身影，行到我身边停了一停。

天枢除却前尘事，终于不再清冷彻骨了，他瞧着我，和声开口道："可是新上天庭的仙者？"

我道："是，在下秦应牧，刚飞升上天庭。"

天枢点头笑了笑，再向另一方去了。

我朝他行去的身影望了望，许多许多年前的往事早已像当年晨曦中的木香花香气一样，淡入清风薄雾，踪迹不见。

我十万火急赶到了极东。

海岛上到处是东倒西歪的仙树，乱七八糟的大石。我穿梭其中来回奔波。

我问："衡文呢？！"

碧华灵君道："被玉帝发放到极东的岛上去了。"

他在海岛仙府门外的仙树下站着，向我轻轻一笑，恍若东风拂过，三千桃花灼灼开放。

我道："我欠了你五世，连同还魂。本加利，可能永远也还不完。"

衡文道："你也替我还了宣离的债，倒可以相抵。"

我说："抵不了吧，抵了你亏了不少。"

衡文晃着他的破折扇道："我却没什么计较。抵了能怎样，不抵又怎样。"

我搂住了他的肩："正是，你我二人，不分彼此。哪里有债这一说。"

【完】

活神仙

／番外／

活神仙是个普通的骗子。

天下算命的多骗子，活神仙只是其中极其寻常的一位。

算命这个事儿，用活神仙曾与同行们感慨的话来说，哪有准的。真能算出来，还能转运，老夫一早给自己转个大运，做他娘的宰相去了！

活神仙原本住在一个鱼米丰富的小城镇中，在镇上的月老祠里长年摆摊。大姑娘、老婆子们来给自己或子女到祠中求姻缘，常到摊上算一卦。小城镇地方小，谁家的姑娘看上了谁家的小子，谁家的女儿正待嫁人，满城都知道。所以活神仙算卦十算十准，城中人就将“活神仙”三个字送他做绰号，娶媳妇、嫁女儿时还常常请他去喝杯酒。

但是，某年某月某日，城里又来了一个算命的。这位算命的先生不但能合生辰、解八字、卜课解卦签，还能摸骨称重，请神扶乩，捉妖拿怪，安家宅转风水。活神仙会的把戏不如他多，很快败下阵来。生意一天比一天冷清，眼看要没得糊口。活神仙决定到江湖上去跑一跑，既能多接些生意，又能锻炼足手段。

活神仙便扛上一面上书铁口直断的旗帘，背着行李踏上了茫茫江湖路。

在一个春光明媚的日子里，他到了京城。

京城果然遍地黄金，活神仙刚到一座道观内，赁了一间厢房安顿下行李，走到院中看看风景，抬眼便看见一个人牵着一个小儿在院中踱步。

活神仙打眼看过去，见那人面白微须，三旬左右，乍一看去衣衫简朴，但细细一瞧却用的是上好的布料，那个小儿走路还有些蹒跚，小衣裳、小鞋子都很精致，脖子上还有块金光闪闪的如意锁。

简直是天上掉下来的肥羊。

活神仙慢悠悠走上前去，捻须一笑："这位小少爷相貌清奇，真是位有福之人。"

那牵孩子的大老爷抬眼瞧了瞧活神仙，道："哦，先生如何看得出来？"

活神仙道："这位员外您气度不凡，小少爷也满面贵气，明眼人一望即知二位是贵人。在下要说是我算出来的，就是诓您了。"

拱了拱手，低头瞧了一眼那小儿，似不经意地锁了锁眉，转身向另一方行去。

活神仙负手佯望天际，悠悠而行，在心里数着：一步、两步、三步……

第六步迈出，听见身后道："先生且请留步。"

活神仙转身道："员外有何事？"

大老爷道："方才先生看到小儿，神色似有些忧虑，但问为何？"

活神仙慢吞吞地行过去，在心里想，老夫诓他什么好。命中有大劫，似有短命之相，不利于水火……

命里有劫，这个名堂用得太多；咒人短命似乎有损阴德……活神仙是个有良心的骗子。他走到那大老爷身边，低头看了看小儿，道："敢问小少爷可是甲子年生？"

小儿的脖子上挂的如意锁下露出了个花荷包的角儿，似乎绣着个老鼠滚钱的图案，活神仙大胆如此猜测。

大老爷肃然起敬："不错，小儿生在甲子年七月初一。"

活神仙拈了拈须子，掐一掐指头，道："小少爷出生即富贵，注定一生平顺，将来能享到他人都享不到之难得福分。只是，在姻缘上，恐怕有些……"

活神仙盘算，改命盘、渡灾厄自己不算拿手，而且京城的同行们一定都会，索性就扯一项自己最得意的能耐，大捞他娘的一把。

大老爷道："姻缘怎了？"

活神仙道："方才在下远远望去，只见小少爷周身阳气昭昭，只有阳年、阳月、阳日生者，才有这般气象。"

大老爷自然问："怎么叫作阳年、阳月、阳日？"

活神仙道："甲子年，甲为阳乙为阴，子为阳女为阴，甲子年又是干支岁循之首，更是阳上加阳，月与日按阴阳分，单为阳者双为阴。甲子年七月初一，正是阳上加阳。而且七月生者，夏正十分，姻缘本有碍。诗曰燥燥伏天烈，孤雁单飞时，阳年、阳月、阳日生的人——"活神仙叹息摇头，"乃是永世孤鸾之命。"

大老爷神色惊怔，瞧向手中的小儿："永世孤鸾……竟……先生，可有法解吗？"

活神仙等的就是这一句，深锁眉头道："唉，永世孤鸾之命，本无法可解……"

活神仙在"无法可解"后面拉了个长音，准备拉完之后加上"不过"二字。

音刚拉了一半，大老爷踉跄后退一步："竟无法可解！"转头望向长天颓然而叹。

活神仙急忙跨前一步：“不过……”

话未落音，脚下一空。

原来，活神仙和那位大老爷一直站在一口枯井边，只是近日有位王妃要来观中打醮，观中修整地面，抬土用的布被扔在井口上，忘了收，布上面满是泥土，除了略微鼓些，和寻常地面没有两样，活神仙一脚踏上，顿时“咕咚”掉了进去，直接掉进井底，后脑在井壁上撞了一下，还没来得及喊疼，就撞晕了过去。

大老爷长叹完，回身，四周空空，方才的算命先生无影无踪。

从此后京城里又多了一项高人曾经现身的传说。

活神仙跌到井底，摔折了一条胳膊，在道观里养了一个多月才好转过来。京城的花销大，多年的积蓄几乎用个精光。活神仙觉得自己可能和京城有些犯冲，这一跌是个买卖不成倒赔钱的兆头。胳膊一养好，活神仙立刻离开京城，再次踏上江湖路。

漂泊了十几年后，活神仙又一次踏进京城。

活神仙这时候已经七十来岁，漂泊不动了，想找个地方细水长流地做生意，富足养老。

活神仙还是很向往京城，觉得京城热闹、生意多，所谓大隐隐于市，京城的集市是最繁华的集市，最适合他这种归隐的老人家。

隔了十好几年，那间道观竟然还挺繁华，观主也已近古稀，见到活神仙十分亲切。活神仙在京城的小巷中买了两间旧屋，白天就去这个道观中摆个摊儿。

活神仙安顿下之后，照例先打听京城中的稀罕事。

京城中的稀罕事多得数不清，但是有一件事情，活神仙觉得最稀罕。

当朝宋丞相的大公子，是个永世孤鸾的命。

传说宋丞相曾经遇到一位高人，给大公子算过一命，说他阳年、阳月、阳日生，注定永世孤鸾不得翻身。高人批的命果然分毫不差，宋丞相家的大公子已经是全京城的笑话，提给他的小姐，一定和别人跑了；他看上的姑娘，一定和别人好了。这位宋公子新近又看上了一位楼子里的姑娘。除了他，全京城的人都知道，那个姐儿有个相好的书生住在破庙里。

活神仙听得挺惊奇，没想到天下还真有永世孤鸾的命，要是老夫当年碰上的是这一位就好了。

某一天，活神仙在庙中的摊儿后坐，一位年轻的公子哥儿蔫头耷脑地走了进来。步履虚浮，周身落寞，神情颓然，两眼直勾勾的，用活神仙的老眼一看就知道是情伤。

活神仙觉得，既然永世孤鸾这个词有高人说过，也有贵人验证过，应当时常拿来用用。于是唤了一声："这位公子。"

公子哥儿匀回一丝神儿回过身来，活神仙摸了摸雪白的胡子，眯起老眼道："这位公子，老夫看你头顶黑气，红鸾星暗淡，可是为情所伤？"

公子哥儿便晃晃荡荡地走到摊儿前坐了，二话不说，伸出手掌："既然你瞧得出来，就给我看个手相，我问姻缘。"

活神仙道："老夫不长于手相，公子可要测字？"

那公子哥儿道："罢了，那就测个字吧。"提笔写了个"出"字。

活神仙半闭双目道："这个出字拆开，是一个山字压着另一个山字，两山叠叠重重阻，公子你问姻缘，恕老夫直言一句，公子你，恐怕是永世孤鸾之命……"

那公子哥儿双眼发直，呆呆坐着。活神仙正准备说："不过……"公子哥儿忽然凄然地哈哈笑了两声，喃喃道："果然，果然，无论何时算，都是这个破命！"又哈哈笑了两声，踉踉跄跄直奔出门去。

活神仙一叠声高喊："公子，公子，你卦钱还未给！"追到门外，早见不到人影了。

门外讨饭的跛子笑道："你老今天也遇着这位宋公子了。唉，他也怪可怜的，因为有高人给他批过命。全京城的算命的给他算姻缘，除了永世孤鸾，哪里还会算得出别的。唉，真是怪倒霉的！"

活神仙才恍然明白，方才那位就是大名鼎鼎的宋公子。没卦钱也罢了，看他的模样，确实怪可怜的。

第二年，活神仙听说那位宋公子平白无故在家中无影无踪了。这事儿闹得很大，连皇上都下令满天下找寻，终无结果。大家都猜测，宋公子是伤心过度，看破红尘，到深山老林的小庙里做光头去了。

活神仙在京城的生意倒做得一帆风顺。天下就有这么多人爱算命，活神仙对自己的徒弟们说，这钱不是咱们骗他们花的，是他们愿意花的。

活神仙的几个徒弟都是街边流浪的少年，活神仙看他们吃不饱饭，就经常分他们口饭吃，顺便就收了当徒弟。

活神仙说，只当为死后积积德了。

活神仙活到九十多岁，寿终正寝在床上。

他收了几个徒弟果然积下阴德。他收的徒弟里面有两个是被判满门抄斩的显贵家里逃出的独苗，还有三个是黄河水灾后逃到京城的饥民家的孩子。这几个徒弟在阴曹地府的爹娘们对活神仙感激涕零，在阎王面前说了不少好话。

阎王便把活神仙叫到殿前，说下辈子可以给他安排个大富大贵的好胎，而且他的功德还有剩余，阎王问他还有没有什么愿望。

活神仙说，有，老夫被人叫了一辈子的活神仙，却没福分做神仙到天庭看看。所以我想去天庭看一回。

阎王道，这个好办。安排陆判向玉帝递了封文书，请一位仙使带着活神仙到天庭游了一回。

活神仙在天庭逛时，依然没有忘记打听天庭有什么稀罕事。

引着他的仙使道："若是依凡人看来，天庭中到处都是稀罕事，要说顶稀罕的嘛——"仙使用手一指，"那里的那一位碰巧捡到仙丹飞升成仙的宋珧仙，他就挺稀罕。"

活神仙眯起老眼伸长颈子向指的方向看。

只见仙树下，一个穿蓝色长袍的年轻神仙和一位穿浅色长衫的神仙一起坐着。蓝袍神仙正有些唏嘘地向那浅衫神仙道："衡文，其实我在人间时，曾有位高人给我算过命，说我命中注定永世孤鸾……"

图书在版编目（CIP）数据

桃花债 / 大风刮过著 . -- 北京 : 中国文联出版社，2016.1
ISBN 978-7-5190-1123-9

Ⅰ . ①桃… Ⅱ . ①大… Ⅲ . ①长篇小说－中国－当代
Ⅳ . ① I247.5

中国版本图书馆 CIP 数据核字 (2016) 第 027214 号

桃花债

作　　者：大风刮过

出 版 人：朱　庆
终 审 人：奚耀华　　复 审 人：胡　笋
责任编辑：蒋爱民　　责任校对：傅泉泽
封面设计：杨祎妹　　责任印制：陈　晨

出版发行：中国文联出版社
地　　址：北京市朝阳区农展馆南里 10 号，100125
电　　话：010-85923066（咨询）85923000（编务）85923020（邮购）
传　　真：010-85923000（总编室），010-85923020（发行部）
网　　址：http://www.clapnet.cn　　http://www.claplus.cn
E - mail：clap@clapnet.cn　　jiangam@clapnet.cn

印　　刷：三河市龙大印装有限公司
装　　订：三河市龙大印装有限公司
法律顾问：北京市天驰君泰律师事务所徐波律师
本书如有破损、缺页、装订错误，请与本社联系调换

开　　本：620×889　　1/16
字　　数：150 千字　　印张：16
版　　次：2016 年 7 月第 1 版　　印次：2018 年 8 月第 3 次印刷
书　　号：ISBN 978-7-5190-1123-9
定　　价：36.00 元